二月河 大河歷史小說

帝王三部曲

절대군주 건륭황제

【일러두기】

· 번역 원본은 1999년 4월 중국 하남문예출판사가 펴낸 제2판 1쇄본을 사용하였습니다.
· 본문에 나오는 인명과 지명 중 만주어를 제외한 모든 한자는 한글발음대로 표기하였으며, 독특한 관직
  명은 이해하기 쉽도록 의역한 부분도 있습니다. 그리고 소설 진행상 불필요한 부분은 축역하였습니다.

(절대군주)건륭황제. 17 / 이월하 저 ; 한미화 옮김. --
서울 : 산수야, 2006
288p. ;22.4cm.

판권기관칭: 二月河 大河歷史小說
원서명: 乾隆皇帝
ISBN 89-8097-141-9 04820 ₩ 8,000
ISBN 89-8097-124-9(세트)

823.7-KDC4
895.1352-DDC21   CIP2005001238

二月河 大河歷史小說

帝王三部曲

17

絕代君主

건륭황제

乾隆皇帝

산수야

二月河 大河歷史小說

절대군주 **건륭황제** ⑰

초판 1쇄 발행	2005년 11월 20일
초판 2쇄 발행	2011년 10월 25일

지은이	이월하
옮긴이	한미화
발행인	권윤삼
발행처	도서출판 산수야

등록번호	제1-1515호
등록일자	1993년 4월 30일
주소	서울시 마포구 망원동 472-19호
우편번호	121-826
전화	02-332-9655
팩스	02-335-0674

값	8,000원

ISBN 89-8097-141-9 04820
ISBN 89-8097-124-9(세트)

산수야의 책은 독자가 만듭니다.
독자 여러분들의 소중한 의견을 기다립니다.

⑰ 乾隆皇帝

제6부 추성자원(秋聲紫苑) | 2권

9. 조정의 실세

　화신(和珅)이 '밀지(密旨)'를 받고 물러났을 때는 오시(午時)가 끝나가는 무렵이었다. 가인(家人)이 군기처(軍機處)로 보내온 점심이 난로 위에 놓여 있었다. 대충 두어 숟가락 떠먹고 수저를 내려놓은 그는 가인에게 분부했다.

　"류전(劉全)더러 오문(午門) 밖의 '문관하교, 무관하마(文官下轎武官下馬)' 철패(鐵牌) 앞에서 기다리라고 하거라. 그리고 돌아가서 마님더러 장방(賬房)에 일러 은자 2백 40냥을 노자에 보태 쓰게끔 기윤 대인 댁에 보내드리라고 하거라. 집에서 기다리는 예부(禮部)의 관원들과 호부(戶部) 천섬사(川陝司)의 사람들더러는 모두 호부로 오라고 하고, 나머지 대인들에겐 오늘과 내일 이틀 동안은 내가 도저히 시간을 낼 수가 없으니 미안하다고 하거라. 정 급한 일이 있는 사람은 내일 오후 군기처로 나오라고 하거라."

끊임없는 분부에 가인은 연신 굽실거리며 대답했다. 군기처 차방(茶房)에서 밥을 먹고 끄윽! 트림을 하며 밖으로 나서니 마침 옹염(顒琰)과 옹선(顒璇) 두 황자가 군기방(軍機房)에서 나오고 있었다. 그는 급히 걸음을 멈추고 만면에 웃음을 띄우며 인사를 했다.

"여덟째마마, 십오마마, 그 동안 길상(吉祥)하셨사옵니까! 폐하를 뵈러 가시옵니까?"

두 형제도 잠시 멈춰 섰다. 옹염은 엷은 미소를 지어 보일 뿐 말이 없었고, 옹선이 히죽 웃으며 다가와 손가락으로 화신을 찍듯이 가리키며 말했다.

"어디서 기어나오는 건가? 차방에서 물이라도 끓였나? 군기대신이 되기 전에는 매일 볼 수 있더니, 군기대신이 되고 나니 통 꼬리를 잡을 수가 없구만. 방금 왕이열(王爾烈) 사부님을 만났었는데, 몇몇 종실(宗室)의 자제들이 월 열두 냥씩 나오는 독서은자(讀書銀子, 글공부를 하면 주는 돈)가 이번 달은 아직 안 나왔다고 툴툴댄다던데? 어찌된 영문인지 우리더러 가보라고 해서 말이네. 무슨 군기대신이 그런 데까지 신경 써야 되나, 머리 터지지 않는 게 용하네!"

화신이 옹염을 힐끗 보고는 웃음을 지어 보였다.

"아무리 궁한들 어찌 감히 독서은자에 손을 대겠사옵니까! 은자는 연초에 한꺼번에 내무부로 보냈사옵니다. 한 푼도 모자라지 않게 말입니다. 육경궁(毓慶宮)의 서재가 어디 손볼 데가 있다고 하여 제가 그 수선비까지 챙겨 드렸는 걸요! 염려하지 마십시오. 제가 바빠서 죽는 한이 있더라도 금명간에 꼭 처리해 놓겠사옵니다!"

그는 자신의 가슴팍을 툭 치며 덧붙였다.

"⋯⋯주머니가 궁하시면 화신을 찾아오십시오!"

옹염이 실소하듯 웃음을 터트렸다.

"그럴 리도 없겠지만 설령 아무리 돈이 궁하다고 해도 자네한테 손을 내미는 일은 없을 거네! 조심해, 화신! 누군가가 그러던데, 원명원(圓明園) 공사현장 인부들의 공전(工錢)이 이번 달부터 2푼 5리로 떨어졌다며? 원래는 3푼이었잖아! 그전에는 4푼이었던 적도 있고. 연초와 연말엔 때에 따라 6푼까지 올라갔었는데, 어째서 갈수록 오르진 못할망정 떨어지느냐, 이상하다 이거지."

화신은 잠시 어리둥절한 표정을 짓더니 히죽 웃어 보이며 이내 대답을 했다.

"원명원 공사는 예산이 딱 짜여 있는데, 누가 감히 거기에 손을 대겠사옵니까? 그 사람이 뭘 좀 잘못 알고 있는 것 같은데요? 동절기와 하절기에는 4푼이고, 춘추 두 계절에는 3푼을 주고 있사옵니다. 이 달에 모자라는 부분은 다음 달에 꼭 채워줄 것이옵니다. 아시다시피 재료값이 장난이 아니옵니다. 운남(雲南)과 장백산(長白山) 쪽에서 여기까지 운반해오고 나면 대부분 재목 하나에 수만 냥을 호가하옵니다. 며칠 전에는 옹화궁(雍和宮)에 있는 것보다 배는 더 굵은 단향목(檀香木)을 채벌했는데, 북경까지 운송해오면 백만 냥은 주어야 한다며 전풍(錢灃)이 서찰을 보내왔사옵니다! 그쪽 사람들의 입을 막는 데만도 진땀이 나는데, 복 도련님이 개선하시면 노군(勞軍) 명목으로 또 1백만 냥 정도는 있어야하니 여기저기 빼고 박고 돌리고 하다보면 내줄 걸 제때에 못 내어주는 경우는 가끔씩 있사옵니다. 한 달 걸러서 준 적은 간혹 있었사오나 입을 싹 닦아버린 적은 없었사옵니다!"

이에 옹염이 웃으며 말했다.

"우리가 감 놔라 배 놔라 할 일은 아니네. 그런 소리가 들리니 만난 김에 생각나서 물어봤을 뿐이네. 큰살림이든 작은 살림이든 살림을 한다는 것이 잘하면 당연하고 못하면 온갖 욕은 다 먹어야 한다는 사실을 우리가 어찌 모르겠나!"

옹염의 말이 끝나길 기다렸다가 옹선이 입을 열었다.

"복강안(福康安)이 류용(劉鏞)에게 서찰을 보내어 백만 냥과는 별도로 5만 냥을 더 요구했다던데, 그건 알고 있었나?"

"금시초문인데요? 5만 냥은 왜 필요하답니까?"

"라마묘(喇嘛廟)를 공격할 때 5백 정예병을 투입하면서 공략에 성공하면 1인당 백 냥씩 상을 내리기로 약조했다고 하네."

옹선이 덧붙였다.

"그러니까 백만 냥은 삼군병사(三軍兵士)들을 위로하는 데 쓰고 5만 냥은 따로 쓸 데가 있다 이거지."

표정이 심상치가 않은 화신을 보며 옹염이 말을 이었다.

"말이 쉬워서 5만 냥이지, 예산 이외의 돈은 지의(旨意)를 청해야 마땅하니 폐하께서 윤허하실지는 아직 미지수이네. 복강안은 손이 너무 큰 게 문제네. 은자를 그리 물쓰듯해서야 어떻게 감당을 하겠나!"

"제가 가능한 한 마련해 보겠습니다."

화신은 다시 대수롭지 않다는 듯한 표정을 지어 보였다. 의죄은자(議罪銀子), 관세(關稅), 원명원 공사비 일체를 통괄하는 그로선 5만 냥을 만드는 것쯤은 식은 죽 먹기였다. 지의를 청하고 호부에 알리고 자시고 할 일도 아니었다.

그러나 화신은 옹염의 눈치를 보지 않을 수 없었다. 출신이 빈한

한 위가씨(魏佳氏)에게서 태어난 옹염은 은지에 있어서는 인색하리 만치 대범하지 못한 편이었다. 태감을 시켜 금괄찌 하나를 구입하더라도 재고 또 재는 성격이었다. 그가 산동(山東)에서 데려와 새로 들인 측복진(側福晉)은 의복을 빨아 입다 못해 닳고닳아 해지게 되니 같은 색상의 천을 구하여 바느질을 꼼꼼히 해 입고 다닐 정도로 검소하다 못해 '청승맞은' 편이었다.

그런 사람 앞에서 5만 냥의 은자를 우습게 보는 '통 큰' 모습을 보였다간 미운 털 박혀 잘못 걸려드는 날엔 된통 얻어맞는 수밖에 없었다. 그렇다고 난색을 표하여 복강안에게 밉보일 수도 없었으므로 그는 입술을 감빨며 잠시 고민한 끝에 입을 열었다.

"많이 들어오긴 하지만 쓸 데도 여간 많지 않습니다. 솔직히 골치가 아프옵니다! 하오나 다른 데서 긴축하는 한이 있더라도 조정과 종묘사직을 위해 머리 날아갈 위험을 감수하고 피바다를 헤쳐 나온 사람들에게 인색할 수는 없지 않겠사옵니까?

두 황자는 쓰디쓴 약을 먹은 얼굴을 하고 있는 화신을 향해 웃어 보이며 자리를 떴다.

화신은 그제야 오문으로 '정사(正事)'를 보러왔다. 류전은 벌써 밖에서 기다리고 있었다. 둘은 태감 왕렴(王廉)과 고작약(高芍藥)까지 불러 6,70명의 회족(回族) 여인들을 대상으로 채를 치고, 걸러내고, 여과하여 나름대로 등급을 매겨놓았다. 외모와 체구를 살피는 것만으로도 부족해서 허리를 꾹꾹 눌러보고 손발까지 주물럭거려보며 희롱 아닌 희롱을 해댔다. 화탁부(和卓部)에서는 나름대로 금존옥귀의 대갓집 규수들이었던 여인네들은 포로가 되어 타향만리로 압송돼오는 길에 병사들에게 유린을 당하고, 북경에 와서는 이같이 물건처럼 취급당하는 자신들의 처지가 한심스럽다 못해 더러는 체념한 듯 무신경해 보였다……

'선별작업'은 족히 한 시간이 넘게 걸렸다. 화신은 두 태감에게 무어라 한참 귀엣말을 하고서야 자리를 떴다.

그 길로 화신은 호부로 달려왔다. 전량(錢糧) 지출과 관련하여 호부와 상의하고, 금천(金川)에 역도(驛道)를 닦는 데 필요한 예산을 짜고 사관(司官)들의 보고를 듣고 나니 벌써 날이 어두워지고 있었다.

원명원 공사를 책임지고 있는 류전이 자리에 없어서 원명원 공사와 관련해선 심도 있게 논의할 수 없었는지라 화신은 자리에 있던 사람들에게 궁금했던 바를 물었다.

"누가 그쪽 공전(工錢)을 5푼 깎았나?"

항상 웃는 얼굴이어서 '허파에 바람 든 사람'이라는 별명까지 달고 다니는 화신이 갑자기 낯빛을 확 뒤집자 사람들은 저마다 놀란 기색이 역력했다. 한참 후에야 누군가가 대답했다.

"류 총관께서……."

"류전 말인가? 무슨 일이 있었나?"

"승덕(承德)의 몇몇 라마사(喇嘛寺)에서 불상을 도금하는 데 필요한 예산을 지원해주어야 한다며 호부에서 공부(工部)와 상의한 끝에 공전(工錢)에서 조금씩 떼어 그쪽으로 돌려주자고 결정이 난 것 같습니다. 류 총관께서도 허락하신 걸로 알고 있습니다."

"그렇게 큰일을 왜 여태 보고하지 않았단 말인가?"

"……"

등불에 비친 화신의 얼굴은 어둡고 푸르스름하게 보였다. 그는 쓰고 떫은 농차(濃茶)를 벌컥벌컥 들이마시며 좌중을 휙 쓸어보았다. 그리고는 버럭 화를 냈다.

"5푼 깎은 건 다음 달에 전부 보충해 줘! 벼룩의 간을 빼먹어도 유분수지, 몇 푼 벌어서 마누라, 새끼 먹여 살리겠노라고 물똥을 싸는 인부들의 돈을 뜯어? 인부들의 식사도 전보다 부실해졌다며? 고기도 5일에 한 번씩 먹이던 걸 이젠 3일에 한 번씩은 먹이도록 해! 제대로 부려먹으려면 배불리 먹여봐야 할 거 아니야! 먹은 소가 똥 싼다는 도리도 몰라? 지렁이도 밟아봐, 꿈틀하지 않나! 성질 나면 들고일어나기 마련이라고! 그럼 어떻게 돼? 부실공사로 천장에 구멍이라도 뻥 뚫려 비가 새고 바람 들어오면 누가 그 책임을 질 거야?"

화신은 잔뜩 풀이 죽어있는 사람들을 무섭게 쓸어보며 힘껏 손사래를 쳤다. 그리고는 수레에 올라 집으로 돌아왔다.

수레가 내려앉고 화신이 허리를 숙이고 나오니 류전이 가인들을 데리고 맞으러 나오고 있었다. 화신은 좋은 낯빛을 보이지 않았다. 문간방이며 낭하, 당방(堂房), 안채의 뜰 할 것 없이 온통 등촉이 휘황찬란했다. 날이 선 눈을 매섭게 올려 뜨고 한껏 굳은 표정으로 화신은 내뱉듯 말했다.

"오늘이 무슨 정월대보름이라도 되는 거야? 그게 아니면 돈자랑을 하는 거야?"

"공사가 너무 다망하셔서 잊으셨나 봅니다, 어르신!"

류전이 웃는 얼굴로 덧붙였다.

"오늘이 열째공주마마의 생신이 아닙니까! 큰마님께서 입궐하시어 경하드리고 오시니 황후마마께오서 어멈을 시켜 장신구들을 보내주셨습니다. 해녕(海寧) 대인께오서도 봉천(奉天)에서 하례를 보내오셨습니다. 그밖에 내무부의 수링아, 오성삼(吳省三), 이

광운(李光雲), 이황(李潢) 등도 아직 의사청(議事廳)에서 어르신께서 하조(下朝)하시기만을 기다리고 있습니다."

잠시 어리둥절해 있던 화신이 그제야 짚이는 데가 있다는 듯 가볍게 머리를 끄덕였다. 귀비(貴妃) 금가씨(金佳氏)가 열째공주를 자신의 정실부인인 풍씨(馮氏) 소생의 아들 풍신은덕(豊紳殷德)과 연리(連理)를 맺게 하자며 풍씨에게 넌지시 귀띔했었다는 얘기를 들었던 기억이 났다. 그저 아녀자들끼리 가볍게 입방아 찧은 것쯤으로 생각하여 한 귀로 듣고 한 귀로 흘려버렸었는데, 듣고 보니 그게 아닌 것 같았다. 황후가 장신구까지 상으로 내린 걸 보면 적어도 태후와 황후는 이 혼인에 대해 수긍했다는 얘기일 터였다. '개코'가 석자여서 냄새를 맡는 데는 귀신같은 내무부의 수링아 따위가 기어든 걸 보니 더욱 그러했다.

그는 말없이 입을 찢어 웃으며 한결 가벼워진 걸음으로 안으로 들어갔다. 의사청 처마 밑에 갖은 예물 꾸러미들이 쌓여있는 걸 힐끗 쓸어보며 그는 빠른 걸음으로 의사청 안으로 들어갔다. 수링아 등은 벌써 일어나 한쪽 무릎을 꿇어 예를 갖추었다. 저마다 얼굴 가득 국화꽃을 흐드러지게 피우고 "중당대희(中堂大喜)"니, "승룡반천(乘龍攀天)"이니 하며 와자지껄하게 떠들어댔다.

"못난 이 사람은 오로지 황실의 수은(殊恩)에 감격할 따름이오."

한껏 겸손한 태도를 보이며 화신은 가운데 자리에 앉았다. 모두 내무부 말단 시절에 어울려 작패놀이나 하며 시간을 죽이던 그 옛날의 구우(狗友)들이었다. '꾼'이 모자랄 땐 스스럼없이 불러주며 허물없이 굴던 사이가 이제는 무릎꿇어 맞는 관계가 되었으니 화신은 은근히 득의양양하여 어깨가 으쓱해졌다. 품위 있고 고상하게 보이고자 애쓰며 그는 웃으며 말했다.

"어서 앉지, 마침 잘 왔소. 방금 호부에서 원명원 공사 건에 대해 회의가 있었소. 자네들은 모두 공사 감독을 맡고 있으니 할말도 좀 있고, 그렇지 않아도 부르려던 참이었소."

그는 문 밖을 가리키며 물었다.

"저건 자네들이 가져온 거요?"

목소리를 잔뜩 깔고 일부러 근엄해 보이려고 노력하는 화신과는 달리 넷은 어느새 옛날로 돌아간 듯 헤헤 웃으며 앉아 있었다. 화신이 물어오자 끝자리에 앉아 있던 이광운이 반쯤 엉덩이를 들었다 내려놓으며 대답했다.

"우리는 아니오! 지난번에 돼지게 혼났으면 됐지 또 쫓겨날 일 있소? 부(部)에서 몇몇 얼뜨기들이 보낸 것 같은데, 류전이 받으려 하지 않자 그냥 던져버리고 간 것 같소."

수링아와 오성삼, 이황도 따라 웃으며 말했다.

"맹세코 우린 아니오."

"그래야지."

화신이 말했다. 네 사람 중 이황을 제외한 셋은 무척이나 '억울하게' 생긴 모양새들이 여전한지라 화신은 미어터지는 웃음을 겨우 삼켰다. 그리고는 말했다.

"원공(園工, 공사장 감독관)은 생기는 게 많아 너도나도 눈독들이는 차사이지. 크든 작든 간에 차사에 소홀히 하여 문제가 발생했을 시엔 나도 달리 도와줄 방법이 없을 거요. 자네들 네 사람의 손을 거치는 예산만 해도 해마다 2천만 냥은 더 되지? 원자재 구입에 대충 얼마나 들어가고, 인건비가 얼추 어느 정도 나간다는 것쯤은 자네들도 명경(明鏡)같이 훤하겠지만 나도 눈뜬 봉사는 아니오. 류전, 자네도 들어와서 잘 들어두게!"

그가 밖을 향해 손짓을 했다.

"인부들의 공전(工錢)을 그까짓 것 5푼씩 뜯어내 봤자 인부 30만 명에 1천 5백 냥밖에 더 돼? 일년이래 봤자 50만 냥밖에 안되는데, 그 정도를 어디서 후벼내지 못해 벼룩의 간을 꺼내 먹겠어? 여긴 외성(外省)이 아닌 경사(京師), 그것도 금원(禁苑)이라는 걸 명심하시오. 내일이라도 당장 폐하께오서 시찰을 나오셨을때 어떤 겁 없는 자가 승여(乘輿)를 막고 고발이라도 하는 날엔 무슨 경을 치려고 그러는 거요? 이보게 형씨들…… 소탐대실(小貪大失)의 우를 범하지 마시오!"

몇 년 사이에 실로 괄목할 만큼 커버린 화신을 보며 넷은 내심 감복해마지 않았다. 수링아가 말했다.

"실로 지리명언(至理名言)이시오. 가슴에 새겨두겠소! 헌데 전풍은 무슨 청관(淸官)이 나무 한 그루에 백만 냥씩 받고 판단 말이오! 속이 검은 정도가 아니라 완전히 먹물이네. 은자는 내일 아침 십장들을 불러 전부 내어주도록 하겠소!"

이에 류전이 나섰다.

"짜고 노는 작패(作牌)처럼 그리 촌스럽게 굴지 말고 며칠 후에 해도 늦진 않소!"

"수종(樹種)이 뭔지 수령(樹齡)이 얼마나 됐는지, 거리와 도로 사정은 어떠한지에 따라 나무 한 그루에 백만 냥이 아니라 더 나갈수도 있지."

화신은 전풍이 고가에 나무를 팔아 해마다 말썽인 운남성(雲南省)의 이해(洱海)를 다스리는 데 보태고자 한다는 걸 알고 있었다. 그러나 사람들에게 해명은 하지 않았다.

"얼마나 자중자애하는 사람인데, 누구한테 책잡힐 짓이야 하겠소? 내가 알아봤는데, 과연 옹화궁의 석존상(釋尊像)보다도 더 컸소. 머나먼 험산악수(險山惡水)를 건너 여기까지 운송해오자면 그렇게 받지 않곤 수지타산이 맞지 않지. 내 이름으로 10만 냥을 더 보태줄 것이니 호부의 장부엔 올리지 마시오."

자리한 사람들은 모두 화신과 전풍이 서로 감싸줄 정도로 가까운 사이가 아닐뿐더러 '따로국밥'이라는 걸 너무나 잘 알고 있었다. 때문에 뜬금 없는 화신의 태도에 모두 의아스러운 표정이었다. 그러나 류전만은 화신이 낚싯줄을 길게 늘어뜨려 대어를 낚기 위한 속셈임을 잘 알고 있었다. 속내를 꽁꽁 감춘 채 히죽 웃고만 있는 화신을 보며 류전은 내심 혀를 내둘렀다.

'저 웃음 속에 비수를 품고 있는 줄을 누가 알랴?'

손님들을 보내고 나서야 화신은 비로소 시장기를 느꼈다. 소실인 장이고(長二姑)가 하녀를 데리고 나오자 그가 분부했다.

"먹을 거 좀 내다주지, 점심도 한술 뜨네 마네 했는데!"

그 말이 떨어지기도 전에 화신이 '이모'라 부르는 오씨(吳氏)가 식합을 들고 나타났다. 식탁을 펴놓고 서둘러 음식을 꺼내놓으며 그녀는 화신에게 말했다.

"어르신께서 즐겨 드시는 걸로만 몇 가지 준비했습니다. 언제 오실지 몰라 난롯불 위에 얹어 데우고 있었어요. 드셔보시고 차다 싶으면 주방으로 도로 갖고 가 다시 데워오겠습니다."

화신은 덥석 만두를 집어 한 입 가득 베어 물고 쇠고기볶음을 한 젓가락 넘치게 집어 입안에 쑤셔 넣고는 연신 머리를 끄덕이며 엄지를 내둘렀다. 씹는 둥 마는 둥 빠르게 조금 넘기고는 그제야 똑똑하지 못한 소리로 감탄을 했다.

"차긴, 맛있기만 한데! 그런데 앞으로 식탁 차리는 건 취병(翠屛)이한테 맡기세요."

그러자 장이고가 대답했다.

"취병이도 오늘은 바빠요. 이씨 모녀를 들일 방을 청소하느라 종일 쉴 틈이 없었는 걸요. 오래 동안 방치해두었는지라 식초를 뿌리고 탄불을 피워 사기(邪氣)를 내보내는 데만도 한참 걸렸어요."

'이씨 모녀'란 바로 이시요(李侍堯)가 거둬주기로 한 오갈 데 없는 빈한한 모녀였다. 양주(揚州)에서 성문령(城門領)이었던 근문괴(靳文魁)네 집에서 하녀로 있던 중 주인의 실각과 함께 오갈 데가 없어진 이 모녀는 화신에게서도 도움을 받았었다. 그러던 중 경사로 흘러 들어와 이시요의 시중을 들었었고, 이시요가 영어(囹圄)의 몸으로 떨어지자 또 뭔가를 노린 화신에 의해 이 집으로 끌려왔던 것이다. 화신의 말 대로라면 '도와주려면 끝까지 도와주어야 한다'는 것이었다. 밥그릇을 입에 대고 젓가락으로 쓸어 넣으며 그는 말했다.

"불쌍한 사람들이네. 여자 둘이서 우리 곡미를 축내봐야 얼마나 축내겠나? 절대 천대하거나 눈치를 주지는 마. 오죽하면 출가까지 생각하고 있겠는가? 그래서 내가 불심만 있으면 됐지 꼭 암자에 들어가란 법은 없지 않느냐고 말리긴 했다만. 당분간은 불당을 따로 만들어 향을 사라 불경공부를 하게끔 배려해주게. 월례 은자는…… 취병이 정도로 맞춰주고!"

이같이 말하며 그는 다시 물었다.

"마님께선 벌써 잠자리에 드셨나?"

"이제야 마님 생각이 나시옵니까! 마님께선 약을 드시고 주무시옵니다. 이번 의생(醫生)이 지어준 약은 약효는 느리지만 약발은 제대로 받는 것 같사옵니다. 어제보다 오늘은 더 기운을 차리시어 낮엔 친히 가무를 돌보셨는 걸요!"

장이고가 덧붙였다.

"불당을 따로 만드느라 하지 말고 저쪽 공터가 넓어서 왕궁이라도 지을 수 있을 텐데, 저기다 가묘(家廟)를 하나 지어주시지 그러시옵니까?"

애교를 떨며 간이라도 녹일 듯 웃고 있었으나 화신은 벌써 그 말 속에 질투가 다분함을 느꼈다. 젓가락을 내려놓고 수건으로 얼굴을 닦으며 그는 말했다.

"강희제(康熙帝) 때 소어투라는 중당이 있었는데, 공로도 재능도 내가 비할 바가 못 되는 큰 인물이었지. 본인은 천주교(天主敎)를 믿고, 마누라는 불자(佛子)였고, 아들은 도사(道士)였지. 그런데, 그 마누라가 얼마나 질투가 심한지 소어투가 조금만 어느 하녀에게 잘해주어도 그 꼴을 보지 못하는 거야. 그래서 툭하면 집구석을 아수라장으로 만들어버리고 애꿎은 하녀들을 개 패듯 팼다지 뭔가. 그 소문이 밖으로 새어 나가니 남정네 체면이 온전하겠나? 신료들은 물론 폐하께서도 집안단속 하나 제대로 못하는 신하를 어찌 믿고 중임을 맡기시겠나? 그러다 보니 갈수록 성총이 전보다 못하고 소어투는 결국 좋은 꼴을 못 보고 말았지 않은가."

아녀자들은 금시초문인 이야기가 예사롭게 들리진 않았다. 잠시 음미하고 난 그들은 화신이 뜻하는 바를 알 것 같았다. 이때다 싶어 화신은 화두를 놓지 않고 '뿌리를 뽑을' 태세로 말을 이었다.

"'가사화, 외사흥(家事和, 外事興)'이라고 했네. 집안이 화목해야 바깥일이 잘된다는 얘기지. 내가 밖에서 안심하고 차사에 임할 수 있는 건 안사람들이 내조를 잘해주었기에 가능했던 것이네. 부귀처영(夫貴妻榮)이랬다고, 남정이 밖에서 쑥쑥 잘 크고 쭉쭉 잘 나가야 안에서도 잘먹고 잘살 수 있을 게 아닌가? 뭐든지 안팎이 궁합이 잘 맞아 아귀가 척척 맞물려 돌아가야 만사대길(萬事大吉)한 법이네. 기윤(紀昀)을 좀 봐! 안 그래도 살맛이 안 나는데, 가인들까지 집구석을 죄다 말아먹으려고 작정을 했다지 뭔가! 우리 가인들은 선견지명들이 있어 그런 일은 없겠지만 혹시나 해서 못을 박아두는 바이네. 공터 얘기가 나왔으니 말인데, 거긴 풍수지리의 대가들을 불러 터가 어떤지 봐달라고 해야겠네. 열째공주가 우리 가문으로 들어온다면 격식을 좀 갖춰야 하지 않겠나."

화신이 웃으며 자리에서 일어섰다. 그리고 덧붙였다.

"내일은 폐하를 모시고 원명원으로 가야 하니 오늘은 일찍들 들어가 쉬게……."

장이고와 오씨 그리고 하녀들이 물러갔다. 그제야 화신은 류전에게 물었다.

"바깥 낭하에 있는 물건들은 누가 보내왔나?"

이에 류전이 대답했다.

"저도 일일이 이름은 기억하지 못하겠습니다. 스무 명도 더 되는 걸요! 육부(六部)의 미관말직들 같은데, 저마다 외임(外任)으로 보내달라는 거죠 뭐."

"외관(外官)들의 빙경(氷敬), 탄경(炭敬)은 괜찮지만 경관(京官)들의 예물은 절대 받아선 안 되네. 명단을 줘봐, 예물은 모두 돌려보내겠지만 도와줄 수 있는 데까지는 도와주어야지."

화신은 터져나오는 하품을 손으로 막으며 말했다.

"우리의 일거수 일투족을 지켜보는 사람들이 적지 않네. 내 자리를 노리고 나를 몰아내려는 사람도 있고! 좀 더 철저해지지 않을 수 없어. 우 중당이 바로 그 중 한 사람이지!"

그 말에 류전이 맞장구를 쳤다.

"예, 맞습니다! 어제도 공사현장에 나와 어슬렁대며 인부들에게 이 목재는 시가로 얼마나 가느냐는 둥 저 와석(瓦石)은 산지가 어디냐는 둥 꽤 궁금해하는 것 같았습니다. 그밖에도 들리는 소문에 의하면 명륜당(明倫堂)을 수리하는 데 은자가 얼마나 들었느냐며 궁금해하고 '은자는 일개 개인이 관리하는 것보다 호부에서 통일적으로 예산을 편성하는 것이 바람직하다'며 묘한 여운을 남겼다고 합니다……"

화신의 눈길이 촛대에 박힌 채 움직일 줄 몰랐다. 마치 촛대 위에 뭔가 벌레가 기어다니는 걸 지켜보고 있는 것만 같았다. 이에 류전이 조심스레 물었다.

"어르신, 괜찮으십니까?"

"어? 아아…… 괜찮지, 그럼."

뭔가 생각에 잠겨 있던 화신이 그제야 웃음을 지어 보였다.

"내가 잠깐 딴 생각을 하고 있었네. 우민중(于敏中)이 내 뒤를 캐려고 발동을 건 것 같은데, 내가 그리 호락호락하게 당할 것 같나 보지? 전풍과 비교해 봤을 때 전풍은 심계(心計)가 예사롭지 않으나 정인(正人)임엔 틀림이 없네. 허나 우민중은 '아니, 아니 하면서 술 석 잔'인 격으로 점잖은 척하면서 뒤로 호박씨를 까는 요주의 인물이네!"

그러자 류전이 말했다.

"조심해야겠습니다. 건청문(乾淸門)에서 시중드는 꼬마태감 왕보승(王保勝)에게서 들으니 우 중당이 태감들에겐 손이 엄청

크다고 합니다. 그 덕분에 집에 앉아서도 폐하의 일거일동(一擧一動)을 훤히 꿰뚫고 있다고 하지 뭡니까. 폐하께오서 오늘은 어떤 음식을 드셨고, 어느 태감이 시중들었으며, 수직태감(守直太監)은 누군지, 갱의(更衣)를 시중든 자는 누구고…… 아무튼 별의별 걸 다 물어보고 궁금해한다고 합니다! 혹시 폐하께오서 언제 미력하신 틈을 타서 대궐이라도 범해보겠다는 뜻이 아닐까요?"

화신이 푸우! 하고 웃음을 터뜨렸다.

"자네 머리엔 뇌즙(腦汁)이 들어있는 게 아니라 오줌이 들어있어, 오줌! 대궐은 아무나 범하는 줄 알아? 아계와 따로 놀지, 류용도 부화(附和)하는 법이 없고, 복강안과도 꼬이기만 하는데 누굴 믿고 그런 일을 꾀한단 말이냐? 이시요와 기윤을 생매장해 버리려다가 안되겠으니까 이젠 나한테까지 마수를 뻗치시겠다? 흥! 누울 자리를 보고 다리를 뻗으시지! 제까짓 게 은자를 먹이면 얼마나 먹였을까? 아끼지 말고 그 몇몇 태감들에게 팍팍 써! 그리고 그가 태감들과 사사로운 교류가 있다는 증거를 확보해!"

그는 홀가분한 표정을 지으며 길게 숨을 들이마시며 덧붙였다.

"자네도 들어가 쉬게. 이모님더러 예물을 보내온 사람들의 명단을 들고 왔다가라고 하게. 내일 중으로 전부 돌려보내야지. 그것도 일이네. 토끼도 자기 집 앞의 풀은 먹지 않는다고 했거늘 여태 날 따라다니면서도 그런 도리 하나 깨우치지 못해서 그걸 받았단 말이야?"

류전이 뒤통수에 욕을 달고 물러났다. 꽃향기가 그윽한 포근한 밤바람이 발을 밀고 들어왔다. 촛대 위의 촛불들이 격렬한 동작으로 춤을 추기 시작했다.

천천히 방안을 거닐며 화신은 우민중을 저울질해 보았다. 예전에 기윤과 우민중이 당대 대학자의 이름을 걸고 학문을 겨루는 장면을 목격한 적이 있었다. 그때 보니 우민중은 결코 기윤의 상대가 아니었다. 그러나 건륭은 우민중을 결코 기윤에 뒤지지 않는 대재자(大才子)라고 치하했다. 이제서야 알고 보니 그는 시시각각 건륭의 동정을 살피며 황제가 요즘은 무슨 책을 가까이하고, 무슨 음식을 먹고, 심기는 어떠한지를 미리 살펴 '지피지기 백전불태(知彼知己 白戰不殆, 적을 알고 나를 알면 백번 싸워도 위태롭지 않다)'를 꾀하고 있었던 것이다! 약간 열이 느껴지는 이마를 쓸어올리며 화신은 중얼거렸다.

"너무 했어! 따라 배울 게 따로 있지, 그건 아니야……."

"뭐가 너무 했다는 거예요?"

홀연 문밖에서 웃음소리가 들려왔다. 오씨가 한 손에 예단을 들고 들어섰다.

"새벽같이 나가 종일 일하고 지쳐 기진맥진해 들어왔으면서도 여태 차사를 고민하고 계시는 거예요?"

화신이 한 손으로 다른 팔꿈치를 받친 자세로 종잇장을 집어들고 대충 훑어보았다. 그리고는 말했다.

"'자어자부(自語者富)'라는 말도 못 들어 봤소? 혼잣말을 잘하는 사람이 부자가 된다고 하잖아! 명단이 너무 많아서 일일이 기억할 수는 없는 일이니 내일 하나 베껴 놓으시오. 예물은 돌려보내더라도 봐서 가능성이 있는 자들은 힘닿는 데까지 밀어줄 거요. 이부(吏部)의 애들이야 내 기침소리만 듣고도 벌벌 기고 나오는걸."

이같이 말하며 화신은 오씨를 유심히 훑어보았다.

언제 보아도 밤만 되면 유난히 발광(發光)을 하는 것 같은 오씨였다. 중년여인의 완숙미가 물씬 풍기는 오씨는 방금 목욕을 마친 듯 비누 향을 은은하게 풍기고 있었다. 길고 하얀 목은 아직 주름살 하나 없이 매끈했다. 길어진 촛불심지를 가위로 잘라내며 오씨가 말했다.

"요즘 예물을 안 받는 사람이 어디 있다고 그러세요? 너무 겁을 내시는 것 같아요. 또 예물은 안 받겠다면서 힘껏 밀어주겠다는 건 뭐예요? 불가(佛家)에 귀의하시기라도 하신 거예요? 헌데 민망하게 어딜 그리 뚫어지게 봐요?"

오씨가 자신의 가슴을 게걸스레 노려보는 화신을 향해 얼굴을 붉히며 말했다. 그러자 화신은 와락 달려들어 오씨의 풍만한 가슴을 움켜쥐고 마구 주물러댔다. 이에 다급해진 오씨가 손을 뒤로하여 문 언저리를 가리키며 속삭였다.

"문이 훤히 열려있는데, 누가 들어오면 어떡해요."

그러자 화신은 두어 걸음에 다가가 문을 닫아버렸다. 그리고는 히히 웃으며 다가와 은근히 기대에 차 있는 오씨를 와락 껴안고 입을 맞추었다. 이어서 서둘러 허리띠를 끌러 바지를 밀어내고 의자에 앉았다. 그리고는 술이라도 마신 듯 양 볼이 발그레한 오씨를 벗겨 무릎에 앉혔다. 벌겋게 타오르는 석탄처럼 뜨겁고, 송곳같이 꼿꼿이 일어선 '털몽둥이'를 오씨에게 쥐어주며 화신은 그녀의 가슴을 탐닉하느라 정신이 없었다. 연신 음란한 웃음을 쏟아내며 오씨가 말했다.

"이렇게 하는 건 또 어디서 배웠어요? 군기대신(軍機大臣)이 아니라 제가 보기엔 여자 훔치는 대가네요."

"그래, 맞아! 계집을 수도 없이 갖고 놀았어도…… 역시 누님이 최고야."

화신이 간간이 짧은 신음을 터뜨리기 시작하는 여인의 불타는 정욕을 끊임없이 부채질하며 거친 숨을 몰아쉬었다.

"지금…… 폐하께오선 뭘 하고 있는지 알아?"

"……글쎄요?"

"역시 이 짓이 한창일 거야. 하이란차 그 자식이 요물들을 수십 명씩이나 바쳤거든. 내가 그 중에서 톡 건드리면 샘솟을 것 같은 년들을 몇 명 골라 들여 보내줬거든……. 얼마나 잘빠졌는지 몰라, 허벅지를 슬쩍 만져 봤는데, 탱탱해……."

화신이 군침을 꿀꺽 삼키며 불덩이처럼 달아오른 여인을 본격적으로 요리하기 시작했다. 젖소 같은 가슴을 출렁이며 여인은 숨이 넘어갈 듯 자지러졌고 화신도 점차 몽롱해졌다. 여인의 '기마술'은 갈수록 점입가경이었다. 운무를 타고 노니는 듯한 환각상태에서 화신은 절정을 향해 치달았다…….

오씨는 비 맞은 흙더미가 되어 화신의 품에 쓰러졌고, 화신 또한 온몸이 촛농처럼 녹아 내리는 것 같았다. 한참을 껴안고 있던 오씨가 쑥스러움에 고개를 외로 틀며 말했다.

"소리가 너무 커서…… 밖에 다 들렸겠어요."

화신이 의자에서 내려 옷을 입으며 일부러 큰소리로 말했다.

"들으려면 들으라지! 저들은 뭐 이 짓 안 해보고 살았대? 이 집에선 내가 곧 황제야. 날 따르는 자는 살아남고, 거역하는 자는 망하게 돼 있어! 그 소리가 뭐 어때서, 운우지성(雲雨之聲)이거늘!"

"무슨 '운우지성'씩이나!"

오씨가 여전히 수줍어하며 서둘러 속옷으로 몸을 가렸다. 그리고는 한숨을 내쉬었다.

"전 갈수록 야생마가 되어 가는 것 같아요. 아녀자가 부끄러운 줄도 모르고……."

"사람은 누구나 다 이렇게 엎치락뒤치락하며 사는 거요."

화신이 빙그레 웃으며 여인을 품에 끌어안았다. 그리고는 어깨를 토닥여주었다.

"내가 그랬잖아, 황제도 이 짓 안 하곤 못 산다고. 나랑 살 섞는 것도 전생의 연분이라 생각하오. 나 아닌 다른 사내와 통정한 것도 아닌데, 어째서 그리 자책을 하오……."

화신이 이같이 말하며 고개를 떨구고 앉은 여인의 눈물을 닦아 주었다. 그러자 오씨가 일부러 토라진 척 돌아앉으며 말했다.

"그렇다고 어르신이 이년의 남정인 건 아니잖아요."

그 말에 화신이 위로를 했다.

"나도 누님의 머리를 올려주고 당당하게 드나들고 싶소. 어찌 안 그렇겠소! 하지만 우리가 어떻게 만난 사이요? 누님은 나의 구명은인이고 모두가 그렇게만 알고 있는데, 우리가 그렇고 그런 사이임을 밝힌다면 남들이 뭐라고 수군대겠소? 입이 시궁창인 자들은 누님이 마치 뭔가를 바라고 날 살려준 것처럼 떠들고 다닐 게 아니오. 굳이 우리 사이를 공개하지 않아도 이렇게 잘 만나고 있는데, 괜히 꼴 우습게 될 게 뭐 있소, 안 그렇소?"

화신이 찻잔을 들었다. 그리고는 조금씩 마시며 등촉(燈燭)에 시선을 박았다.

조용히 들으며 머리를 끄덕이던 여인이 화신이 돌연 입을 다물어버리자 그제야 고개를 돌려 화신을 바라보았다.

"듣고 있어요! 갑자기 벙어리가 된 건 아니죠? 무슨 생각을 그리 골똘히 하세요?"

"누님."

화신이 오씨의 얼굴을 손으로 부드럽게 감쌌다.

"이 바닥은 이렇게 잠잠하다가도 언제 광풍이 일어 배가 뒤집혀 버릴지 모르는 곳이오. 누님이 내 재산 지킴이 노릇을 좀 해줘야겠소…… 알다시피 기윤, 국태를 비롯해 조정대신들이 재산을 압수 수색 당하는 일이 비일비재한 실정이오. 앞으로 더하면 더했지 덜하지는 않을 것이오. 그런데 누님도 봐서 알겠지만 어느 누구에게도 주련(株連)은 없었소. 누님 같은 경우엔 더 안전할 테니 밖에서 잘 좀 챙겨주오……"

미소는 짓고 있었으나 가느다란 목소리는 마치 아득한 요원에서 미풍을 타고 들려오는 것 같았다. 눈에는 푸른빛이 감돌았다. 오씨는 오싹 소름이 끼쳐 어깨를 움츠렸다.

"만에 하나 내가 잘못……"

화신의 말이 끝나기도 전에 오씨는 대뜸 손으로 그 입을 막아버리며 나무랐다.

"무슨 그런 끔찍한 소릴 하세요. 과연 그리되면 난 그 돈을 몽땅 꿀꺽해버리고 말 거예요!"

그 소리에 화신이 히죽 웃어 보였다.

"최악의 경우엔 그게 몰수당해 개 좋은 노릇 시키는 것보다는 낫겠지! 허나 누님은 감히 내 은혜를 저버리고 그런 짓을 할 수는 없을 거요. 누님의 배신을 당하고 가만히 있을 나도 아니니까. 이것 참 이야기가 우습게 흘러가네……"

적당히 겁을 주고 난 화신은 서랍 모서리에 걸쳐놓은 자신의 두루마기를 가리키며 목소리를 한껏 낮춰 말했다.

"저 안에 은표(銀票)가 약 백만 냥 정도 들어 있소. 갖고 있다가…… 장부엔 기입하지 말고…… 내가 암시를 줄 때 작은 걸로 바꿔 잘 숨겨놓으면 되겠소……."

힐끗 두루마기를 쳐다보는 오씨의 두 눈엔 공포가 서려 있었다. 주인의 하늘을 덮을 듯한 담대함과 그 탐욕에 더럭 겁이 났던 것이다. 두루마기를 만질 듯 손을 내밀더니 이내 뜨거운 물건에 손을 대기라도 하듯 움츠러들었다. 그리고는 기어들어가는 소리로 말했다.

"어르신…… 은자는 먹고 살 만큼만 있으면 돼요. 꼬리가 길면 밟히는 법인데…… 하나둘씩 멀쩡하던 사람들이 거꾸로 박히는 걸 좀 보세요."

"아녀자들의 소견은 그래서 토끼꼬리라고 하는 거요."

화신이 웃으며 여인을 당겨 품에 안았다. 다시 손을 옷 속으로 밀어 넣어 젖가슴을 만지작거렸다.

"폐하께선 이제 연로하시어 기력이 어제 다르고 오늘 다르오. 지금은 조정 전체가 탐관과 소인배들로 들끓고 있소. 내 두 소매 속이 깨끗하다고 해서 누가 구린내에 묻혀 사는 나를 깨끗하다고 봐주겠소? 안 먹어도 먹었다고 할 것이오. 없어도 있다고 할 텐데. 지금 날 잡아 잡숫지 못해 밤잠을 설치는 소인배들이 한두 명이 아니오. 그래도 아무리 주먹을 휘둘러봤자 내 몸에 닿으면 솜방망이에 불과해. 왜 그런 줄 알기나 하오? 난 벗들이 많거든! 당연히 밀어주고 끌어주고 망을 봐주는 이들이 많아 그것들이 떴다 하면 미리 냄새를 풍겨주거든! 물론 그 자들도 맨입으론 안 되겠지. 코딱지 만한 월례은자의 열 배, 백 배에 달하는 은자를 찔러줘 봐, 무슨 짓인들 못하나! 돈이 권력을 만들고, 권력이 돈을 낳게 돼 있소! 그리고 층층이, 겹겹이 사람을 심어두면 보호막이 워낙 두꺼워 웬만해서는 다치는 일도 없고! 저 백만 냥도 죄를 지어 꼼짝없이 콩밥 먹게 생긴 관원들이 풀려나기 위해 낸 속죄은자와 좋은 자리 있으면 잊지 말아 달라며 내게 미리 효도한 돈이오. 허나, 염려할 건 없소. 난 꽃은 심어도 가시 달린 장미는 안 심으니까. 전풍이 산동에서 내 뒤를 캐고, 순의(順義)에 있는 나의 장원(莊園)까지 수소문하여 뒤에서 몽둥이를 날리려고 했었지. 당연히 도찰원(都察院)에 있는 벗들이 먼저 첩보를 입수하고 쾌마 편으로 내게 알려왔고, 난 류용과 한담을 하다가 화제를 어사품(御賜品) 쪽으로 몰고 갔소. 그리하여 자연스레 순의에 있는 장원 역시 폐하께서 하사하셨다는 식으로 말을 흘려버렸지. 돈이라는 건 아무 거나 받아 챙겨선 안 되고, 먹고 도로 게워내지 않을 자신이 있을 때 비로소 받는 거야. 제가 죽을 줄도 모르고 배터지게 아무 거나 받아먹고는 낙마하여 사면초가에 내몰리는 자들은 참으로 우매하고 미련한 거요. 내가 자신하는 것은 등잔 밑이 어둡다고 폐하의 가까이에 있으니 절로 보호색을 띠게 되었고, 재물을 아끼지 않고 펑펑 써 벗들이 피를 본 파리떼처럼 늘 주변에 득실거리기 때문이오!"

이같이 말하며 갑자기 손을 쑥 밑으로 집어넣어 오씨의 은밀한 곳을 건드리며 화신이 낄낄대며 덧붙였다.

"……마치 여기처럼 울타리를 빽빽하게 두르면 미친개들이 넘어오지 못하는 것처럼 말이오!"

……오씨는 그런 화신의 손길이 싫지 않다는 듯이 얌전히 몸을 내맡기고 있었다.

오씨와 운우지정을 나누고 가업을 번창하게 할 장밋빛 계획을 짜던 중 화신은 코까지 드렁드렁 골며 잠이 들어버렸다. 오씨 역시 나무뿌리처럼 엉킨 채 잠에 곯아떨어져 있었다.

바깥의 의사청에서 자명종 소리가 네 번 울렸다. 그 소리에 잠을 깬 화신은 오씨를 깨울세라 가만히 다리를 내리고 팔을 빼냈다. 그리고는 조용히 옷을 챙겨 입고 온돌에서 내려섰다. 그러나 오씨는 끝내 인기척에 깨고 말았다. 부랴부랴 옷을 입으며 그는 자책하듯 말했다.

"잠깐 눈을 붙인다는 것이 그만…… 대략 사경(四更)쯤 된 것 같은데요?"

손놀림이 다급한 여인을 향해 화신이 웃음을 지어 보였다.

"천천히 하오, 이 시간엔 아무도 올 사람이 없소. 누가 오더라도 내가 일이 있어 지금 불렀다고 하면 되지."

이에 오씨가 말했다.

"그래서 이러는 건 아니에요. 딸이 컸잖아요, 걔가 눈치를 챌까 봐 그래요……."

이같이 말하며 여인은 벌써 바람처럼 사라져 버렸다. 화신은 미소를 머금은 채 그 모습이 시야에서 사라질 때까지 지켜보았다. 그리고는 막 기침소리를 내어 사람을 부르려고 했다. 바로 그때 장이고가 호롱불을 들고 들어섰다. 그는 환하게 웃는 얼굴로 맞았다.

"아이고, 오늘 우리 마님께서는 대단히 일찍 일어나셨네요! 사경밖에 안 됐는데, 벌써 일어났소?"

"잠깐 드릴 말씀이 있어서요."

장이고가 등롱을 내려놓았다. 이른 새벽이라 한기를 느낀 듯 그녀는 두 손을 비비며 말을 이었다.

"오늘이 푸상 부인의 생신이에요. 아직 상복(喪服)을 벗지 않았는지라 예물을 어떻게 보내야 할지 모르겠네요. 그리고 이십사복진의 여동생, 저번에 어르신께서 첫눈에 반해버렸던 그 여자 말이에요. 그분 아이의 백일잔치가 낼모레라고 하는군요. 거기도 인사치레를 해야 하고……. 태후부처님 곁에서 시중드는 궁녀들의 월례은자를 올려주시기로 했다면서요? 얼마나 올려줄 건지 태감들이 알면 기분이 나쁠 거 아니에요. 이참에 태감들도 좀 올려주실 건지요."

화신은 조끼의 단추를 잠그며 여인의 말을 귀담아 들었다. 물로 입가심을 하고 다과를 몇 조각 집어먹었다. 그제야 그는 말했다.

"궁녀들의 월례은자를 올려주는 것은 큰마님이 부처님께 대한 효도 차원에서 자기 용돈에서 얼마를 떼어주는 걸로 해야지, 내가 준다는 얘기는 하지 말고. 그리고 태감들에게는 따로 할 것 없이 지의(旨意)나 의지(懿旨)를 전하러 왔을 때 찻값이라도 하라며 조금씩 찔러주면 돼. 그리고 푸상 부인의 생신 예물은 절대 소홀히 해선 안 돼. 상중(喪中)이니 뭐니 따질 것 없이 줘서 싫어하는 사람 어디 있어? 은자 만 냥에 해당하는 물건을 보내고, 흑룡강장군(黑龍江將軍)이 선물했던 갑옷과 투구도 함께 보내주오. 다른 데는 자네가 알아서 하는 게 좋겠소."

"공작부인의 생신에 갑옷과 투구는 뭐예요?"

장이고가 의아한 표정을 지었다.

"아닌 밤중에 홍두깨도 아니고."

이에 화신이 웃으며 말했다.

"복강안이 요즘 파죽지세야, 얼마나 잘나가고 있는데!"

아직도 이해가 되지 않는 것 같은 장이고를 보며 화신은 그 차가운 얼굴에 쪽 소리나게 입을 맞추고는 덧붙였다.

"갈게, 천천히 생각해 봐! 오늘밤 곱게 단장하고 기다려……."

장이고가 벌써 마당으로 사라진 화신의 등을 향해 입을 비죽거려 보이며 속으로 말했다.

'아휴, 암내야! 어젯밤엔 또 어느 사타구니에서 헤맸는지…….'

화신이 그 길로 서화문으로 왔을 땐 아직 날이 훤히 밝진 않았다. 시계를 보니 아직 묘시(卯時)도 안 된 이른 시각이었다. 수레에서 내려서니 북쪽 호숫가에서 불어오는 찬바람에 코끝이 찡해졌다. 이빨까지 찧으며 드르르 떨고 나니 한결 정신이 맑아지는 것 같았다.

궁문은 벌써 열려 있었으나 입궐한 사람은 화신뿐인 것 같았다. 홀로 휑뎅그렁한 돌사자 옆에 서 있으니 동쪽 궁문 낭하에 줄줄이 내다 걸린 궁등(宮燈)들이 동트는 새벽바람에 허옇게 흔들리고 있었다. 궁궐의 담장을 따라 나무기둥으로 착각하기 쉬운 선박영(善撲營)의 군교(軍校)들이 꼼짝도 하지 않고 못 박힌 듯 서 있었다. 목재(木材)와 석재(石材)를 산같이 쌓아두었던 서쪽 광장에는 어느덧 석재가 모두 실려나간 듯 깨끗하게 비워져 있었다. 아침 안개가 엷은 장막처럼 끼어 멀리 있는 민가들이 여느 때보다는 잘 보이지 않았다.

서북쪽으로 보이는 호수엔 고기의 비늘이 번뜩이는 것 같은 맑은 물이 넘실대고, 그 출렁임에 언덕 위의 흐드러진 버드나무 가지가 바람에 살랑거리며 손짓을 하고 있는 것 같았다……. 그 뒤에는 넓은 복숭아나무 숲이 펼쳐져 있으나 시야엔 들어오지 않았다. 도화(桃花)가 만개하고 화향(花香)이 그윽한 이 아침에 기윤(紀昀)이라면 벌써 벽옥(碧玉) 같은 시를 열 수도 넘게 읊어냈을 테지만 그는 감흥만 북받쳤지 떠오르는 '건더기'는 없었다. 실망한 기색으로 한숨을 지으며 그는 수레께로 다가가 수행한 종복들에게 지시했다.

"내가 깜빡할까봐서 그러는데, 돌아가면 내게 귀띔해 줘. 조인(曹寅)이 엮은 〈전당시(全唐詩)〉, 이태백(李太白)의 〈촉도난(蜀道難)〉, 송옥(宋玉)의 〈이소(離騷)〉를 구해서 독파하라고 말이야. 책을 읽어야지, 안 되겠어."

가인들이 굽실거리며 손꼽아 책이름을 외고 있을 때 등뒤에서 웃음소리가 들려왔다. 어느새 수레에서 내린 류용이 가까이 다가왔던 것이다. 화신이 웃으며 말했다.

"어제 당직을 섰었나 보오? 헌데 내가 책을 읽는다니 우스워서 그러오? 나도 이제부터는 적당히 음풍농월(吟風弄月)을 해가면서 품위있게 보여야겠소!"

"품위있게?"

류용이 더욱 껄껄 웃음을 터트렸다.

"물론 늦지는 않았지!"

그러면서 류용이 막 〈촉도난〉은 〈전당시〉에 수록되어 있고, 〈이소〉는 송옥이 아닌 굴원(屈原)의 작품이라는 걸 바로잡아 주려고 할 때 궁전 안에서 와자지껄하게 떠들며 30여 명이 몰려나왔다. 그 중 나이가 들어 보이는 축은 약관(弱冠) 정도 된 것 같았고, 더러는 예닐곱 살밖에 안 된 것 같았다. 보니 모두 황실근친(皇室近親)임을 나타내는 노란 띠를 맨 황자들이었다.

육경궁 사부인 왕이열의 안내를 받으며 나온 이들은 떠들어선 안 된다는 궁중의 법규상 안에서는 제법 어른스레 뒷짐까지 지고 팔자걸음하며 나왔으나 서화문으로 나오고 나니 환호성이 터져 나왔던 것이다. 저마다 "형", "아우", "이숙(二叔)", "삼질(三侄)" 등등 부르는 호칭이 다양했다. 몇 시에 낚시를 갈 거냐며 시간약속을 하는가 하면 어디서 만나 연극구경을 가자고 하며 떠들어대는 아이들도 있었다. 돌사자상 남쪽 어딘가에서 기다리고 있던 유모와 어멈, 종복들마저 우르르 몰려나와 각자 주인을 찾아 손잡고 안아주고 준비해온 우유며 다과를 먹여주느라 야단법석이었다……

서화문 밖은 마치 새벽의 가축시장을 방불케 했다. 빙그레 웃으며 그 모습을 지켜보고 있던 화신과 류용은 그들이 각자의 수레에 올라타는 걸 보며 왕이열을 불렀다.

"왕 사부님, 수고하십니다! 매일같이 통 정신이 없으시겠습니다!"

"일찍 나오셨네요, 두 분 대인! 다행히 안에서는 조용히 있어주고 말썽을 부리지는 않습니다."

왕이열이 웃으며 덧붙였다.

"아직은 연치(年齒)들이 어려서 노는 게 더 좋은 때지요."

왕이열은 전혀 피곤한 기색 없이 환히 웃으며 이같이 말했다. 그러자 화신이 말했다.

"난 육경궁에 못 들어가봐서 그런데, 가끔은 저 분들이 착오를 범한다든가 하면 혼을 내실 때도 있으십니까?"

"따끔하게 일러주기도 하고 때에 따라선 매도 들지요. 어제는 장친왕(莊親王)의 손자가 삼계척(三戒尺)에 두어 대 맞았지요. 화친왕(和親王)의 손자인 면륜(綿倫)이와 둘 다 외우라는 문장도 못 외워온 주제에 여치를 서로 갖고 놀겠노라고 싸우다가 곤욕을 치른 건데, 면륜이는 이제 겨우 여섯 살밖에 안 됐는지라 매를 맞는 대신 밖에 나가 무릎 꿇은 채 한 시간 동안 문장을 외우게 했지요."

류용은 가만히 웃기만 할뿐이었다. 그러나 화신은 내심 혀를 내둘렀다. 장친왕의 손자는 그렇다고 쳐도 면륜은 건륭의 적친질손(嫡親侄孫)이었다. 그리고, 가끔씩 건륭이 무릎 위에 올려놓고 있던 모습도 본 적이 있었던 것이다. 그런데 어찌 감히 그 아이를 체벌할 수 있단 말인가?

그러나 왕이열은 전혀 대수롭지 않게 생각하는 눈치였다. 그는 여전히 웃으며 말했다.

"그렇지 않아도 화 대인을 찾아뵈려던 참이었는데, 잘됐소. 다름이 아니고 육경궁의 월례은자가 아직 안 내려와서 말이오. 내무부에 문의를 했더니, 화 대인에게서 돈이 들어오지 않아서 그러니 직접 물어 보라는 게 아니겠소. 그리고 우리 육경궁의 서방(書房)에도 월 얼마씩을 고정적으로 지급해 주었으면 좋겠소. 한 30냥 정도 있었으면 좋겠는데, 가끔씩 황자마마들께서 급히 필요로 하실 때 조금씩 드리기도 하고, 먹이니 종이니 하는 것들이 요즘 값이 엄청 올랐거든요."

그러자 화신이 흔쾌히 승낙을 했다.

"염려하지 마십시오. 제가 오늘 당장 해드리겠습니다. 30냥 갖고 어느 코에 바르겠습니까! 월 2백 냥씩 보조해드릴 테니까 때가 되면 태감들을 보내 타가도록 하십시오. 모자라면 어려워하지 말고 저에게 얘기해 주시고요. 내무부의 그 자들이 감히 월례은자를 제때에 안 내어주고 사부님께 무례를 저지르면 제게 귀띔해 주십시오. 제가 오줌 질질 싸게 혼을 내줄 테니까요!"

호방한 쾌인쾌어(快人快語)에 깊은 배려와 깍듯한 예우, 추호도 꾸밈이 있는 모습이 아니었다. 왕이열은 조용히 웃으며 가볍게 머리를 끄덕여 보일 뿐이었다.

한편 그 모습을 지켜보며 류용은 교언영색의 달인이라는 딱지를 달고 다니는 화신이지만 이같이 좋은 일에 쾌척할 줄도 알고 가끔씩 베푸는 데 결코 인색하지 않는 화신을 보며 도무지 종잡을 수가 없었다.

날은 어느새 훤히 밝아 궁중에서는 태감들이 사다리를 놓고 궁등을 철거하느라 발걸음이 분주했다. 비스듬히 돌계단 위에 서 있던 왕이열이 궁 안에서 나오는 왕렴을 발견하고는 웃으며 말했다.

"두 분 대인, 폐하께서 들라고 하시는 것 같습니다. 십오마마께오서 오늘 호부의 회의 때 참고하실 자료를 좀 검토해 주십사 하여 저도 가봐야겠습니다."

그러자 화신이 급히 말했다.

"여덟째마마와 십오마마께오서 지난번에 장조(張照)와 고사기(高士奇)의 서예작품 몇 점을 구할 수 없느냐고 하시기에 제가 장조의 〈악양루기(岳陽樓記)〉와 고사기의 〈칠발(七發)〉을 구해 놓았는데, 사부님께서 대신 전해주시겠습니까. 우리는 남의 이목도 있고 입장이 좀 그래서요."

이에 왕이열이 히죽 웃어 보였다. 그리고는 말했다.

"입장을 고려한다면야 내가 더 조심스럽지요. 아마 가격을 쳐드리려고 할거요. 아무튼 대신 전해줄 수는 있소. 사고 싶으면 태감을 그리로 보내는 거고, 아니면 말고 그렇지 않겠소?"

말을 마친 왕이열은 곧 읍해 보이고 자리를 떴다. 그의 뒷모습을 바라보며 화신이 무어라 중얼거렸다. 이에 류용이 물었다.

"방금 무어라고 했소?"

"정인군자(正人君子)라고……."

화신이 실망스런 한숨을 내쉬며 덧붙였다.

"됐소, 들어갑시다."

둘은 곧 왕렴을 따라 융종문으로 들어갔다. 군기처 앞에는 아계가 혼자 몇몇 장경들과 이야기를 나누고 있었다. 류용은 당직인지라 군기처로 들어갔다. 우민중은 아직 군기처로 나오지 않은 것 같았다. 밤을 꼬박 새운 듯 눈가가 거뭇거뭇한 아계와 몇 마디 인사말을 주고받고 난 화신은 곧 건륭을 알현하러 들어갔다.

10. 원명원(圓明園)

어화원(禦花園)에서 돌아온 건륭은 부쿠(일종의 무예)와 태극권으로 한바탕 땀을 쏟고 나니 한결 가뿐하여 기분이 상쾌해졌다. 산삼탕을 한 그릇 비우고 장백산 머루주까지 한 잔 마시고 나니 더욱 그러했다. 태감 복인(卜仁)의 시중을 받으며 얇은 솜을 누빈 하늘색 면 두루마기로 갈아입고 그 위에 양털조끼를 걸쳤다. 복인이 등뒤에 무릎꿇어 손동작도 날렵하게 길게 땋아 내린 머리채를 금박 실로 묶고 있었다. 궁전 안은 숨소리마저 크게 들릴 정도로 조용했다.

이때, 밖에서 들려오는 화신의 발소리와 기척에 건륭이 고개를 돌렸다. 그리고는 웃으며 말했다.

"들게! 우민중은 어젯밤 아계와 군기처에서 날을 샌 모양일세. 우유 두 그릇을 상으로 내렸는데, 곧 올 테니 잠깐만 기다려보게."

우민중에게 우유를 상으로 내렸다는 말에 화신은 데운 우유에서리는 김처럼 엷게 번지는 질투를 느꼈다. 부러운 기색도 없지 않았다. 그는 웃으며 아뢰었다.

"폐하께오선 신하에 대한 배려가 실로 자상하시옵니다. 사실 우민중이나 신의 나이에는 하룻밤쯤 지새운다고 문제될 건 없사옵니다. 신도 어젯밤 염운사(鹽運使)와 해관총독(海關總督), 그리고 하독아문(河督衙門) 등지에 보낼 서찰을 열 몇 통이나 쓰고 나니 잠 때를 놓쳐 역시 잠은 한숨도 청하지 못했사옵니다!"

그 말에 건륭이 웃음을 지었다. 그리고는 분부했다.

"화신에게도 우유 한 잔 내다 주거라, 공평해야지!"

태감이 응답과 함께 물러가자 자녕궁의 총관태감인 진미미가 들어섰다. 이에 건륭이 물었다.

"태후부처님께서 기침하셨느냐? 혹시 부처님께오서 무슨 분부라도 계신 거냐?"

"아…… 그런 건 아니옵니다."

진미미가 허리를 굽실거렸다. 그리고는 마른 웃음을 지으며 조심스레 아뢰었다.

"폐하께오서 어젯밤 태후부처님 처소로 거동하시지 않으셨기에 부처님께오서 가보라고 하셨사옵니다. 폐하께오서 기색이 좋으셔야 부처님께오서도 안심하실 것이옵니다……."

화신은 우윳잔을 받아 조금씩 마시며 진미미를 뚫어지게 바라보았다. 보기에 그는 눈길 둘 데를 몰라하는 것이 어딘가 놀란 토끼처럼 불안해 보였다. 웃음도 애써 지어내는 것 같이 어색했다. 그러나 건륭은 그런 것에는 개의치 않고 알았으니 물러가라는 식으로 손사래를 쳤다. 진미미는 뭔가 할말이 있는 듯 잠시 입을 실룩거리더니 도로 삼키고는 물러갔다.

두 손으로 사발을 받쳐들고 우유를 반쯤 마시고 난 화신은 뭔가 이상하다고 생각하며 고개를 돌려 물러가는 진미미를 오래도록 응시했다. 그리고는 약간 틀었던 몸을 바로 하며 무어라 말하려 할 때 건륭이 물어왔다.

"이시요(李侍堯)의 사건과 관련하여 각 성의 총독, 순무들이 올린 상주문을 읽어보았나?"

화신이 급히 사발을 내려놓고는 정색하며 대답했다.

"정문(正文)은 미처 배독(拜讀)하지 못했사옵고, 절략(節略)만 훑어보았사옵니다. 신이 알기로 단지 안휘순무(安徽巡撫) 민악원(閔鶚元)만 팔의(八議)의 예를 들어 관용을 주장하였던 것 같사옵니다. 하오나 그 역시 원문은 아직 읽어보지 못했사옵니다."

"짐은 그 상주문을 어람했네."

건륭이 덧붙였다.

"경도 관용을 주장했던 것 같은데?"

"예, 그렇사옵니다."

화신이 무릎을 꿇었다. 차분히 건륭의 시선을 받으며 말을 이었다.

"이시요는 전과가 없이 우연히 실족(失足)한 걸로 보이옵니다. 팔의제도(八議制度)의 적용대상에도 포함되옵니다. 하오나 모든 것을 떠나서 이시요가 유능한 관리임에는 이의를 달 사람이 없다는 것이옵니다. 치안을 수정(綏靖)하고 일방의 안전을 도모하는 데는 그만한 사람이 없다고 생각하옵니다. 조정엔 현재 그러한 인재가 절실히 필요한 실정이옵나이다."

건륭은 말없이 화신을 힐끗 쳐다보았다. 그리고는 편각의 침묵 끝에 입을 열었다.

"10만 냥을 횡령하려다 미수에 그친 것은 결코 당당하다고 할 수 없지. 생일상을 차려놓고 황금 3백 냥씩을 받아 챙겼는데, 그리 쉬이 용서가 된단 말인가!"

"지당하신 말씀이옵나이다!"

화신이 이마를 숙인 채 덧붙여 아뢰었다.

"바로 만천하에 알려졌을 시 몰매를 맞을 게 뻔한 죄인이기에 폐하께오서 관용을 베푸셨을 때 그 관정(寬政)이 더 빛을 발하게 될 게 아니옵니까? 국태(國泰)가 죽음을 당하고, 기윤(紀昀)이 유배당한 마당에 관가는 두려움에 전전긍긍하고 있사옵니다. 이를 안무(按撫)할 수 있는 방법은 이시요를 관대하게 용서해주시는 것이 무엇보다 효과적일 것 같사옵니다. 이시요가 과연 인두겁을 쓴 사람이라면 세심혁면(洗心革面)하여 차사에 더욱 열중하여 성은에 보답할 것이옵니다. 좋은 본보기로 노작(盧焯)의 선례가 있사옵니다."

이는 화신이 날밤을 하얗게 지새워가며 생각을 거듭하여 걸러낸 알맹이였다. 대단히 설득력이 있었기에 화살마다 과녁을 명중하는 격으로 건륭의 마음에 와 닿았다. 이시요와의 알력이 여전한 화신의 입에서 나온 말이기에 건륭은 더욱 설득력 있게 느껴졌다. 실로 화신이 이같이 진심으로 이시요를 사지에서 구출해내고자 안간힘을 쓸 줄은 몰랐던 건륭은 감격했다.

"아계(阿桂)는 처음부터 이시요가 푸헝의 문생이라 하여 과전이하(瓜田梨下)의 혐의를 피하고자 신중한 반응을 보여왔고, 류용(劉鏞)은 별다른 반응이 없었지. 우민중은 시종 엄벌하자는 쪽이고. 경들이 이같이 진실로 사군(事君)하니 짐은 실로 기쁘네."

그사이 우민중이 들어섰다.

"화신의 옆에 가 앉게, 지금 이시요에 대해 논하고 있는 중이네!"

"신은 화신이 아뢰는 바를 밖에서 들었사옵니다."

우민중이 화신과 나란히 앉았으나 눈길 한번 주지 않은 채 건륭을 향해 공수해 보이며 아뢰었다.

"이시요는 탐욕스러울 뿐더러 악랄하기까지 하옵니다. 운남동정사(運南銅政司)에 있을 때 단지 세 사람의 적발을 근거로 광공(鑛工)들을 십여 명도 더 되게 아문 밖으로 끌어다 목을 쳤다고 하옵니다. 그 발호와 흉악함은 가히 제 2의 전도(錢度)라고 하옵니다. 안휘순무 민악원은 정신이 온전치 못하든지 아니면 누군가의 사주를 받았든지 둘 중 하나이옵나이다. 그렇지 않고서는 감히 폐하의 인자(仁慈)를 악용하여 목을 치는 게 마땅한 중죄인을 구명하고자 발광하고 다니진 않을 것이옵니다."

누군가의 사주를 받았다는 대목에서 그는 화신을 힐끗 쓸어보았다. 눈빛의 여광(餘光)으로 이를 감지했으나 화신은 못 본 척하며 담담한 미소를 걸고 앞의 벽만을 뚫어지게 바라보고 있었다. 건륭은 나름대로 생각을 굳혔으나 즉석에서 우민중의 주의(奏議)를 반박할 생각은 없었다. 건륭이 말했다.

"이시요는 목을 쳐 마땅한 죄를 지었으나 그 죄를 용서받을 가능성도 충분하네. 그런 까닭에서 둘 다 맞는 말을 했네. 죽여 마땅한 자를 살려주는 게 관정(寬政)의 취지가 아니겠나! 원명원으로 가려면 서둘러야겠네, 가까운 거리가 아닌데. 우민중, 자네는 다 못한 말이 있으면 돌아와서 아뢰는 게 어떻겠나?"

이쯤 하면 건륭이 자신의 체면을 충분히 봐주고 있다는 걸 알 수 있었다. 우민중은 맺고 끊을 데를 몰라 괜히 혀를 잘못 놀렸다가 건륭의 심기라도 불편하게 할까봐 급히 그리하겠노라고 했다. 그리고는 덧붙여 아뢰었다.

"신도 이시요를 개인적으로 미워하는 건 아니옵나이다. 폐하의 관대한 정치에 어긋나지 않게 처신하여 관가와 민심을 안무하는 것도 바람직하다고 사려되옵니다. 신이 미처 거기까지 생각이 미치지 못했사옵니다. 신의 무지를 용서해 주시옵소서."

건륭이 웃으며 머리를 끄덕일 뿐 더 이상 말은 하지 않았다. 왕렴 등이 달려나가 떠날 채비를 서둘렀다. 건륭이 의장대를 동원하여 호호탕탕하게 출발하는 걸 원치 않았기에 일행은 조용히 신무문(神武門)으로 나가 서쪽으로 향했다.

자금성(紫禁城)을 나서는 것은 참으로 오랜만이었다. 겨우내 대궐 안에 갇혀 있다시피 한 건륭은 봄을 맞아 처음으로 성을 벗어나니 시원하고 풋풋한 풀내음 섞인 바람이 그렇게 상쾌할 수 없었다. 그는 아예 수레의 창문에 턱을 대고 바깥경치를 구경했다. 왕렴이 양쪽 창의 발을 돌돌 말아 걷어올렸다. 그리고는 아뢰었다.

"자금성도 좋지만 밖의 경치도 그만이옵나이다! 저 흐드러진 도화(桃花)를 좀 보시옵소서, 저 늘어진 버드나무는 또 얼마나 싱그럽사옵니까! 물도 어쩌면 저리 물감을 풀어놓은 것 같은지요……."

건륭이 가벼운 손짓으로 태감의 호들갑을 제지시켰다. 연신 흙내음 싱그러운 상쾌한 공기를 벌름거려 마시며 건륭은 멀리 시선을 두었다. 오른쪽으로 경산(景山)이 한눈에 안겨왔다. 첩첩이 푸른 장벽을 두른 것 같은 소나무와 온갖 고목들이 봄옷을 갈아입어 도처에 녹색 물이 흐르고 싱그러운 신록 사이로 산등성이에는 빨강, 노랑, 분홍 등 갖가지 들꽃들이 점점이 박혀 한 폭의 수채화를 보는 것 같았다. 왼쪽으로는 외성어하(外城御河)가 흰 띠 같았고, 버드나무가 십 리 언덕에 빽빽이 늘어선 그곳엔 천 가닥, 만 갈래의 풍정(風情)이 뭇 사람들의 춘심을 사로잡고 있었다. 물위에는 겨우내 갇혀 있다가 처음 나온 물놀이에 신이 난 흰오리떼들이 삼삼오오 짝을 지어 한가로이 노닐고 있었다. 맞은 편의 홍장황와(紅墻黃瓦)의 엄숙한 궁궐 분위기와는 판이하게 달랐다.

말을 타고 나란히 수레 옆에서 따라가는 화신과 우민중도 잠시 어색한 분위기를 떨치고 주위의 경관을 둘러보며 사뭇 생기가 돌았다. 건륭이 밝은 표정을 지으며 물었다.

"화신, 화무십일홍(花無十日紅)이라고 이같이 좋은 경관이 언제나 있는 건 아니네. 이럴 때 멋진 시 한 구절 떠오르는 게 없나?"

"아, 예……."

고삐를 잡고 수레를 따라가며 봄이 오는 소리에 흠뻑 도취해 있던 화신은 느닷없이 창으로 고개 내밀어 물어오는 건륭의 소리에 잠시 어리둥절했으나 곧 웃어 보이며 아뢰었다.

"시흥(詩興)은 북받치오나 워낙 먹물이 바닥인지라……. 산색(山色)과 호광(湖光)이 더불어 빛나고, 조어(鳥語)와 화향(花香)이 뒤섞여 황홀하네. 뇌즙(腦汁)을 짜고 창자를 훑어 겨우 이 정도이옵나이다. 합격이옵니까, 폐하?"

이에 건륭이 말했다.

"〈등왕각서(滕王閣序)〉의 구절에 옷을 갈아 입혔군. 그래도 독서를 좀 한 게로군."

그러자 우민중이 나섰다.

"나름대로 잘 입힌 것 같사옵니다. 고금(古今)의 문장은 잘 베끼는 게 재주이옵나이다. 누가 더 묘하게 베끼느냐에 승부가 달려 있다고 볼 수 있사옵니다. 유신(庾信)은 '떨어지는 꽃잎과 물총새가 함께 날고, 수양버들과 푸른 깃발이 같은 색이다[落花與翠蓋齊飛, 楊柳共靑旗一色]'라고 베껴 오늘 같은 봄날을 묘사했었사옵니다. 왕발(王勃)의 '낙하추수(落霞秋水)'라는 말도 여기서 유래한 걸로 알고 있사옵니다. 거기다 화신은 '산색호광(山色湖光)'과 '조어화향(鳥語花香)'으로 멋을 낸 것 같사옵니다."

이에 화신이 웃으며 말했다.

"우 공은 실로 박학다식하시오! 난 그런 말은 알아듣지도 못하는 무식한 사람이오. 다만 새소리가 좋고 산색이 싱그러워서 그렇게 말했을 뿐이오."

그러자 건륭이 말했다.

"시사(詩詞)라는 건 어떤 경치나 사물을 보았을 때 솔직히 느끼는 바를 표현해내는 것이 중요하지. 유신의 시는 청신(淸新)한 느낌을 주는 특징이 있네."

이번에도 우민중이 입을 열었다.

"두보(杜甫)는 〈봄날에 이백을 그리며[春日憶李白]〉이라는 글에서 '이태백의 시는 무적(無敵)이다. 그 표연(飄然)함을 따를 이는 어디에도 없다. 시풍(詩風)이 청신한 유신은 개부(開府)하고, 준일(俊逸)한 포(鮑)는 참군(參軍)하였다'라고 했사옵니다. 청신한 자는 준일함이 없고, 준일한 자는 청신함이 결여되어 있거늘, 이태백의 시는 '청신'과 '준일'을 두루 느낄 수 있으니 천하의 '무적(無敵)' 시인이라고 했나 보옵니다. 그런 측면에서 볼 때 화신의 두 구절은 양춘백설(陽春白雪, 고상하고 기품 있는 예술)도 아니옵고, 하리파인(下里巴人, 이른 바 삼류작품)도 아닌 적속적아 불아불

속(亦俗亦雅, 不雅不俗)인 것 같사옵니다!"

알아듣지도 못할 소리지만 자신에 대한 야유임에는 틀림없다고 화신은 생각했다. 옥신각신 따지고 싶지는 않았으나 그렇다고 조용히 넘어가기는 싫은 화신이 말했다.

"기윤이 언젠가 왕치더러 '적남적녀 불녀불남(亦男亦女, 不女不男)'이라고 하더니, 우 중당은 이것도 아니고 저것도 아니고 네 맛도 내 맛도 아닌 걸 좋아하나 보지?"

두 신하의 입씨름을 들으며 건륭은 조용히 웃으며 차를 마실 뿐 말이 없었다.

어느덧 군신 일행은 성 밖으로 멀리 나와 원명원에 다다르고 있었다. 자금성에서 서북쪽으로 펼쳐진 광활한 대지는 원명원(圓明園) 확장공사에 편입되어 금원(禁苑)이 되어 있었다. 때문에 도중에 평민들의 집은 찾아볼 수 없었다. 철폐한 평민들의 집거촌(集居村)에서 나온 쓰레기들이 여러 개의 작은 산을 이루고 있었으나 벌써 깨끗하게 치운 상태였다.

실로 끝이 보이지 않는 광활한 광장이었다. 북으로 멀리 바라보니 푸른 물결 넘실대는 맥랑(麥浪)이 하늘과 수평을 이루고 있었다. 그곳에 춘광(春光)을 즐기러 나온 사람들과 연을 띄워놓고 쫓아다니는 아이들의 모습도 보이는 것 같았다. 전원목가(田園牧歌)의 풍경이 그림 같았다.

서쪽에는 석벽(石壁)이 깊숙한 배수로를 따라 견고하게 세워져 있었고, 남으로 멀리멀리 뻗어나가 육안으로는 그 끝이 보이지 않았다. 석벽은 매 오백 보마다 트여 있어 병사들의 경계가 삼엄한 가운데 사람들이 수시로 드나들고 있었다.

석벽 밖에 새로이 판 배수로는 아직 준공이 되지 않은 듯 배수로 안에는 윗통을 훤히 드러낸 민공(民工)들이 개미같이 득실거렸다. 흙을 파내고 돌을 운반하느라 일사불란하게 움직였고, 언덕 위에는 몇 보 간격으로 사람들이 왔다갔다하는 모습이 보였다. 공사현장 감독관들인 것 같았다.

석벽 안쪽에는 이미 대나무를 비롯해서 온갖 아름드리 나무들이 울창하게 심어져 있었고, 무성한 잎새 사이로 홍루(紅樓), 백탑(白塔), 고각(高閣), 장정(長亭)이 신비스레 모습을 드러내고 있었다. 울창하고 커다란 숲의 장막에 둘러싸인 것 같은 웅장하고 거대한 저 곳이 바로 만원지원(萬園之園)의 원명원이었다.

화신은 재정과 군무 외에도 이 거대공사의 총감독을 맡고 있었는지라 아직 완공되지 않아 조금은 어수선한 모습이지만 모든 구조를 손금 보듯 일목요연하게 꿰뚫고 있었다. 건륭과 우민중이 말고삐를 움켜잡은 채 눈 둘 바를 모르고 있자 화신이 채찍으로 멀리 가리키며 아뢰었다.

"이 쪽은 다 쪽문이옵니다. 지금은 목재며 석재를 운반해야 하오니 활짝 열어 놓았사오나 앞으론 모두 삼엄한 경비를 갖출 것이옵니다. 저 앞에 보이는 쌍갑문(雙閘門)도 나중엔 기둥 아홉 개짜리 거대한 차양(遮陽)을 세우고 전부 장청등(長靑藤, 늘푸른 넝쿨)으로 '만수무강' 글씨를 만들어 병풍을 세울 것이옵니다. 그리고 저쪽 쪽문으로 나가시면 동쪽으로 몇백 보 거리에 청범사(淸梵寺)가 있어 부처님과 황후마마 그리고 여러 후궁마마들께서 향을 사르고 기도를 하기에 대단히 편리할 것이옵니다. 서쪽으로 30리께는 바로 역도(驛道)와 마주하고 있어서 가을에 서산(西山)으로 단풍놀이를 가고, 옥천산(玉泉山)으로 샘물을 길러 가기에도 그만이옵나이다……."

그의 입은 마치 만장폭포(萬丈瀑布)가 쏟아져 내리는 것 같았다. 고삐를 당겨 조금씩 앞으로 가면서도 여기저기 가리켜가며 그의 말은 끊이지 않았다. 만국역관(萬國驛館)은 어디에 있고, 구주청안(九洲淸晏), 정대광명전(正大光明殿)은 어디에 있다는 걸 일일이 손끝으로 짚어내고 간단한 설명까지 곁들이는 것도 잊지 않았다.

이르는 곳마다 벽동서원(碧桐書院), 자운보호(慈雲普護), 행화춘관(杏花春館), 산고수장루(山高水長樓), 천지일가춘(天地一家春), 사의서옥(四宜書屋), 방호승경(方壺勝境), 담녕거(澹寧居), 도녕재(道寧齋), 소상재(素尙齋), 운금재(韻琴齋), 읍산정(揖山亭), 연상정(延賞亭), 서봉실(書峰室), 애취루(愛翠樓), 고운헌(古韻軒), 녹의랑(綠意廊), 배차오(培茶塢), 백금한궁(白金漢宮), 크레믈린궁……. 숨 한번 고르지도 않고 그는 청산유수의 말솜씨를 맘껏 과시하고 있었다.

건륭과 우민중, 그리고 호종한 태감, 궁녀, 어멈들은 그 손길에 따라 여기저기 숨가쁘게 고개를 돌려대고 있었다. 목운동은 실컷 하는 셈이었다. 그러나 수많은 궁궐, 정자, 서원, 도로 이름 중에 기억에 남는 건 거의 없었다. 그러거나 말거나 화신의 입은 지칠 줄을 몰랐다.

"……이리로 들어가면 바로 심향정(沁香亭)이 있고, 그 남쪽에 있는 향원실(香遠室)을 지나가면 곧 보월루(寶月樓)이옵니다……."

연신 머리를 끄덕이며 듣고 있던 건륭이 히죽 웃으며 드디어 그 말허리를 잘랐다.

"보아하니 한 시간을 들어도 다 못 듣겠네. 여기서 보월루가 가깝다고 하니 오늘은 보월루만 보고가지. 다 돌고 가려면 하루종일 다녀도 부족하겠네."

"하루가 아니오라 주마간산(走馬看山)식으로 둘러보려고 해도 한 달은 족히 걸릴 것이옵니다. 여기저기 기웃거리며 잘 구경하려면 적어도 두 해는 넉넉히 걸릴 것이옵니다."

화신이 뽐내듯 아뢰었다. 고개를 돌리던 중에 설핏 진미미가 쭈뼛거리며 남쪽에서 걸어오는 모습이 보이는 듯했다. 무슨 일일까, 속으로 잠시 생각하는 사이 진미미는 어느새 배수로 아래로 내려가 보이지 않았다. 그는 늘어놓던 말에 종지부를 찍어야만 하는 강박관념에 사로잡힌 듯 집요하게 말을 이어나갔다.

"……북쪽으로 호수와 호수가 끝없이 이어지고 정원과 정원이 꼬리를 물며 원명원과 혼연일체를 이루니 실질적으로 원명원의 면적은 방원 4백리라고 하옵니다!"

이같이 말하며 그는 말에서 내렸다. 우민중도 따라 내렸다. 흰지붕이 동그라니 버섯 같은 보월루가 눈앞에 모습을 드러냈던 것이다.

보월루는 사실 건평이 네댓 무(畝) 정도에 불과했다. 건륭도 가마에서 내렸고, 화신과 우민중은 앞에서 궁궐을 빙 돌아가며 안내하기 시작했다. 위는 정자이고 아래는 전각의 양식이었고, 궁전은 침궁(寢宮)과 연궁(筵宮)으로 구분되어 있었다.

지붕 위의 정자는 둥그렇고 끝이 뾰족한 것이 북해(北海)의 백탑(白塔)과 비슷했다. 안으로 들어가니 선방(膳房), 차방(茶房), 약방(藥房), 재방(齋房), 목욕방(沐浴房)도 따로 있었다.

군신 세 사람은 내부에 있는 계단을 따라 올라갔다. 화신이 가볍게 계단을 발로 굴러 보이며 말했다.

"용귀비(容貴妃, 화탁씨)께오서 유난히 정결하고 깔끔한 걸 좋아하시어서 이렇게 설계했사옵니다. 아래층엔 시공을 할 때 온천을 뚫었사옵고, 겨울철의 난방은 시탄(柴炭)이 따로 필요 없이 벽과 온돌에 지룡(地龍)을 설치하여 기관을 누르면 더운물이 절로 순환하면서 방을 데우는 선진적인 방식을 도입했사옵니다. 겨울에도 궁전 안에선 솜옷을 입을 필요가 없게 되어 있사옵니다. 목욕실의 물도 온천수이옵니다. 다른 데는 온천수가 아니오나 유독 이곳 보월루에만 온천수가 콸콸 솟아나고 있사옵니다. 실로 폐하와 용귀비마마의 복덕(福德)이 아닐 수가 없사옵나이다!"

건륭은 미소를 지어 보일 뿐 말이 없었다. 아직 공사가 한창이어서 조금은 무질서해 보이지만 이미 준공된 곳에는 터키, 로마, 인도 등의 건축양식을 본 딴 건물들이 더러는 웅장하게 더러는 영롱하게 종횡으로 교차한 호수와 울창한 숲 속에 점점이 박혀 있는 것이 장관이 따로 없었다. 모두 완공됐을 때의 모습을 미리 상상해 보는 것만으로도 건륭은 흥분하여 가슴이 터질 것만 같았다!

도면(圖面)으로 볼 때는 크다는 생각밖에 없었으나 친림(親臨)하여 직접 목격한 장관은 그 어떤 단청묘수(丹靑妙手)로도 형용할 수 없고, 세상 그 무슨 미사여구로도 표현할 수 없을 것 같았다! 감개무량하여 눈가가 축축해진 건륭이 잠시 감정을 눅자치고는 서쪽 어딘가를 가리키며 화신에게 물었다.

"저기가 청진사(淸眞寺)인가?"

"예, 그렇사옵니다!"

화신이 급히 대답했다.

"우가(牛街)의 청진사를 본 따 지은 것이옵니다. 하오나 태후부처님의 불당(佛堂)보다 크게 지을 순 없어 2백 명 내외밖에 수용

할 수 없을 것이옵니다. 안에는 페르시아 글로 〈고란경(古蘭經, 코란)〉을 새겨 지금은 도금(鍍金)중이라 하옵니다."

건륭이 웃으며 덧붙였다.

"꼼꼼하게 면면을 잘 고려한 것 같네. 평소엔 용귀비 혼자 예배를 올릴 테니 조금 작아도 무방할 테지. 회교(回敎)의 사절단들이 내방한다고 해도 2백 명이야 더 되겠는가?"

이층 평대(平臺)에서 건륭은 사방을 가리키며 말했다.

"옛날엔 여기가 전명(前明)의 황원(皇苑)이었다지. 이 원림(園林)을 만든 건 수렵이 주된 목적이었고. 허나 성조(聖祖, 강희)께오서 이 자리에 창춘원과 원명원을 세우신 목적은 한마디로 무이유원(撫夷柔遠)이었지. 짐은 그런 성조와 선제(先帝, 옹정)의 유원(遺願)에 따라 각 원(園)을 합병하여 재건함으로써 중화문명(中華文明)을 만방에 과시하고 천하태평을 조식(藻飾)하는 동시에 모후(母后)의 만년(晩年)을 일층 윤택하게 해드리기 위해 진력할 것이네. 이는 성조, 세종의 본심과 일맥상통하여 결코 단순한 향락을 위한 것이 아님을 더불어 만천하에 알릴 것이네. 경들은 짐이 고심하는 바를 헤아려야 할 것이네."

훈풍이 불어왔다. 사방에 가득한 죽수화해(竹樹火海)의 부드러운 몸짓에 건륭의 용포(龍袍) 자락이 나부끼며 화답하는 것 같았다. 오늘따라 유난히 멋스럽고 기분이 들떠 보이는 건륭은 한마디로 춘풍에 득의양양한 모습이었다.

일행은 보월루에서 나와 쌍갑문(雙閘門)을 통해 자금성으로 돌아가기로 했다. 건륭의 순시 소식을 미리 접한 듯 길 위에는 인적을 거의 찾아볼 수 없었다. 길목마다 선박영과 원명원에서 파견된 시위들의 경계가 삼엄했다.

새들이 지저귀고 그늘 깊은 한적한 오솔길을 한참 걸어나와 '무릉춘방(武陵春坊)'이라는 곳을 지나면서보니 갑자기 앞에 사람소리가 시끌벅적했다. 오랜 시간 동안 걸었기에 지친 다리를 질질 끌며 우민중이 잠시 쉬어갈 요량으로 두 손을 이마에 얹어 멀리 보니 청당와사(靑堂瓦舍)들이 오밀조밀한 가운데 길에는 먼지가 풀썩거렸다. 온갖 잡동사니 난전이 즐비하고 찻집, 음식점, 가게들까지 문을 활짝 열어놓고 호객을 하는 소리도 들려왔다. 누가 뭐라고 해도 엄연히 시골장터의 모습 그대로였다.

천고제일의 정원인 원명원 안에 이게 무슨 당치도 않은 살풍경이란 말인가? 우민중이 적이 놀라워하며 화신을 힐끔 쳐다보았다. 그러자 화신이 웃으며 말했다.

"〈홍루몽(紅樓夢)〉에 나오는 대관원(大觀園)에도 도향촌(稻香村)이라고 있는데, 우리 황가(皇家)의 금원(禁苑)에 민속풍토가 전혀 점철되어 있지 않는 것도 음양의 불균형이 아니겠소? 흙에서 나와 흙으로 돌아가는 것이 인간의 생리이거늘 사람이 토속적인 걸 너무 멀리하면 안 되는 법이지. 지세가 워낙 낮아 아까 위에서도 안 보였지만 실은 오행팔작(五行八作), 삼십육방(三十六坊) 없는 것 빼곤 다 갖춘 농가의 장터라오. 태감과 궁녀들이 술을 팔고 닭 모가지를 비틀며 장사를 하는 거지. 폐하께오서 정무(政務)에 지치실 때마다 이쪽으로 걸음 하시어 휙 한바퀴 돌고 나면 순박한 민풍(民風)에 온갖 고뇌가 가신 듯 사라질 것이오. 자주 순방길에 오르시지는 못하더라도 이런 식으로나마 '친민(親民)'의 뜻을 표현하는 것도 좋은 방법이 아니겠소?"

건륭은 가마 안에서 두 신하의 대화를 듣고 있었다. 궁금하여 창에 드리워진 주렴을 걷고 내다보니 과연 어느 시골장터에 와 있는 듯한 착각이 들 정도였다. 길에는 곡식이며 땔감 그리고 무와 감자를 마차에 싣고 나온 농부들이 여기저기 걸터앉아 가격을 흥정하고 있었고, 깨끗하게 정돈된 거리에는 시골여인으로 변신한 궁녀들이 인력거꾼, 찻집과 객잔(客棧)의 사환으로 변모해 있는 태감들과 장터의 진풍경을 연출하고 있었다.

바로 그 순간, 갑자기 어딘가에서 재잘대는 아이들의 목소리와 까르르 웃는 소리가 들려왔다. 눈여겨보니 그 아이들은 다름 아닌 황실의 황손, 황자, 공주들이었다. 건륭은 그제야 이곳이 육경궁에서 하학(下學)한 아이들에게도 좋은 볼거리와 놀이터가 되어줄 수 있다는 생각에 머리를 끄덕였다.

황제의 팔인대교(八人大轎)가 지나가도 이곳 사람들은 무릎꿇어 인사를 올리지 않고 '장사'에 열을 올리고 있었다. 건륭은 빙그레 웃었다. 갑자기 소피가 마려웠다. 열째공주가 한 무리의 시녀들에게 에워싸여 가게들을 구경하며 다가오는 걸 본 건륭은 급히 주렴을 내렸다. 그리고는 가마를 세우게끔 발을 굴러 신호를 보냈다.

태감들이 일제히 긴 소리를 내어 장단을 맞추며 가마를 내려놓았다. 황제는 무슨 일이 있어도 이곳에서는 가마에서 내리지 않는 걸로 되어 있었는지라 '길' 주변의 태감, 궁녀, 황자, 공주들은 모두 어리둥절한 표정들이었다.

그러나 건륭은 가마에서 내리지 않았다. 이 '거리'에 측간이 있을는지, 있다면 어디에 있는지 알 수가 없었고, 내려서기 바쁘게 측간부터 찾아다닌다는 것도 '구오(九五)의 존체(尊體)'에 금이 가는 일이 아닐 수 없었던 것이다.

사람들은 갈수록 모여들었고, 대교(大轎)는 길 한복판에 '쭈그려 앉은 채' 움직일 줄을 몰랐다. 우민중이 몇 번 불렀으나 건륭은 좀처럼 응답이 없었다. 화신도 처음엔 갑자기 이런 곳에 가마를 세워놓고 정작 불러도 대답조차 없는 것에 고개를 갸우뚱했다. 양쪽 모두 창의 주렴은 무겁게 드리워져 있어 가마 안에 있는 건륭의 모습을 볼 수가 없었다.

심각하게 미간을 좁히고 한참 생각을 굴리던 화신이 불현듯 뇌리를 치는 무엇인가를 느꼈다. 잠시 주변을 두리번거려 잡화상점 하나를 찾은 그는 슬며시 다가가 '주인'에게 말했다.

"저 꽃무늬 항아리 내주어 보게, 가격은 장부에 적어놓고!"

'주인' 역시 태감이었다. 호기심에 가득 찬 눈빛으로 창 밖을 내다보고 있던 태감이 급히 진열대 위에서 항아리를 내렸다. 그리고는 조심스레 내려놓으며 말했다.

"고려국(高麗國)에서 김친가 뭔가 하는 배추 절인 걸 담아내는 항아리인데, 이게 마음에 드셨습니까? 장부는 무슨, 소인이 '효도' 한 것으로 하면 되죠!"

이같이 말하며 태감은 닭털로 만든 먼지떨이로 항아리의 먼지를 털어 내며 말했다.

"소인이 종이로 잘 포장하여 나중에 댁으로 보내드리겠습니다."

그 말이 끝나기도 전에 화신은 어느새 항아리를 냉큼 안고 밖으로 뛰쳐나왔다. 그리고는 짐짓 대수롭지 않게 천천히 가마께로 다가갔다. 그리고는 창문의 주렴을 조심스레 걷어올리고 항아리를 넣어주며 나직이 아뢰었다.

"여기다 하시옵소서……."

그제야 화신은 안도의 한숨을 내쉬며 마구 미어터지는 웃음을 애써 참았다.

건륭은 안색이 새파랗게 질려 있었다. 밖에서 소리가 들릴세라 조심스레 '잘라'가며 항아리를 반쯤 채우고 나니 그제야 온몸이 노곤해지면서 살 것 같았다. 그는 웃으며 옆에서 시중들던 왕렴에게 말했다.

"수화(水火)는 무정하다더니, 과연 참말이네 그려. 목 위에 달고 다니는 것이 호박은 아니니 좀 굴려봐, 똑바로 보고 배우고! 역시 화신이야! 저건 짐의 뱃속의 벌레라고 해도 과언이 아니겠어!"

그는 가볍게 기침소리를 내며 저만치에서 엉거주춤 지켜보고 있는 사람들을 향해 미소를 지으며 가마에서 내렸다.

여태 꼼짝도 안 하더니 항아리를 집어 넣어주니 나오네? 태감들과 궁녀들은 미처 길게 생각할 겨를도 없이 우민중과 화신을 따라 무릎을 꿇었다.

마치 강북의 어느 편벽한 시골장터를 방불케 하는 주변 경관에 건륭은 흙을 딛고 선 느낌이 그렇게 편할 수가 없었다. '배설'의 쾌감이 이처럼 큰 것인 줄도 처음 알았다. 그는 기분 좋게 웃으며 두 팔을 크게 벌려 황자와 황손들을 향해 말했다.

"화신이 이런 자리를 마련해준 의도가 적어도 이곳에서만큼은 짐더러 모든 격식과 규칙의 굴레에서 벗어나 보라는 건데, 다들 허례허식을 보일 필요 없네. 일어나거라! 그리고 편하게 행동하고 맘대로 뛰어 놀거라!"

아이들은 모두 좋아라 하며 일어났다. 그중 열째공주는 옹(顒)자 돌림 아이들 중에서 막내였다. 예닐곱 살 가량밖에 되어 보이지 않는 귀엽고 명랑한 계집아이였다. 흙먼지가 묻은 무릎을 조막

만한 손으로 톡톡 털며 아이는 쟁쟁한 목소리로 물었다.

"아바마마, 이 마을은 화신이 만든 것이옵니까? 너무 신기하고 재미있사옵나이다! 하온데 아바마마, 방금 가마 안에서 뭘 하고 계셨사옵니까? 아바마마께서 안 내려오시는 줄 알았사옵니다!"

아이는 건륭의 벌린 가슴에 쏙 안겨들었다. 건륭이 커다란 손으로 아이의 작고 앙증맞은 얼굴을 쓰다듬어주자 아이는 어딘가를 가리키며 종알거렸다.

"아바마마, 저—기 이—쁜 여치 파는 데가 있사옵니다! 은자 한 냥 반이면 살 수 있사온데…… 어멈들이 은자를 챙겨 나오지 않아 사줄 수가 없다고 하옵나이다. 아바마마께오서 한 마리만 사 주시옵소서……."

"어찌 여치 한 마리를 한 냥 반씩이나 주고 사느냐?"

건륭이 아이의 손을 잡고 웃으며 걸어갔다.

"은자 한 냥 반이면 백미(白米) 닷 되를 살 수 있는 거야. 닷 되면 가난한 사람 하나가 3개월 동안 먹고 살 수 있는 양이야! 그리고 앞으로는 버릇없이 '화신, 화신' 하고 대신들의 이름을 불러선 안 되느니라. 아비도 은자가 없어."

그러나 아이는 건륭의 손을 잡아 흔들며 졸라댔다.

"아바마마…… 한 마리만 사 주시옵소서……. 딱 한 마리만 요……."

우민중과 화신은 초롱초롱한 눈망울을 반짝이며 작은 턱을 치켜올리고 앙증맞게 떼를 쓰는 아이와 덤덤한 건륭, 일노일소(一老一少)를 번갈아 보며 입을 가리고 웃었다. 우민중이 아뢰었다.

"폐하께오선 대내(大內)로 돌아가셔야 하옵니다, 공주마마. 소인이 저들에게 말해놓고 갈 테니 원하는 대로 골라가십시오……."

건륭이 화신을 가리키며 말했다.

"앞으로 너의 아공(阿公, 시아버지)이 될 사람이야. 갖고 싶은 게 있으면 아공더러 사달라고 졸라……."

이에 화신이 급히 대답했다.

"여부가 있겠사옵니까, 공주마마. 지난번에도 금사(金絲)로 엮어 만든 메추리조롱을 만들어 드리지 않았습니까? 원하시는 게 있으시면 뭐든지 말씀해 주시옵소서……."

건륭이 무릉촌(武陵村) 동쪽 일대에 겹으로 덧대어 높이 올린 것 같은 수문(水門)을 가리키며 물었다.

"이 물은 곤명호(昆明湖)로 흘러드는가?"

그새 무슨 수로 달랬는지 깔깔대는 공주를 마주보며 웃고 있던 화신이 급히 대답했다.

"예, 그렇사옵니다! 박돌천(趵突泉)이 십 몇 년 동안 막혀 있어서 상류 호수의 물을 끌어다 주입시켰더니 갑자기 샘물이 솟기 시작하여 제방이 무너질까봐 덧대었사옵니다."

뭔가를 다시 물으려던 건륭이 길 동쪽에 나타난 진미미를 발견하고는 이름을 불러 손짓했다.

"넌 무슨 일로 왔느냐? 보월루에서도 설핏 본 것 같은데!"

"아, 예…… 폐하…… 그게…… 말하자면……."

진미미는 당황한 나머지 혀가 꼬여 심하게 더듬거렸다. 몇 번 머리를 조아리고 나더니 겨우 진정했다.

"태후부처님께서 따라가 보라고 했사옵나이다. 폐하를 따라 원명원 구경도 하고, 그러니까 재미있고 신기한 일이 있으면 부처님께 들려달라고 하셨사옵니다. 예, 그렇사옵니다!"

별로 신경을 쓰지 않던 건륭이 뭔가 이상하다고 생각하고는 따지듯 물었다.

"당치도 않은 소리! 네가 오늘 아니면 원명원 구경을 할 기회가 없을까봐 하필이면 짐의 꽁무니를 쫓아다니는 게냐? 귀신같이! 어허, 어서 이실직고하지 못할까!"

"이놈이 대가리가 몇 개라고 감히 폐하를 기만하겠사옵니까!"

진미미는 혼비백산하여 이마에 식은땀을 철철 흘렸다. 방아찧듯 연신 머리를 조아리며 아뢰었다.

"믿어지지 않으시오면…… 태후부처님께 여쭤 보시옵소서, 폐하. 이놈은 결코 거짓을 말하지 않았사옵나이다……."

느닷없이 또 시끄러워지자 저만치 흩어져가던 완동(頑童)들이 또다시 하나둘씩 모여들기 시작했다. 사뭇 진지하게 건륭과 태감을 번갈아 보는 아이가 있는가 하면 쭈그리고 앉아 손으로 턱을 괸 채 진미미를 빤히 올려다보는 황자들도 있었다. 그 중 하나가 쟁쟁한 소리로 외치듯 말했다.

"아바마마, 저 자의 속에 귀신이 들어앉아 있사옵니다!"

그러자 다른 하나가 등뒤의 어딘가를 손가락으로 가리키며 말했다.

"이 자는 세작(細作, 염탐꾼)이옵나이다. 오래 전부터 저—기서 나무 뒤에 숨어 아바마마를 훔쳐보고 있었사옵니다……."

어린 황자들은 너도나도 시끄럽게 떠들어대며 진미미를 성토하듯 한마디씩 퍼부어 댔다. 화신도 진미미가 오래 전부터 건륭을 뒤쫓아다녔다는 걸 알고 있었지만 당장은 그 이유를 알 수 없었는지라 무어라 콕 집어 말할 수는 없었다. 그는 다만 황자와 황손들에게 말했다.

"마마님들, 별일 아닐 테니 놀러가세요. 예? 제가 오늘 한턱 내겠습니다. 저쪽 음식점으로 가시어 드시고 싶은 게 있으면 실컷 드시고 저나 류전의 이름을 달아놓으세요……."

자상하게 아이들을 달래어 보내고 난 화신은 우민중을 힐끗 쳐다보았다. 우민중은 짐짓 대수롭지 않은 척하며 다른 곳에 시선을 붙들어 매고 있었다.

"갈수록 태산이구만!"

건륭이 냉소를 터트리며 덧붙였다.

"짐이 지금 네놈이랑 입씨름하게 생겼느냐? 뭐? 못 믿겠으면 부처님께 여쭤보라고? 이런 발칙한 놈을 봤나!"

"폐하…… 절대 그런 건…… 아니옵나이다. 이놈…… 어찌 감히……."

진미미는 오른손을 번쩍 들어 자신의 뺨을 힘껏 때렸다. 찰싹 소리가 나는 순간 오른쪽 뺨에는 삽시간에 커다란 손바닥 자국이 찍히고 말았다.

어가(御駕)를 수행했던 태감들과 어멈들 수십 명은 평소에 총관태감의 자격으로 자신들 위에 군림해 왔던 진미미의 낭패스런 얼굴을 보며 저마다 속으로 쾌재를 불렀다. 더 이상 더듬거리지 않고 진미미는 굽실거리며 아뢰었다.

"어젯밤에 누군가 부처님께 무어라 여쭈었는지 부처님께오서 이 놈을 부르시어 뭐니뭐니 해도 폐하의 옥체가 강건하셔야 하니 잘 지켜드리라고 하셨사옵니다. 무슨 말씀인지는 모르겠사오나 너무 무리하시어 양기를 빼앗기시면 아니 된다고 하셨사옵니다. 이 놈은 감히 토씨 하나도 빼고 보탠 바가 없사옵나이다……."

건륭은 창피하고 화가 치밀고 또 궁금해졌다. 태후가 갑자기 '양기(陽氣)'를 운운하며 호들갑을 떠는 걸 보면 분명 어젯밤의 일을 알았을 것이다! 그렇다면 과연 어떤 자가 벌써 혓바닥을 놀려댔단 말인가?

화신을 보니 혜식은 웃음만 흘릴 뿐이고, 우민중은 아무런 표정도 없었다. 주위의 태감들을 쓸어봐도 겨울매미처럼 뚝 입을 다물고 숨죽이고 있는 것이 태후의 '세작' 같지는 않았다. 종일 원명원을 돌며 비등하던 흥분이 빙점으로 떨어지는 순간이었다.

멀리 보나 가까이 보나 주변의 경물(景物)들이 더 이상 눈에 들어오지 않았다. 그 자리에서 몇 걸음 떼어놓으며 배회하던 그는 진미미의 엉덩이를 힘껏 걷어찼다.

"쓸모 없는 놈! 어서 앞장서서 자녕궁(慈寧宮)으로 안내하거라!"

올 때의 날아갈 듯한 기분과는 달리 돌아가는 길 내내 건륭은 심기가 불편해 있었다. 가마의 창문에 드리워진 주렴은 한 번도 들리지 않았다.

가마를 들고 태감들은 날 듯이 달렸다. 수행한 사람들은 말을 타고 노새를 타고 뒤따랐으나 진미미는 걸어가는 데다 앞장서서 '안내'까지 해야 하니 가랑이에 불이 날 지경이었다. 평소에 웬만한 심부름은 아랫것들에게 시켜가며 총관태감 노릇을 톡톡히 해오던 진미미였는지라 조금만 움직여도 땀이 비오듯했다. 숨이 턱에 차도록 빠른 걸음으로 자녕궁에 도착했을 때 그는 이미 탈진하기 일보직전이었다. 그는 다리를 위태롭게 휘청대며 고꾸라질 듯 아뢰러 달려들어갔다.

표정이 무겁게 굳어진 건륭이 화신과 우민중에게 말했다.

"경들은 물러가게! 내일 다시 뵙기를 청하게. 모두 듣거라, 감히 오늘 일을 떠벌리고 다니는 자들에게는 곧 죽음이 찾아갈 줄 알아라!"

그의 날이 선 눈빛에 태감들은 모두 잔뜩 기가 죽어 감히 얼굴을 들 엄두를 못 냈다.

자녕궁의 분위기는 건륭이 상상했던 것처럼 그리 무겁고 어색하지는 않았다. 진미미는 아직 태후에게 원명원으로 다녀온 것에 대해 아뢰지 못한 듯 온돌 마루 앞에서 태후에게 더운 물수건을 짜 올리고 있었다. 황후는 온돌 모서리에 비스듬히 걸터앉아 우윳잔 바닥에 남은 설탕을 숟가락으로 조심스레 젓고 있었다.

뉴구루씨, 금가씨, 왕씨, 위가씨 등도 있었다. 모두 손수건을 들고 옆에 시립하여 시중들고 있었다. 그러나 화탁씨는 꽃을 수놓고 금박을 두른 앙증맞은 모자까지 씌운 페르시아 고양이를 안고 걸상에 앉아 태후와 마주앉은 정안태비(定安太妃)의 이야기를 흥미진진하게 듣고 있었다.

"……사냥꾼이 붙잡은 어미기러기를 집으로 가져와 목을 비틀려고 하니 그 사냥꾼의 늙은 어미가 하는 말이, '애야, 밖에서 숫기러기가 구슬프게 우는구나. 그만 놓아주거라! 어젯밤 이 어미 꿈에 관세음보살께서 현몽(現夢)하시어 어미가 눈이 먼 것은 아들이 살생을 하도 많이 한 업보(業報)라고 하더구나. 지금부터라도 살생을 멈추지 않으면 내세(來世)엔 너마저도 장님이 된다고 하셨어! 축생(畜生)들도 사람과 마찬가지로 영성(靈性)이 있느니라. 놔주거라……' 타고난 백정이었어도 그 아들은 효자였다고 합니다. 어미의 당부가 하도 간절하니 그 뜻에 따라 기러기를 놓아주었다고 합니다. 그랬더니 이튿날 아침, 그 기러기 가족이 전부 찾아와 사냥꾼의 초가를 빙빙 돌며 울더랍니다. 사냥꾼이 문을 열고 나가보니 숫기러기가 땅에 내려앉았더니 뭔가 입에 물었던 걸 마당

한복판에 톡 떨어뜨리고는 날개를 퍼덕거리며 가족들을 데리고 날아가더라고 합니다. 놀랍게도 그건 두 냥은 족히 나갈 금덩이였다고 합니다……."

건륭이 들어서자 태비는 뚝 입을 다물어버렸다. 어리둥절해하던 후궁들이 그제야 건륭을 발견하고는 급히 무릎을 꿇었다. 황후 나라씨는 천천히 일어나 공손히 맞이했다. 용비가 자리에서 나와 엎드린 사이 페르시아 고양이는 '야옹' 하며 퐁당 창가로 뛰어올랐다. 벗겨졌으나 목에 줄이 있어 뒷덜미에 걸린 모자를 달랑거리며 탁자며 걸상 위로 널뛰기를 하는 고양이를 보며 태후가 웃었다. 모두들 따라 웃는 가운데 태후가 그제야 건륭에게 말했다.

"오셨습니까, 황제? 이리로 와서 앉으세요."

후궁들이 태후의 심기를 달래주러 왔다는 걸 짐작으로 알아차린 건륭이 어색하게 웃어 보였다.

"강녕하시옵니까, 어마마마! 소자는 오늘 원명원 구경을 하고 돌아왔습니다. 보월루……."

태후는 건륭의 말을 듣는 것보다는 고양이에게 더욱 정신이 팔려 있는 것 같았다. 가까이 온 고양이를 손을 내밀어 잡으려 하자 건륭이 붙잡아 태후의 품안에 안겨주며 원명원에 대해 자신이 둘러본 그대로를 설명해주었다. 그리고는 덧붙였다.

"역시 화신은 대단한 재주꾼입니다. 도면만 볼 때는 몰랐으나 가서 보니 들어갔다가 길을 찾아 나오질 못하겠더라고요."

"화신이 유능해서 폐하의 총애를 받는 줄은 압니다."

태후가 품에 안긴 고양이의 반지르르한 털을 가만히 쓸어 내렸다. 고양이는 손길이 따뜻하고 편한 듯 눈을 스르르 감고 있었다. 태후가 그런 고양이를 대단히 사랑스런 눈매로 내려다보더니 말을 이었다.

"열째공주를 그 집 풍신은덕(豊紳殷德, 화신의 아들)에게 지혼(指婚)한 데는 그의 충심을 위로하기 위한 측면도 있겠지만 더욱 가까워지려는 어떤…… 글쎄, 이 어미 말을 끝까지 들어보세요. 그런 뜻도 내재되어 있는 것 같은데, 아무리 유능하고 잘나면 뭘 합니까? 아녀자가 전세(轉世)한 사람인데! 난 보면 볼수록 닮은 것 같고 갈수록 그리 느껴집니다! 나라살림이나 집안살림이나 대사(大事)는 남정에 의지하고 맡겨야 합니다. 오로지 황제의 비위만 맞추고자 요사스레 굴고 입안의 혀처럼 구는 것이 좋은 게 아닙니다."

화신이 금하(錦霞)의 후신(後身)이라는 건 건륭에게 있어서 어디까지나 추측이고 느낌이었다. 그러나 태후는 그렇다고 확신을 하고 조심하라며 주의까지 주고 있는 것이다! 가뜩이나 화신 때문에 민감해 있는 태후가 어젯밤 자신이 회족(回族) 여인네들을 들인 사실까지 알고 있었으니, 항상 만전을 기하고 흐트러짐이 없는 태후의 성정에 미행(尾行)을 붙이지 않을 수가 없었던 것이다. 건륭이 애써 웃음을 지어 보이며 말했다.

"염려가 너무 깊으신 것 같습니다, 어마마마. 전세(轉世), 윤회(輪廻)라는 건 어디까지나 허망한 것이거늘 어찌 그리 단언을 하시는 겁니까? 설령 그게 사실이라고 하더라도 이미 전세(轉世)하여 사내가 되어있지 않습니까? 과연 사람이 전생 때문에 금생(今生)에 차질을 빚어야겠습니까?"

"그럼, 그렇지!"

건륭이 달리 회개하는 표정이 없자 태후는 더욱 진지해졌다. 고양이의 등을 살짝 두드려가며 후궁들을 향해 말했다.

"내가 뭐라고 그랬나! 황제께선 전세니 윤회니 하는 것을 애당초 믿지 않으신다고 했지? 그래도 자네들은 뭐, 황제께선 거사(居士)라서 믿으신다고? 황제, 이 어미 말을 귀담아 들으세요. 아녀자들이 한을 품으면 오뉴월에도 서리가 내립니다! 이 어미는 금하를 죽여놓고 내가 죄를 받을까봐 두려워서 이러는 건 아닙니다. 이 어미가 이제 살면 얼마나 더 살겠습니까? 아녀자가 간섭할 바는 아니지만 푸헝, 윤계선, 기윤, 이시요 등 정말 괜찮은 대신들이 잇따라 죽어나가고, 그것도 모자라 불측의 경지에 내몰려 있는 것이 어미는 그저 답답하기만 할뿐입니다. 꼭 누군가가 해코지를 하고 수작을 부렸다고 단정할 수는 없으나 수십 년 동안 별탈 없이 부려온 신하들을 하루아침에 내버리는 건 좀 심하지 않나 생각됩니다. 물론 어디까지나 자식을 위하는 어미의 노파심에 불과할지도 모릅니다. 허니 어쩝니까? 자식은 백 살을 먹어도 물가에 내놓은 코흘리개 같은 것을. 황제께서 늘 하시는 말 중에 방, 방 뭐랬더라? 그 말이 생각이 안 나네?"

태후가 이마에 손을 대고 잠시 생각하더니 도움을 청하는 식으로 정안태비를 바라보았다. 태비는 그러나 감히 '아는 체' 하길 저어하는 것 같았다. 다시 황후를 보니 나라씨가 낮은 소리로 아뢰었다.

"방미두점(防微杜漸, 화근의 싹을 미리 뽑다)이옵나이다……."

그러는 황후를 바라보는 건륭의 시선이 곱지 않았다. 분명 뒤에서 수작을 부려 태후의 심기를 어지럽힌 장본인은 바로 황후라고 건륭은 단정했다. 분노의 불기둥이 치솟았다. 그러나 태후의 면전인지라 발작할 순 없었다.

분을 삭이느라 잠시 머리를 숙이고 이를 악물고 있던 건륭이 애써 웃으며 말했다.

"참으로 지당하신 말씀이옵니다. 어마마마의 훈회를 가슴깊이 새겨들었사옵니다. 현재 군기처엔 아계를 위시하여 류용, 우민중이 차사에 진력하고 있사옵니다. 그들도 훌륭한 신하들이옵나이다. 화신도 이런저런 약점이 있사오나 대사에 흐트러짐이 없고, 이재(理財)에도 그만한 능수가 없사옵니다. 기윤과 이시요도 완전히 매몰된 건 아니오니 나중에 다시 기용할 것이옵니다. 소자는 절대 제 2의 당현종(唐玄宗)이 되는 일이 없을 것이옵니다. 심려를 놓으시옵소서, 어마마마……."

태후는 그제야 미소를 보이며 머리를 끄덕였다. 시력이 안 좋은 데다 건륭이 머리를 숙이고 있어 분노로 일그러진 얼굴을 애써 감추는 그 모습을 보지 못한 것 같았다. 태후가 말했다.

"성조께선 당시 용종(龍種)을 회임하고 있던 며느리인 내게로 오시어 옹화궁(雍和宮)에서 관상까지 보아주시며 뱃속의 아이는 필히 성조 본인보다 더 큰 복을 타고날 것이라 예언하셨지요. 아니나 다를까, 황제께서 탄생하실 때 궁중에는 온통 기이한 향기와 붉은 빛으로 가득 차고 넘쳤습니다. 지금도 그 자리에서 시중들었던 늙은 궁녀들은 가끔씩 그 얘기를 하곤 합니다. 황제께서 공명이나 인덕, 신망 모든 면에서 성조와 세종을 능가한다고 생각하니 이 어미는 행복에 겨운 나날을 보내고 있습니다. 화신에 대해서도 혐오하거나 미워하는 건 아닙니다. 다만 태평시일이 길어지니 조심해서 나쁠 게 없다는 얘깁니다. 인간의 본성은 우리 천가(天家)나 초개(草芥)들이나 마찬가지 아니겠습니까? 우리라고 영생불로(永生不老)할 것도 아니고 무쇠여서 삼재팔난(三災八難)에서 자유로운 것도 아닙니다. 무엇보다 건강하고 평안무사한 것이 최고입니다. 그래서 어미는 육궁(六宮) 도태감(都太監)들에게 분부해 놓았습니다. 오늘부터 황제께선 후궁들의 처소로 직접 걸음하시는 대신 녹패(祿牌)를 태감들에게 주어 그 후궁을 양심전이든 건청궁이든 황제의 처소로 부르세요. 그리고 아침에 기침하실 때는 어미가 태감을 보내어 깨워드리도록 하겠습니다. 황제의 일상이 후세들에겐 조상의 가법이 되는 겁니다. 아니 그렇습니까, 황제?"

태후는 아직도 고삐를 늦추지 않고 있었다. 이리되면 후궁들 아닌 다른 누군가를 처소로 부른다는 것은 언감생심일 터이고, 자신은 철저히 태후의 감시 하에 놓이게 됨을 뜻하는 것이었다. 갑갑하고 숨막히는 일이 아닐 수 없었다!

그러나 청실(淸室)의 가법(家法) 대로라면 황제가 태후를 두려워하지 않는 건 있을 수 없는 일이었다. 또한 고쳐 생각해 보니 후세들에게 '점잖은' 조상으로 기억되는 것도 체면이 서는 일일 것 같았다. 속으로 한숨을 삼키며 건륭은 말했다.

"어마마마께서 이같이 소자를 위하시는데, 소자가 어찌 감히 어마마마의 명을 거역하겠사옵니까! 소자는 필히 후세들에게 '본보기'가 되도록 노력하겠사옵니다. 심려 놓으시옵소서."

잠시 멈추었다가 건륭은 덧붙였다.

"소자는 곧 큰 태감들을 불러 어마마마의 의지(懿旨)를 전달하고 궁금문호(宮禁門戶)에 대한 경계도 강화하게끔 지시하겠사옵니다. 정무에 매여서 경황이 없다보니 내원(內苑)의 궁무(宮務)에 대해선 좀 소홀했던 것 같사옵니다."

"그럼요. 그렇게 하셔야죠."

태후가 건륭의 눈에서 섬뜩하게 번뜩이는 서슬을 눈치채지 못한 채 웃으며 덧붙였다.

"제가(齊家)가 우선시 되어야 치국평천하(治國平天下)가 비로소 가능한 법입니다!"

건륭이 즉위 이래에 태감들만 소집하여 훈화를 하긴 이번이 처음이었다. 그뿐만 아니라 강희, 옹정 때에도 전례가 없는 일이었다. 지의를 전하러 각 궁으로 왕렴이 가랑이에 바람을 일으키며 뛰어다녔다.

처음엔 집합장소가 양심전(養心殿)으로 되었으나 모두 모이자 다시 건청궁(乾淸宮)으로 옮기라고 했다. 그러나 막상 건청궁으로 가니 또 곤녕궁(坤寧宮)으로 가라고 했다. 대체 무슨 일이 있는 걸까 태감들은 저마다 토끼를 품은 가슴이 심하게 콩닥거렸다. 진미미와 왕렴만이 건륭의 심기가 대단히 불편해 있다는 걸 알고 있었는지라 잔뜩 긴장한 채 저마다 6품의 감령자(藍翎子)를 달고 있는 태감들을 곤녕궁으로 데리고 들어왔다.

극도의 불안 속에서 일년 같은 반시간이 흘렀다. 갑자기 밖에서 태감 고작약이 외치는 소리가 들려왔다.

"폐하께서 납시오!"

"강녕하시옵니까, 폐하!"

입을 맞춘 듯 일치한 동작으로 인사를 올리며 이들은 한결같이 오리 목소리로 외쳤다. 일순 오리농장에 잘못 들어선 것 같은 착각이 들었던 건륭은 하마터면 웃어버릴 뻔했다. 급히 정색을 하여 궁전 안으로 들어간 건륭은 쿵쿵 발소리를 크게 내며 수미좌(須彌座)로 다가갔다. 그러나 자리에 앉지는 않은 채 진미미에게 명했다.

"태후부처님의 의지(懿旨)를 전하거라!"

"성모태후부처님의 의지이시다."

진미미가 잔뜩 숨죽이고 있는 태감들 앞으로 다가가 건륭을 힐끔 보고는 소리쳤다.

"원명원은 차츰 모양새를 갖추어 곧 준공을 앞두고 있다. 앞으로 폐하께오선 춘(春), 하(夏), 추(秋) 세 계절엔 원명원에서 정무를 보실 것이다. 자금성과 원명원 두 곳의 관방(關防)에 각별히 주의를 기울여야할 것이다. 폐하의 기거와 일거일동은 모두 국가의 생사존망에 직결되어 있거늘 시중드는 데 있어 추호라도 방심했다간 큰 경을 치게 될 것이다. 오늘부터 폐하의 침궁은 양심전으로 옮기고, 황후 이외의 모든 후궁들은 폐하께서 불러주실 때마다 폐하의 처소로 들어가 시중들게 될 것이다. 태감들은 궁중의 가노(家奴)인 만큼 황자들에게 접근하여 학업을 황폐하게 해서는 아니 될 것이며, 사사로이 왕공대신들과 왕래를 해서도 아니 될 것이다. 또한 황실의 은밀한 내무에 대해서 함부로 망발을 했다간 죽음을 면치 못할 것이다!"

11. 뇌정(雷霆)의 분노

의지(懿旨)를 전하고 나서 진미미는 태감들 무리로 가 무릎을 꿇었다. 선 채로 태후의 자훈(慈訓)을 경청하고 난 건륭도 수미좌로 올라가 앉았다. 대전 안은 쥐 죽은 듯한 정적이 감도는 가운데 건륭의 용포(龍袍) 자락이 스치는 소리와 찻잔을 들었다 내려놓는 소리만 들릴 뿐이었다.

한참 후에야 건륭은 무거운 입을 열었다.

"어제, 복팽군왕(福彭郡王)이 술직(述職)차 입궐하여 왕치(王恥)가 어찌 안 보이느냐며 궁금해하더군. 왕치는 지금 어디 있을까? 흑룡강(黑龍江)에서 피갑인(披甲人)들의 노예로 개돼지 취급을 당하다가 결국엔 미쳐버렸다고 하더군. 복신(卜信), 왕례(王禮) 등도 장백산(長白山) 깊은 산 속에서 내무부(內務府)의 사람들을 만나더니 입고 있는 솜옷을 좀 벗어달라고 애걸복걸 했다더군. 엄동(嚴冬)의 설한(雪寒)에 빙천(氷川)의 설지(雪地)에서 오죽 혼이 났으면 그러겠느냐. 못났고 밉지만 필경 짐을 시중들었던 자들인지라 짐은 양가죽 외투를 상으로 내리라고 했지. 화식(伙食)도 붉은 옥수수밥이나마 배불리 먹게 하라고 했다."

마치 뼛속에 스며드는 찬바람이라도 불어닥친 듯 태감들은 오싹 떨며 더욱 움츠러들었다. 건륭이 지목한 세 태감은 모두 자금성(紫禁城)에서 손꼽히는 내시(內侍)들로서 이들이 내심 부러워하고 잘 보이고자 아부 떨며 치성을 들이던 왕태감들이었다. 하루아침에 간 곳 없이 사라져버렸을 때 태감들은 수군거리며 '외차(外差)'를 나갔다고 했었다. 그런데 알고 보니 그들은 멀리 유배당하여 고통스레 죽어가고 있는 것이었다!

"아직 숨이 붙어 있는 한 그 자들은 영원히 짐의 노예이니라. 노예와 노예 사이에도 삼육구등(三六九等)의 구별이 있는 법이다!"

태감들은 갈수록 무말랭이가 되어 갔으나 건륭의 말투는 의외로 담담했다. 마치 찻집에서 가벼운 마음으로 한담을 하고 있는 것 같았다.

"어찌하여 같은 미물인데, 너희들은 금의옥식(錦衣玉食)을 하고 저 자들은 돼지죽을 빼앗아 먹을 지경에 이르게 되었는지 아느냐? 찻잔을 떨어뜨려서도 아니고 물을 엎질러서도 아니다. 인치(仁治)를 표방하는 짐은 이제껏 작은 일로 인명(人命)을 경시해 본 적은 없다. 저 자들은 한낱 미물인 주제에 요언(妖言)을 날조하고 퍼뜨려 주인의 얼굴에 먹칠을 한 죄를 저질렀음이야!"

건륭은 책상 모서리를 잡고 시퍼렇게 날이 선 눈빛으로 기절하기 일보 직전인 무리들을 무섭게 쓸어보며 말을 이어나갔다.

"네놈들 중에도 껍질 벗겨 말려 죽일 놈들이 없으란 법은 없다."

건륭은 갑자기 말을 뚝 멈추었다. 숨이 멎는 듯한 정적이 감돌았다. 태감들은 두피(頭皮)가 쩍쩍 갈라터지는 듯한 두려움에 사로잡혀 차가운 금전(金磚)에 바짝 엎드린 채 고양이 앞에 끌려온 쥐처럼 바들바들 온몸을 떨었다.

"태후마마께오서 네놈들에게 의지를 내리신 걸 보면 뭔가 심상치가 않다!"

건륭의 말투가 갑자기 송곳처럼 날카로워졌다.

"국가(國家)란 무엇이냐? 짐이 바로 국가이다! 사직(社稷)이란 무엇이냐? 짐이 바로 사직이지! 짐은 천명을 받아 구주만방(九州萬邦)을 사목(司牧)하는 하늘의 아들이란 말이다! 억조생령(億兆生靈)들의 목숨이 짐의 일념(一念)에 달려 있다는 걸 네놈들이 과연 몰랐단 말이더냐! 짐의 체통에 먹물을 칠하는 건 곧 국가와 사직을 욕되게 함이요, 천하의 생민(生民)들을 우롱하는 짓이다! 어떤 놈이든 감히 궁중에서 수작을 부려 천가의 혈육을 이간질하고, 태후에 대한 짐의 효도를 도마 위에 올렸다간 껍질을 발라 기름에 튀겨낼 줄 알거라!"

뿌드득 소리나게 이를 갈며 천장의 조정(藻井)을 올려다보며 건륭은 껄껄 소름끼치게 웃었다.

"산사람의 껍질을 발라내는 건 전명(前明)의 태감인 작용(作俑)이란 자가 창시했다고? 그래, 짐은 기인지도(其人之道)로 기인지신(其人之身)을 다스릴 것이야. 태감이 화국(禍國)를 초래한 역사는 사적(史籍)을 뒤지면 수없이 많거늘 짐이 어찌 전철을 두려워하지 않고 선현(先賢)들의 충고를 염두에 두지 않겠느냐?"

건륭의 손바닥으로 책상을 쳤다. 그리 큰소리는 아니었으나 태감들은 모두가 화들짝 놀랐다.

"조고(趙高), 왕진(王振), 류근(劉瑾), 위충현(魏忠賢) 등 이런 물건들을 본받았다간 어찌되는 줄은 더 이상 말하지 않아도 자명할 것이다. 태감들 중에도 주인을 위해 죽고 주인을 위해 사는 충성파들이 있지. 명나라 영락(永樂) 연간의 삼보태감(三寶太監) 정화(鄭和) 같은 자 말이다. 모르면 나중에 내무부더러 왕이열 사부를 청해 너희들에게 장고(掌故)를 들려주라고 할 것이니 그리 알거라."

건륭의 얼굴이 벌겋게 부어 올랐다. 그러나 애써 마음을 가라앉히는 듯 뇌성벽력(雷聲霹靂)의 목소리는 아니었다.

"짐은 천성적으로 모진 사람이 아니다. 짐은 지금도 개미새끼 한 마리조차 발로 짓이기진 못하지만 너희들에게만은 악인(惡人)이 되지 않을 수가 없구나. 너희들은 국가의 중추 핵심에 들어와 있으나 천성적으로 비루하고 천한 상것들이기 때문이지. 네놈들만 보면 '방미두점(防微杜漸)' 네 글자가 짐의 머리에 반사적으로 떠오르곤 한다."

건륭은 얼굴 가득 냉소를 지으며 일어났다.

"짐이 하고픈 말은 이것뿐이다. 진미미, 왕렴, 복인만 남고 나머지는 썩 물러가 대령하거라!"

혼비백산하여 사색이 되어 있던 태감들은 건륭이 덜미라도 잡을세라 부랴부랴 뒷걸음쳐 물러갔다. 남아 있는 세 명의 태감들은 이제 막 조롱에 갇힌 새처럼 불안스레 꿈틀대고 있었다. 마치 어좌(御座) 어딘가에 기관이 있어 누르기만 하면 사방에서 불을 뿜어 자기네들을 한줌 재로 태워버릴 것만 같은 공포에 질려 있었다. 그러나 의외로 건륭은 뇌정(雷霆)의 분노를 터뜨리는 대신 마치 외신(外臣)들을 대하는 듯한 부드러운 어투로 말했다.

"육궁(六宮) 도태감(都太監), 부도태감(副都太監) 모두 늙어서 자기 앞가림도 하기 어렵게 되었거늘 그렇다고 선제(先帝) 때부터 시중들어왔고 나름대로 위망(威望)이 있는 자들을 그냥 내보낼 수는 없지 않느냐. 그래서 짐은 너희들 셋을 부도태감으로 승격시켜 그네들을 보좌하게 할 것이다."

청천의 벽력만 충격인 것이 아니었다. 괴로워 지르는 것만이 비명인 것도 아니었다. 잔뜩 긴장하여 누군가 슬쩍 밀치기만 해도 쿵! 하고 고목 쓰러지듯 넘어갈 것만 같던 세 명의 태감은 느닷없이 진급을 알려오는 지의(旨意)에 그만 즐거운 충격을 금하지 못했다. 자신의 귀를 의심하는 듯 잠시 서로를 번갈아 보던 셋은 급히 머리를 조아려 천감만사(千感萬謝)의 사은을 표했다. 이제는 너무 기뻐 죽을 것만 같았다.

건륭의 얼굴에 알 듯 말 듯 한 미소가 스쳤다.

"너희들도 나름대로 고초가 있을 것이다. 궁중의 크고 작은 인물들이나 답응(答應), 상재(常在) 등 저급 비빈(妃嬪)들도 다리만 한번 살짝 들어도 너희들의 키보다 높을 테니 말이다. 허나, 모든 일엔 분촌(分寸)이 있고 근본(根本)이 있는 법이야. 어찌됐건 궁극적으론 군주에 변함없는 충성을 바치는 것이야말로 너희들이 지켜야 할 근본이다. 충성이 밑바닥에 깔려있어야 경(敬)과 성(誠)이 따르는 법이야. 그게 바로 '예(禮)'라는 것이고. '극기복례(克己復禮)는 곧 인(仁)이다'라는 말은 다들 알겠지?"

돌연 건륭은 자신이 '미물'들을 모아놓고 무슨 심오한 도리를 깨우쳐보겠다고 이러는가 싶은 생각이 들었다. 그에 생각이 미치자 순식간에 말머리를 틀어버렸다.

"한마디로 너희들의 심중에는 오로지 군주만 담고 있어야 하느니라. 너희들이 근본만 고수해 준다면 짐은 작은 과실 정도는 얼마든지 용서해줄 수 있을 것이다. 무슨 말인지 알겠느냐?"

"예! 명명백백히 알겠사옵니다!"

"어제 일은 누가 부처님께 고자질해 바쳤느냐?"

"……."

"응?"

다시 무거운 위압감이 밀려왔다. 세 태감은 또다시 천근바위에 짓눌려 버리고 말았다.

"진미미, 네가 먼저 말해보거라."

건륭이 차갑게 쏘아붙였다. 그리고는 손가락으로 냉차를 찍어 책상 위에 아무렇게나 그림을 그려가며 대답을 기다리고 있었다.

"이 놈…… 이 놈이……."

"뭐가 그리 두려운 게야?"

건륭이 냉소를 터트렸다.

"말을 안 할 거면 썩 물러가거라! 네가 입을 봉하고 있어도 짐은 반드시 알아낼 것이야."

진미미는 연신 머리를 조아렸다. 두 팔로 지탱하며 일어나려던 그가 뭔가 생각을 달리한 듯 다시 엎드렸다. 그리고는 잔뜩 겁에 질린 어투로 아뢰었다.

"이 놈이 어찌 감히 은중여산(恩重如山)인 주군(主君)을 기만하겠사옵니까? 절대 그런 건 아니옵니다. 실은 무어라 여쭈어야 할지 몰라서 망설였던 것이옵나이다. 어제 오후에 태후마마께오선 오늘이 재계일(齋戒日)이라고 하시며 이십사복진(二十四福晉)과 오복진(五福晉)을 입궐하라 명하셨사옵니다. 두 복진과 함께 황후마마도 드셨사옵니다. 태후부처님께오선 이 놈들에게 물러가라 하명하셨사옵니다. 중간에 차를 끓여서 들고 들어가 보니 이십사복진께서 '이 일로 애를 끓이지 마시옵소서, 부처님. 나중에 폐하께 잘 여쭤보면 진위가 드러날 것이옵니다' 라고 하는 것 같았사옵니다……."

"오아씨(烏雅氏)가?"

건륭이 의아해 하며 덧붙였다.

"상중(喪中)이라 바깥출입을 하지 않는 오아씨가 어찌 화신(和珅)이 회부(回婦)들을 선발해 들여보낸 일을 알 수가 있단 말이냐?"

건륭은 아무리 생각해봐도 이상했다. 다시 왕렴을 보자 그는 머리를 조아리며 침착하게 아뢰었다.

"이 놈도 처음엔 어리벙벙했사오나 진미미가 운을 떼니 무슨 말인지 알 것 같사옵니다. 어제 폐하께오서 물건을 상으로 내리실 때 이십사 왕부와 오왕부엔 태감 고작약(高芍藥)이 다녀왔사옵니다. 그 당시 화 대인은 오문(午門) 밖에 있었사옵니다. 이 놈이 궁금하여 고작약에게 동화문으로 가면 가까운 걸 어찌 태화문으로 가느냐고 물었더랬사옵니다. 하오나 고작약은 웃기만 할 뿐 묵묵부답이었사옵니다."

그러자 진미미도 입을 열었다.

"소인이 재계궁에 의지(懿旨)를 전하고 부처님의 〈금강경(金剛經)〉을 보내주러 가는 길에 막 영항(永巷)에서 나오는 고작약과 맞닥뜨렸사옵니다. 그는 막 황후마마를 뵙고 나오는 길이라면서 폐하께오서 두 과부 복진에게 금 50냥씩을 하사한 데 이어 황후마마께오서는 비단까지 상으로 내리시어 혼자서 다 들고 갈 수 없다며 도와줄 수 없겠느냐고 했사옵니다. 하오나 소인도 바쁜

걸음이었는지라 어찌할 수가 없었사옵니다."

이번에는 복인도 나섰다.

"틀림없이 고작약일 것이옵니다. 그 형수가 오친왕(五親王) 댁에서 유모로 있고, 누이동생이 황후마마의 갱의(更衣)를 시중드는 하녀이옵나이다. 그 어미와 누이는 또 십육친왕부에서 침선(針線) 일을 하고 있사오며, 외숙(外叔)은 전에 이십사친왕을 그림자처럼 붙어 다니던 종복(從僕)이었사옵니다! 속없이 헤헤거리고 대가리에 벌레 먹은 것 같아도 얼마나 영악하고 팔방미인인지 모르옵니다!"

셋은 이구동성으로 고작약을 지목했다. 이에 건륭은 되레 석연찮은 느낌이 들었다. 그가 알고 있기로 고작약은 양심전의 2등태감으로서 말없이 일만 하는 황소 같은 존재이거늘 어찌 이들이 하나같이 고작약을 지목한단 말인가? 자기들보다 잘 나간다고 질투하는 걸까? 잠시 생각하고 난 건륭은 웃으며 말했다.

"너희들의 말은 어디까지나 추측일 뿐 확증은 없지 않느냐. 고작약은 단지 잔심부름을 하는 태감일 뿐이다. 감히 그런 짓을 할 담력이나 있겠느냐."

"폐하."

왕렴이 찌그러진 호박 같은 얼굴을 하고는 아뢰었다.

"고작약은 결코 담력이 작은 자가 아니옵니다. 그 자는 폐하의 책을 훔쳐보았고, 사고서방(四庫書房)으로 가서 폐하께오서 어떤 서적을 읽으시는지 탐색하기까지 했사옵니다. 태감이 그런 걸 묻는 의도가 어디에 있겠사옵니까?"

그러자 복인이 맞장구를 쳤다.

"그 자가 훔쳐보는 게 어디 책뿐이겠사옵니까! 어떨 때는 상주문(上奏文)까지도 훔쳐보곤 하옵니다! 어느 날 소인이 난각으로 들어가니 그 자가 마침 물걸레로 용안(龍案)을 닦고 있었사옵니다. 먼지떨이로 상주문을 터는 척하며 폐하께오서 주비(朱批)를 달다 만 상주문을 유심히 들여다보고 있더니 소인이 들어서는 기척에 대단히 당황해 했사옵니다. 그 일이 있고 얼마 안 되어서는 산동(山東)의 국태(國泰), 우이간(于易簡) 사건이 어찌돼 가는지 아느냐는 식으로 넌지시 물어오기도 했사옵니다. 그래서 소인이 그걸 내가 어찌 아느냐고 닦아세우면서 우 중당이 신경 쓸 일을 왜 엉뚱한 자네가 신경 쓰느냐고 물었더니 끽소리도 못하는 것이었사옵니다."

혹시 우민중(于敏中)이 고작약을 사주한 걸까? 건륭은 가슴이 철렁 내려앉았다. 가능성은 두 가지로 좁혀졌다. 우민중이 태감들과 결탁하여 화신을 함정에 밀어 넣으려는 수작인지, 아니면 화신과 이 자들이 작당하여 우민중을 해하려는 것인지……

건륭의 안색은 무섭게 굳어져 있었다. 두 눈에서는 귀신불을 연상케 하는 섬뜩한 빛이 새어나왔다. 마침내 그는 철문 같은 입을 열어 이빨 사이로 쥐어짜듯 말했다.

"고작약을 들라 하라!"

부름을 받은 고작약은 상황을 모르는지라 날 듯이 달려왔다. 궁무(宮務)를 '쇄신(刷新)'하는 데 세 사람으로 부족하니 자신까지 불러 '중임(重任)'을 내리고자 함이라고 넘겨짚었던 것이다. 그러나 힘껏 머리를 조아리며 문후까지 올렸어도 건륭에게선 아무런 기척도 없자 더럭 겁이 나기 시작했다. 급급히 무슨 일일까 추측하며 잔뜩 긴장한 채로 건륭의 입이 열리기만을 기다렸다.

"고작약!"

오랜 침묵 끝에 건륭이 입을 열었다. 목소리가 그리 높진 않았으나 워낙 궁전 안이 조용했는지라 메아리처럼 울렸다.

"월례를 얼마씩 받느냐?"

천둥과 번개 그리고 취우(驟雨)를 각오하고 있었던 태감들은 모두 뜨악한 표정으로 건륭을 바라보았다. 고작약이 떨떠름한 표정으로 대답했다.

"열 두 냥이옵나이다, 폐하."

"매번 지의를 전하러 나가면 대신들이 따로 상으로 내리는 은자(銀子)도 꽤 될 텐데?"

"아뢰옵기 황공하오나 때에 따라 다르옵나이다. 희보(喜報)를 전하러 갔을 때는 좀 주는 편이오나 평상시엔 찻값 정도가 고작이옵나이다. 많든 적든 지의를 받는 사람의 기분에 달려 있사옵나이다. 소인은 원래부터 액수엔 연연치 않는 편이옵나이다."

건륭이 연이어 물었다.

"그래도 그 중에서 우민중이 손이 좀 클 것 같은데? 아니면 네가 어찌 염탐꾼에 앞잡이에 수족이 되어 밀주문(密奏文)을 훔쳐보고 도서목록을 탐색하고 요언을 날조하여 짐의 모자간을 이간질하려 들기까지 했단 말이냐? 응?"

청천(青天)의 벽력(霹靂)이 구름을 가르고 돌을 꿰뚫어 번개를 내리치는 것은 순간이었다. 그 파괴력에 고작약은 눈앞이 캄캄해지고 머리가 어지러워 그 자리에 허물어지고 말았다. 자꾸만 혼미해지는 기력을 애써 다잡으며 그는 건륭의 물음에 무어라 대답했는지도 기억이 가물가물할 정도였다.

건륭이 가볍게 콧소리를 내며 일어섰다. 금전(金磚)에 닿는 발

소리가 쿵쿵 방아 찧는 소리 같았다. 경멸에 찬 시선으로 낯빛이 흙빛이 되어있는 태감들을 쓸어보며 그는 나지막하지만 무정무의(無情無義)의 극치인 어투로 말했다.

"네 이놈! 정녕 저 창턱 위의 개미새끼처럼 짓이겨 죽음을 당하고 싶은 게냐! 과연 그런 게냐? 분쇄하라! 복인, 복인 어디 있느냐!"

"예? 아! 예, 폐하! 이놈이 혼비백산하여 그만……."

"류용(劉鏞)을 들라하라. 신형사(愼刑司)에서 대역죄인(大逆罪人)을 벌할 준비를 하라고 이르거라."

복인에게 이같이 명하며 건륭은 고작약에게 호통을 쳤다.

"아직도 이실직고하는 데 늦지는 않았다."

당장 맷돌에 갈려질 위기에 내몰린 고작약은 온몸을 사시나무 떨 듯 하며 더듬거렸다.

"제제제…… 발…… 이놈…… 이실직고…… 하겠사옵니다……. 하오나……."

고작약은 식은땀에 눈물에 범벅이 된 얼굴을 들더니 왕렴과 복인을 힐끗 바라보았다.

"너희들은 물러가거라. 밖에 나가서 누가 엿듣는 자는 없는지 살피고 서 있거라!"

건륭이 호통치듯 명하고는 두 태감이 물러가길 기다렸다가 고함치듯 물었다.

"말해!"

"제발 개 목숨 한 번만 살려주시옵소서……."

고작약이 오한에 떨듯 바들거리며 말했다.

"우 중당은 광록사(光祿寺)에 있을 때 종실(宗室)의 훈척(勳

戚)들과 대신(大臣)들에게 봉록(俸祿)을 내어주는 차사를 맡고 있었사옵니다. 이 놈의 어미, 누이, 동생, 외숙과 이모 그리고 사촌들까지 궁중에서 시중들고 있사옵고, 밖에선 여러 왕부(王府)들에서 시중들고 있사옵니다. 물론 모두 우 중당께서 추천해주신 덕분이옵니다. 자주 지의를 전하러 다니면서 이 놈의 집안이 째지게 가난한 걸 아시게 되었사옵고, 가끔씩 상도 후하게 내려주셨사옵니다. 감격과 고마움에 이놈은 자연스레 그 분께 의지하게 되었사옵고, 나중엔 마님을 '양어머니'라 부르면서 차츰 우 중당을 '양아버지'로 모시게 되었사옵니다."

"양아버지?"

건륭이 코웃음을 쳤다.

"그래서?"

고작약이 한층 진정된 목소리로 대답했다.

"우 대인은 선인(善人)이시옵니다. 이놈뿐만 아니라 다른 태감들에게도 잘해주셨사옵니다. 처지가 불우한 태감들의 가족은 여러 대신들에게 청탁하여 여기저기 추천해 주시면서도 정작 본인의 가인(家人)들은 추천하는 걸 보지 못했사옵니다. 솔직히 이놈이 상주문을 훔쳐보지 않고 도서목록을 탐색하지 않았더라도 다른 누군가가 그리 했을 것이옵나이다……"

건륭은 내심 놀라움을 금치 못했다. 세상에 둘도 없는 '도학군기(道學軍機)'의 팔면 영롱한 처세술과 주도면밀한 모사지략(謀事智略)에 충격을 금할 수 없었다. 누가 뭐라고 해도 자신의 사람을 왕공훈척(王公勳戚)들의 집에 심은 건 실로 '고수'라고 아니 할 수 없었다! 뒤늦게야 느꼈지만 기윤과 이시요를 쓰러뜨린 것도 수단이 은밀했고, 우이간이 경을 칠 때에도 끝까지 수수방관했던 그의 인내심도 이제는 두렵게만 느껴졌다…….

잠시 뒤통수를 맞은 충격에 사로잡혀 있던 건륭은 급히 마음을 다잡았다.

"그래서 우민중이 너더러 상주문을 훔쳐보고 짐이 읽는 도서목록을 알아내라고 하더냐? 네 말대로라면 태후부처님께 회족 여인들의 존재에 대해 고자질하라고 이른 것도 우민중이었겠네? 하이란차가 회족 여인들을 보내주었으니 궁극적으로는 하이란차까지 경을 치게 만들고, 아계와 화신에게까지 마수를 뻗치려 들었던 셈이네?"

"폐하…… 폐하!"

고작약이 무릎걸음으로 다가가며 두 손을 허우적대며 애걸했다. 그러나 곧 힘없이 팔을 떨어뜨렸다.

"우 대인께서 어찌 생각하시는지는 이 놈도 잘 모르겠사옵니다. 감히 여쭐 수가 없었사옵니다. 화친왕마마께오서 생전에 '우민중은 기껏해야 순무(巡撫) 정도가 그나마 어울릴 뿐 더 이상의 대용은 바람직하지 않다'고 황후마마께 말씀하셨다고 하옵니다. 그러자 황후마마께오선 '헌데 어쩌죠? 오숙(五叔)은 크게 쓰려고 해도 건강부터 챙기셔야겠는데요?' 하시면서 두 분 사이에 약간의 언쟁이 있었다고 하옵니다. 어제 일은 어디서 들으셨는지 황후마마께오서 소인을 불러 태후마마께 아뢰라고 하셨사옵니다. 이에 소인은 자녕궁의 사람도 아니옵고, 태후마마와 폐하의 모자간에 이간질을 하는 격이 되오니 그리할 순 없다고 말씀드렸사옵니다. 황후마마의 처소에서 나오다 우연히 우 대인을 만나 아뢰오니 역시 그리해선 아니 된다고 하시며 이 놈더러 먼저 오문(午門)으로 가서 진위를 확인해보라고 했사옵니다. 우이간의 사건 이후로 우민

중은 대단히 심기가 무거워 보였사옵니다. 콕 집어 이놈더러 상주
문을 훔쳐보라고 지시한 적은 없었사옵니다. 다만 우이간으로 인
해 자신이 알게 모르게 피해를 입는 것 같다며 폐하께서 우이간에
대해 어찌 생각하고 계시는지 궁금하다고 했을 뿐이옵니다……."

고작약이 갑자기 눈물을 펑펑 쏟으며 양손을 번쩍 들어 자신의
뺨을 정신없이 갈겼다. 그리고는 죽어라 머리를 조아렸다.

"이 놈이 하늘과 같은 폐하의 성은을 입었음에도 결코 정정당당
하지 못한 행실을 하고 다녔사오니 죽을죄를 지었사옵니다. 하오
나 그 손에 팔순 노모를 비롯하여 일가의 명줄이 달려있사오니
어찌할 도리가 없었사옵니다. 이놈은 백번 '분쇄'하여 마땅하오나
제발…… 불쌍한 팔순노모만은 살려주시옵소서, 폐하……."

구중궁궐에서 천하를 조감하면서도 정작 어두운 등잔불 밑에서
는 귀신이 출몰하여 어좌를 범하려 드는 건 몰랐다니! 건륭은 충
격과 분노에 치가 떨렸다.

'우민중! 넌 과연 무얼 노렸단 말이냐? 고희(古稀)를 바라보는
짐이 밤에 벗어놓은 신발을 아침에 다시 신지 못하길 바랬을 터이
고, 태후가 '영면(永眠)'하길 기도했을 터였다! 그리고는 아계와
화신, 류용과 하이란차를 차례로 죄명을 씌워 내치려 했을 것이
다……'

생각할수록 등골이 시리고 모골이 송연해졌다. 그러나 뭔가 생
각을 굳힌 듯 건륭은 입을 열었다.

"노모와 일가를 위하는 마음이 극진하여 유의든 무의든 간에
코가 꿰어버린 너의 처지를 헤아려 목숨만은 살려주겠다. 그리고
주련(株連)은 없다."

"망극하옵나이다, 폐하……."

고작약은 그 자리에 쓰러진 채 말을 잇지 못했다.

"허나 경사(京師)는 떠나야겠다."

건륭이 덧붙였다.

"죄에 따라 문책하자면 고작약이 열은 더 죽어야겠지. 짐이 너를 용서했을지라도 다른 이들이 용서하지 못할 것이다. 조정으로서도 더 이상 대옥(大獄)은 없다. 네가 토설(吐說)한 말들은 아직 사실임을 입증되지 못했고, 입증되는 날엔 자금성이 피로 물들 것이다. 너의 노모를 데리고 조용히 융화(隆化)의 백의암(白衣庵)으로 사라져 주거라. 거긴 성조(聖祖)께서 봉하신 금지(禁地)인지라 웬만해선 들어가서 방해하는 자가 없을 것이다. 내무부(內務府)와 병부(兵部)로 가서 감합(勘合)을 만들어 달라고 하거라. 먼저 봉천(奉天)에 들러 빠터얼 장군더러 귀경하여 구문제독(九門提督)에 부임하라는 지의를 전하거라."

"예, 예, 예! 그리하겠사옵니다……."

고작약이 천은만사(千恩萬謝)하고는 물러갔다. 커다란 대전(大殿)엔 건륭 혼자만 남았다. 건륭은 미간을 가늘게 좁히고 생각에 잠긴 채 천천히 걸어 수미좌로 돌아와서 앉았다. 바늘 떨어지는 소리도 크게 들릴 것 같은 정적에 자명종의 종소리는 우레 같았다.

밖을 보니 하늘엔 어느새 어두운 구름이 무겁게 드리워져 있었고, 성급한 빗물이 벌써 떨어져 내리고 있었다. 찬 비바람이 발을 힘껏 밀어버리며 몰아닥쳤다. 건륭은 형언할 길 없는 적막과 공포에 사로잡혔다.

10년 전만 같았어도 닥치는 대로 쳐버리고 피바다를 만들어버렸을 것이다. 그러나 고희를 바라보는 건륭은 더 이상 피를 볼 자신도 없을 뿐더러 죽음 이후의 명성을 고려하지 않을 수가 없었다.

그는 소리 없이 한숨을 삼키며 밖을 향해 소리쳐 불렀다.

"왕렴, 복인 들거라!"

조벽(照壁) 앞에는 마땅히 비를 피할만한 곳이 없었기에 종종걸음으로 들어온 왕렴과 복인은 벌써 물에 빠진 병아리가 되어 있었다. 입술은 추위에 파랗게 질려 있었다. 건륭이 열심히 글을 쓰고 있는 걸 보고는 말없이 무릎을 꿇었다.

건륭은 붓을 놀리는 손길이 대단히 느렸다. 한 글자를 쓰고는 고개를 갸웃하고 한참 생각한 후 다시 써 내려갔다. 그렇게 한참 시간이 흘러서야 건륭은 비로소 붓을 내려놓았다.

"복인, 너는 가서 어제 이십사복진과 오복진에게 상을 내렸던 대로 똑같이 조후이와 하이란차의 부인에게도 상을 갖다주거라. 태후부처님께는 아뢸 거 없고 입궐하여 사은할 필요도 없다고 하거라. 사직고(四直庫)로 가서 갑옷 두 벌을 취하여 아계와 빠터얼에게 한 벌씩 내어주거라. 빠터얼은 봉천에 있으니 쾌마(快馬)편으로 보내거라. 아, 그리고 아계의 부인에게는 두 복진에게 상을 내린 것 외에도 영주(寧州) 비단 열 필도 함께 보내주거라. 그리고 아계, 조후이, 하이란차의 자제들 중 하나씩 선발하여 건청문시위(乾淸門侍衛)로 기용한다. 푸헝의 집에는 은자 5천 냥과 왜도(倭刀) 열 자루, 화총(火銃) 열 자루를 상으로 내리고, 가노(家奴)들 중에서 유공자는 복강안더러 추천하라고 하거라."

대신들에게 후한 상을 내리는 건 그렇다 치고 그 자제(子弟)와 가노(家奴)들에게까지 성은을 내리는 건 당금(當今)에선 처음이었다. 게다가 조후이, 하이란차, 푸헝 세 집에는 아녀자들에게 직접 지의를 전한다는 것인데, 이 또한 대청(大淸)의 백년 역사상

전례가 없는 일이었는지라 태감들은 모두 놀라는 눈치였다.

복인이 연신 대답하자 건륭은 서안(書案) 위에서 방금 써놓은 종이를 왕렴에게 건네주며 말했다.

"지의를 군기처(軍機處)에 전하고 이걸 우민중에게 주고 오너라. 짐이 고서(古書)를 읽으면서 독법(讀法)과 자의(字意)를 몰라 적어놓은 건데, 기윤이 없으니 우민중에게 부탁할 수밖에. 짐이 여기서 기다리고 있을 테니 독법과 자의를 달아 보내라고 하거라!"

화신 아계와 우민중은 모두 군기처에 있었다. 복인이 지의를 전하자 역시나 모두 놀라는 눈치였다. 아계는 급히 엎드려 사은을 표했다. 그리고는 화신과 함께 우민중에게로 다가가 건륭이 적어 보낸 글씨를 들여다보았다.

變襞夾夼棄妖劒㔾厣瀙

획수가 많고 처음 보는 글씨들인지라 머리가 아팠다. 눈치가 빠른 화신은 벌써 건륭이 아계에겐 과분하리 만치 상을 내리면서 우민중에겐 '골칫거리'를 만들어주는 이유가 궁금해졌다. 두 사람은 아무리 눈을 씻고 보아도 그중 '검(劒)'자만 눈에 익을 뿐 다른 건 전혀 본 기억조차 없었다. 과연 건륭의 말대로 읽는 법과 글자의 뜻을 몰라서 묻는 거라면 '검(劒)'자는 어찌된 일인가? 이 글자를 모른다면 그건 어불성설일 터였다······.

두 신하가 갸웃거리는 동안 우민중은 다만 글자를 식별하기에 여념이 없었다. 그러나 아무리 뇌즙((腦汁)을 쥐어짜고 창자를 훑어내도 누구나 알아볼 수 있는 한 글자 외엔 아무 것도 생각나는 바가 없었다. 한참을 머리 긁적이고 고민하던 우민중이 결국 붓을 내려놓았다. 그리고는 웃으며 말했다.

"폐하께 아뢰어주시게. 성학(聖學)이 연박(淵博)하신 폐하께오서도 인식을 못하시거늘 하물며 나 우민중이야! 내가 사전을 찾아본 연후에 패찰을 건넬 거라고 아뢰거라."

왕렴이 막 빈 종이를 받아들고 돌아서려 할 때 왕충이 또 종이 한 장을 들고 들어서며 물었다.

"그새 다 적으셨어요? 폐하께오서 또 한 장 보내셨네요, 우 대인."

그사이 왕렴이 나가려 하자 왕충은 그를 불러세웠다.

"폐하께오서 기다렸다가 같이 오라고 했어."

이쯤 하여 우민중은 뭔가 이상하다는 느낌을 받았다. 워낙 흰 얼굴이 더욱 창백해 보였다. 사은을 표하고 종잇장을 받아들었다. 입술을 실룩거리며 무언가 묻고 싶었지만 대신의 체통에 그리할 수도 없었다. 기계처럼, 목각인형처럼 온돌에 올라 붓을 들고 종이를 마주했으나 머리 속은 허옇게 탈색해 있었다.

화신은 '배가 아파서' 약방(藥房)에 간다며 도망가 버렸다. 아계가 들여다보니 마흔 남짓한 글자는 먼저 보낸 것보다 더 이상하고 기괴하기까지 했다. 누가 봐도 이는 건륭이 우민중을 골탕먹이려 함이었다! 아무래도 이런 방식은 '천자(天子)'답지 못한 것이었다. 그렇다고 무어라 이의를 제기할 수도 없는 일이었다.

난감하고 불안하고 수치스러움에 우민중에게서는 더 이상 평소의 안하무인은 찾아볼 수가 없었다. 안쓰러운 마음에 아계는 조용히 물었다.

"몇 글자나 알 것 같소?"

"서너 개 정도……."

우민중의 풀죽은 목소리는 가늘게 떨렸다. 그는 극도로 불안해하고 있는 게 분명했다.

"……〈자회(字匯)〉라도 있었으면 좋았을 텐데……."

이에 아계가 왕렴에게 물었다.

"양심전에 〈자회〉 없나? 있으면 우 대인께 하나 빌려주지."

왕렴의 대답에 앞서 왕충이 말했다.

"양심전에 있긴 하지만 고작약이 보관하고 있습니다. 지금은 고작약이 없어서 저희도 꺼낼 수가 없습니다."

우민중의 가슴이 철렁했다. 워낙 검불 같던 머리에 확 불이 붙는 순간이었다. 백짓장처럼 창백하던 얼굴이 시뻘겋게 달아올랐다. 불은 머리에서 가슴으로 번지면서 오장육부를 까맣게 태우고 있었다. 귀도 벌떼가 날아들 듯 윙윙대며 들리지 않았다.

애써 버티듯 두 손으로 책상 모퉁이를 꽉 잡고 있는 우민중의 이마에서는 콩알만한 식은땀이 한 방울, 두 방울 흘러내렸다. 그는 혼잣말로 중얼거리듯 물었다.

"폐하, 폐하께오선…… 달리 분부하신 바는 없는가?"

"글자를 모른다고 하여 문제 삼지는 않겠다고 하셨습니다."

왕렴은 무표정했다. 이어서 왕충이 대답했다.

"댁으로 돌아가시어 〈자회〉를 찾아보고 내일부터는 당분간 입궐할 것 없다고 하셨습니다. 그리고 오늘밤 폐하께오선 〈희조신어(熙朝新語)〉라는 책을 읽으실 예정이니 없는 태감을 아쉬워하며 궁금해할 건 없다고 하셨습니다."

……우민중의 얼굴이 푸르르 떨렸다.

"폐하께오선 오늘밤 복건성(福建省)의 몇몇 도부(道府)로 발령이 나는 사람들의 인적사항을 검토하실 거라고 하셨습니다. 고작약은 죄를 짓고 축출당했으니 우 중당더러 다른 세작(細作)을 물색하라고 하셨습니다."

왕충이 건륭의 뜻을 복술했다. 그리고는 덧붙였다.

"폐하께오선 이밖에도 대청엔 우민중이 보좌할만한 아두(阿斗, 유비의 팔푼이 아들 유선)가 없으니 집에서 책이나 읽으면서 부를 때까지 푹 쉬라고 하셨습니다. 긴긴 인생에 한두 해가 뭐 그리 대수이겠느냐고 하셨습니다."

우민중은 마치 단물 빠진 마른 수숫대 같았다. 고개를 들어 멍하니 먼 곳에 박고 있는 시선은 백치 같았다. 더 이상 '폐하의 분부'가 들리지도 않았다. 가슴속은 이미 마비되고 몸도 통증을 느낄 수 없을 정도로 무감각했다.

옆에서 태감의 말을 듣고 있던 아계도 충격이 이만저만이 아니었다. 태감이 입가에 흰 거품을 물고 숨가쁘게 쏟아내는 '폐하의 분부'에 그는 그저 놀라울 따름이었다. 강직하고 반듯한 군기대신 우민중에 대해서도 '태감과 내통하여 궁위(宮闈)를 염탐했다'는 사실이 도무지 믿어지지 않을 정도로 충격적이었다. 태감의 무례를 책하고 싶었으나 왕충은 건륭의 말을 복술하고 있으니 그리할 수도 없었다. 이런 방법은 지의를 전하는 것도 아니고, 훈책도 아니었다. 이럴 땐 어찌해야 할지 감이 잡히지 않았다…….

난감하고 또 어색한 분위기가 계속되고 있는 와중에 갑자기 등 뒤에서 깊은 한숨소리가 들려왔다. 고개를 돌려보니 류용이 어느새 들어와 있었다.

"한참 됐소."

류용의 표정은 착잡해 보였다.

"폐하의 지의를 복술하는데 우 공께선 무릎꿇어 머리 조아리며 사죄(謝罪)해야 마땅할 것이오……."

우민중은 그제야 마치 바늘에 찔린 듯 흠칫하며 제정신을 차리는 듯했다. 엉덩이를 온돌에 붙인 채 뭉그적거리며 조금씩 미끄러져 내리는 몸이 심하게 떨렸다. 두루마기 자락이 책상을 쓸며 벼루가 엎질러져 옷자락이 먹물에 시커멓게 젖어버렸고, 책상 위의 서류들도 더러 얼룩지고 말았다.

우민중은 두 손을 부들부들 떨며 급히 돌아앉아 먹물이 더 번지지 않게 허둥대며 소매를 걸레 삼아 마구 닦았다. 온돌에서 내려섰으나 오랜 시간 앉았던 다리가 마비되어 그 자리에서 저절로 무릎이 꺾이고 말았다. 작고 꺼져 가는 목소리로 그는 말했다.

"신 죽을죄를 지었사옵니다……. 엄히 죄를 물어주시옵소서."

그제야 왕렴과 왕충은 말없이 시선을 주고받고 알겠다는 듯 머리를 끄덕이며 물러가려 했다.

"섰거라."

류용이 갑자기 팔을 내밀어 막았다. 언성이 높진 않았으나 대단히 똑똑했다. 류용은 그제야 온돌 위의 책상에 놓여 있던 두 장의 종이를 가져와 물었다.

"폐하께서 쓰신 건가?"

"예!"

두 태감이 이구동성으로 대답했다.

"폐하께서 지의를 전하라고 하셨나?"

"아, 아닙니다……."

왕렴은 일순 당황했다.

"소 소인은…… 아무런 말도 안 했습니다……."

류용의 눈길이 왕충에게로 옮겨졌다. 이에 왕충이 급히 대답했다.

"우민중이 묻지 않으면 굳이 말할 것 없고, 우민중이 물어오면 직설적으로 말하라고 하셨사옵니다. 우 대인께서 물으시기에 소인은 지의를 전해드렸던 것입니다."

"지의라면 지의를 전하는 규칙이 따로 있지 않느냐."

류용은 시종 무표정했다.

"'지의(旨意)이시다'라고 미리 말했어야지 예를 갖추었을 게 아니냐? 그리고 지의를 전하는 자가 어찌 남쪽으로 돌아서지도 않는단 말이냐? 거만하고 못된 것이 감히 군기대신을 우습게 보고 깝죽거려?"

"류…… 류 대인…… 그런 건 아닙니다……."

"왕렴이 혼자 가서 아뢰거라."

류용이 냉소를 터트리며 말을 이었다.

"류용이 왕충을 군기처 철패(鐵牌) 앞에 무릎꿇게 하여 성조와 세종의 성훈(聖訓)을 외우게 했노라고, 폐하께 그리 아뢰거라!"

그는 왕충을 가리키며 고함을 쳤다.

"너! 제 발로 걸어갈 거야, 아니면 개처럼 끌려갈 거야?"

왕렴은 겁을 집어먹은 채 물러갔고, 왕충은 별로 잘못한 것도 없다고 생각하니 억울하기만 했다. 그러나 태감들이 류씨 부자를 두려워하는 건 어제오늘의 일이 아니었는지라 울며 겨자 먹기로 따르는 수밖에 없었다.

"이 놈이 죄를 지었습니다……. 대인께서 시키는 대로 다 하겠습니다……."

태감은 뭉그적거리며 물러갔다. 군기처 밖에서 접견을 대기하고 있던 관원들이 하나둘씩 다가와 기웃거리기 시작했다. 우민중은 한줌 흙이 되어 무너져 있고, 왕충은 죽을상을 하고 철패 앞에 무릎을 꿇어있으니 영문을 모르는 관원들은 그저 놀랍고 궁금하기만 했다. 이에 아계가 성큼성큼 달려나가서 버럭 고함을 질렀다.

"뭘 봐? 썩 물러가지 못해?"

사람들은 급히 사방으로 흩어졌다.

류용은 그제야 우민중에게로 다가섰다. 달리 위로할 말도 없었다. 우민중은 행여나 건륭의 은지(恩旨)가 내려지지는 않을까 내심 기다리는 눈치였다. 무릎 털고 일어나 집으로 돌아갈 생각을 하지 않고 있었다. 잠시 후 왕렴이 들어섰다. 그제야 아계는 우민중의 어깨를 두드려주며 말했다.

"먼저 돌아가 계시오. 아뢸 말이 있으면 상주문을 올리시오. 여긴 사람이 많이 들락거려서 보기에도 안 좋고, 우리도 통 정신이 없으니 나중에 폐하를 알현해봐야 자초지종을 알게 될 것 같소!"

우민중은 그제야 비틀거리며 일어나 천근 무게의 다리를 옮겨 밖으로 나갔다.

들라는 지의를 전한 왕렴을 따라 양심전으로 들어가니 건륭은 온돌 위에 앉아 느리게 붓을 놀리고 있었다. 류용과 아계가 예를 갖추길 기다렸다가 건륭은 앉으라는 시늉을 해 보였다. 잠시 후 화신이 들어서자 건륭은 그제야 붓을 내려놓았다.

류용이 먼저 왕충을 철패 앞에 무릎꿇게 하여 벌을 세운 이유에 대해 조심스레 아뢰었다.

"과실의 유무를 떠나 개가 무릎 좀 꿇기로서니 설마 부러지기야 하겠는가! 자네는 영시위내대신(領侍衛內大臣)이니 충분히 그럴 자격과 권한이 있네."

건륭이 대수롭지 않게 말했다. 그리고는 물었다.

"경들도 이제야 알겠지만 우민중의 반응은 어떤가?"

아계가 걸상에 앉은 채 몸을 숙이며 대답했다.

"그가 태감과 내통했다는 사실은 충격이었사옵니다. 이런 결과를 초래한데 대해 본인도 당황해하는 것 같았사옵니다. 신은 군기처에서 폐하의 군무를 처리하며 간혹 자잘한 정무를 거들어 왔을 뿐 촌척의 공로도 없사온데 조후이, 하이란차, 복강안 등 쟁쟁한 유공자들과 더불어 상을 내리시오니 신은 그저 황감할 따름이옵나이다. 청하옵건대 이 상을 거둬주시옵소서. 신이 훗날 공을 세워 당당해질 때 그때 가서 상을 내려주시옵소서."

이어 화신이 입을 열었다.

"솔직히 신은 우민중의 학문만은 탄복하옵나이다. 하오나 일개 조정의 대신으로서 매일 폐하를 알현할 기회가 있사온데 어찌 태감들과 엉켜 붙었는지 알 수가 없사옵니다. 또한 줄곧 경관(京官)으로 있었던 사람이 무슨 은자가 그리 많아 돈으로 사람을 매수하기에 이르렀는지도 대단히 궁금하옵니다."

그러자 류용이 말했다.

"신도 평소에 입이 무겁고 빈틈없어 보이던 우민중이 태감을 시켜 폐하의 도서목록까지 탐색하고 어비를 훔쳐보게 했다는 사실에 충격을 금할 수 없었사옵니다. 이는 실로 대신답지 못한 졸렬한 행각이 아닐 수 없사옵니다."

"그 자의 죄는 어찌 그뿐이겠는가. 그 자는 줄곧 조조(曹操)가 되길 꿈꿔왔고, 대역(大逆)을 시도해 왔네!"

건륭이 냉소를 머금으며 가소롭다는 듯이 덧붙였다.

"글 잘 쓰고 사람이 듬직하고 명민하다고 생각하여 짐도 장래성이 있는 자라고 점지했었네. 부처님께 불경서적까지 두 권 베껴 올릴 정도로 서예실력도 뛰어났었지. 겉보기에 그렇게 근엄해 보이고 한 점 흐트러짐이 없을 것 같은 자가 뒤로 호박씨를 까고 있은 줄은 미처 몰랐네! 우이간의 사건이 터지고 죽음을 주는 것으로 마무리 짓는 동안 그 자는 시종일관 한 마디도 하지 않았었지. 그 모습을 짐은 참다운 인내라고 생각했고, 대의(大義)를 위해서라면 멸친(滅親)도 서슴지 않는다는 의지로 해석하여 다시금 그 자를 주목했었네. 기윤과 이시요를 함정으로 몰아넣는 걸 보면서도 짐은 그 둘의 착오도 인정되고 가끔 적당히 긴장을 줄 필요가 있다고 생각하여 그 자의 손을 들어주었지. 허나 그 자는 이제 화신, 아계, 조후이, 하이란차 모두를 노리고 있네. 음험하고 간교하기가 명주(明珠)와 소어투도 따르지 못할 것이네."

건륭은 장편대론을 펴 우민중의 죄를 질타했다. 불충(不忠), 불효(不孝), 불인(不仁), 불의(不義), 부덕(不德)의 오독(五毒)이 다 언급되었다. 화신과 류용은 들을수록 놀라웠다. 이제 우민중은 철저히 매장됐다고 둘은 생각했다.

한참 침묵을 지키던 건륭이 다시 입을 열었다.

"문화전 대학사(文華殿大學士) 직만 남겨두고 군기대신(軍機大臣)을 비롯한 다른 직무는 파직시켜 집에서 폐문사과(閉門謝過)의 시간을 가지라고 하게!"

그러나 그 정도만으로는 분이 풀리지 않는 듯 건륭은 신하들에게 물었다.

"그 자의 아들과 생질(甥姪)들이 어느 부서에 있다고 들었는데, 그게 사실인가?"

이에 화신이 아뢰었다.

"그 아들 우제현(于蔡賢)은 작년에 병으로 죽었사옵니다. 손자 우덕유(于德裕)가 공부(工部)의 주사(主事)로 있사옵니다. 그 밖에 우시화(于時和)라는 생질 하나가 내무부에 있사옵니다."

그 말을 듣고 문득 뭔가 생각난 듯 건륭이 말했다.

"맞아, 우시화는 왕단망(王亶望)이 천거하여 내무부에 보결(補缺)한 자이네. 왕단망을 섬서(陝西)에서 절강(浙江)으로 도피시킨 자가 바로 우민중이거든. 류용, 이들 사이에 얽히고 설키는 것이 검불 속에 뭔가 있을 것 같은데, 철저히 캐보게!"

"예!"

류용이 대답했다. 건륭은 그제야 신하들을 물러가라 명했다.

과도한 흥분 탓인지 머리가 아프고 기운이 없었다. 자명종이 두 번 울리고 멈췄다. 미시(未時)가 된 것 같았다. 그러고 보니 아침에 다과를 두어 개 집어먹은 이래로 조선(早膳)도 거르고 점심수라도 거른 상태였다.

슬슬 시장기가 느껴졌다. 철패 앞에서 장장 서너 시간을 무릎 꿇고 있었던 왕충이 잔뜩 풀이 죽어 들어오는 걸 보며 건륭은 소리 없이 웃었다. 그는 곧 분부했다.

"조선(早膳)은 순비(淳妃)의 처소로 가서 먹으려고 했는데, 거르고 말았구나. 소찬(素餐)으로 좀 내어오너라."

돌아오면 건륭에게도 한바탕 혼이 날 각오를 하고 있었던 왕충은 의외로 화기로운 건륭의 모습에 그저 황감할 뿐이었다. 급히 대답하고 그는 건륭의 마음이 변할세라 밖으로 뛰쳐나갔다.

그러나 어느새 서너 명의 궁녀들이 식합을 들고 오고 있었다. 물어보니 왕씨가 아직 식전인 건륭을 위해 친히 주방에 내려가 음식을 만들었노라고 했다. 왕충은 급히 양심전으로 되돌아와 아뢰었다.

"왕귀비마마께오서 선(膳)을 보내왔사옵니다!"

"음! 역시 충심은 사소한 데서 드러나는 거야! 알았다!"

건륭은 대단히 흡족한 표정이었다.

왕씨의 음식솜씨를 크게 치하하며 건륭이 맛있게 이것저것 먹고 있을 때 태감 왕렴이 종종걸음으로 들어와 아뢰었다.

"마마께오서 걸음 하셨사옵니다, 폐하!"

12. 우루무치

"마마라니? 누구 말이냐?"

건륭이 물었다.

"황후마마이시옵나이다!"

"여긴 외신(外臣)들을 접견하는 곳이거늘 무슨 일이라더냐?"

"가…… 감히 여쭤보지 못했사옵니다."

"짐이 수라상을 받고 있으니 만나줄 시간이 없다고 하거라."

건륭의 얼굴은 굳어져 있었다.

"아뢸 말이 있으면 짐이 저녁에 곤녕궁(昆寧宮)으로 갔을 때 하라고 이르거라."

그러자 왕렴이 울상이 되어 창밖을 가리키며 아뢰었다.

"늦었사옵나이다……. 벌써 다 들어오셨사옵니다!"

건륭이 고개를 돌려보니 유리창 밖으로 과연 나라씨가 여덟 명의 궁녀들에게 에워싸인 채 벌써 유리로 된 조벽(照壁)을 통과하고 있었다. 무어라 분부했는지 궁녀들은 그 자리에 공손히 멈춰 섰다. 마당 가득하던 궁녀, 태감 그리고 궁전 입구를 지키고 서 있던 삼등시위들도 일제히 무릎을 꿇어 맞았다.

어쩔 수 없이 건륭은 젓가락을 내려놓고 수건으로 입을 닦았다. 이윽고 황후가 내전(內殿)으로 들어섰다. 건륭은 자세를 고쳐 앉고 어색한 웃음을 지어 보였다.

"점심은 들었소? 태후부처님 전에서 나오는 길인 것 같은데, 왕씨가 죽을 맛있게 끓여 왔네? 한 숟가락 들지."

그리고는 황후의 안색을 유심히 살피더니 덧붙였다.

"어째서 기색이 별로 안 좋소? 무슨 일이 있었소?"

황후는 과연 안색이 심상치가 않았다. 창백하게 질린 얼굴에 눈물자국이 얼룩져 있었다. 아직 분노가 사그라들지 않은 듯 고운 얼굴에는 오관이 비뚤어져 있었고, 반쯤 새어 하얀 귀밑머리는 조금 헝클어져 있었다. 건륭의 안색을 살필 겨를도 없이 온돌 옆 의자에 털썩 내려앉으며 황후는 분한 표정으로 말했다.

"어떤 자가 신첩을 괴롭히옵니다. 폐하께오서 공정하게 시시비비를 가려주셔야겠사옵니다!"

"누구 말인가?"

"류용, 그자밖에 더 있겠사옵니까!"

"류용이라고 했소?"

"형부의 사람들을 데리고 내무부로 오더니 다짜고짜 신첩의 신변을 수사해야겠다고 선언했다 하옵니다. 벌써 유모 장씨가 불려 갔사옵니다. 신첩이 알아보니 우민중 사건을 수사하던 중에 증거 채택 차원에서 소환했으니, 조사가 끝나는 대로 직접 신첩에게 알려주겠노라고 하는 것 같았사옵니다! 장씨를 한두 해 데리고 있었던 것도 아니고, 신첩이 수십 년 동안 곁에 두었사온데 호인(好人)인지 악인(惡人)인지도 구분하지 못하겠사옵니까? 저들이 볼일이 있으면 직접 찾아오면 다리몽둥이라도 부러진답니까? 우민중이 무슨 죄를 지었는지는 모르겠고 관심도 없사오나 지의(旨意)도 없이 백주(白晝)에 이런 식으로 사람을 난감하게 만들어도 되는 것이옵니까?"

건륭도 다소 의외라는 반응이었다. 잠시 류용의 의도를 정확히 파악할 수 없었는지라 그는 미간을 좁히며 물었다.

"장씨는 우민중과 어떻게 되는 사이요?"

"그럼, 그렇지! 폐하께오서도 모르고 계셨다니까."

나라씨가 눈물이 그렁그렁하여 무릎을 치며 말을 이었다.

"자기들이 뭔데 사람을 마음대로 연행할 수가 있단 말이옵니까? 마구간에 노새를 붙들어매는 것도 순서가 있고 규칙이 있거늘! 신첩은 결코 용서할 수가 없사옵니다. 류용 그 자에게 신첩이 얼마나 잘 대해주었는데, 저런 배은망덕한 자 같으니라고! 그 자는 조조보다 더 간사한 간신배이옵나이다!"

이에 건륭이 나무라듯 말했다.

"고정하시오, 황후! 사람들의 이목이 신경 쓰이지도 않소? 짐이 류용에게 우민중을 수사하라고 했소. 할말이 있으면 짐에게 하오. 류용은 누가 뭐라고 해도 충신이오. 그 아비도 짐에게 수십 년을 몸바친 충신이고. 말을 가려서 하시오."

"그럼 신첩이 잘못했단 말씀이옵니까!"

건륭이 자신의 편이 되어주지 않자 더욱 화가 난 나라씨는 분노에 떨고 있었다. 금방이라도 울어버릴세라 입가를 비죽거리며 큰 소리로 마구 떠들어댔다.

"신첩은 인내할 만큼 했사옵니다! 폐하께오선 늘 신첩을 육궁지주(六宮之主), 육궁지주 하시는데, 신첩은 부찰황후의 솜털 하나에도 못 미치는 대접을 받고 있사옵니다! 육궁의 살림을 맡기셨다면서 남순(南巡) 때는 복의를 죽이려다 살려주시고, 저번엔 왕치와 복신, 왕례 등 태감들을 쥐도 새도 모르게 처치해 버리시고도 신첩에게는 일언반구도 하지 않으셨지 않사옵니까? 장씨가 대체 무슨 죄가 있다고 다짜고짜 쳐들어와 붙잡아 가는지 모르겠사옵니다. 말이 나왔으니 말씀입니다만 우민중도 신첩이 보기엔 나쁜 사람이 아니옵니다!"

황후의 체통도 내버린 채 군전무례(君前無禮)를 범하고 있는 나라씨를 보며 건륭은 만장의 분노가 치밀었다. 쾅! 건륭은 식탁을 힘껏 내리치며 벌떡 일어났다. 접시며 사발, 수저가 뒤죽박죽이 되어버렸다. 난각 밖에서 시중들고 있던 태감들과 궁녀들은 돌연 말괄량이 촌부(村婦)로 변해버린 황후의 모습에 아까부터 깜짝 놀라고 있었다.

건륭의 분노가 이어질 줄 어느 정도 짐작은 했으나 막상 당하고 보니 저마다 가슴이 철렁했다. 저마다 잔뜩 오그라들어 바들바들 떨고 있던 중 심장질환을 앓고 있던 어떤 태감은 그만 "쿵!" 하고 쓰러져 버리고 말았다.

"규칙? 법도? 그렇게 말하는 황후는 얼마나 규칙과 법도를 잘 지켰단 말이오?"

건륭의 부릅뜬 두 눈에서 흉흉한 빛이 번뜩였다.

"태조황제 때부터 5대째 내려오며 백여 명의 후궁들을 두었어도 자네 같은 사람은 없었네. 이것이 과연 천하의 국모(國母)라는 사람의 참 모습이란 말이오?"

그는 분을 삭이지 못해 거친 숨을 몰아쉬며 '시정(市井)의 불량스런 동네아낙'이라는 말까지 서슴없이 내뱉을 뻔했다. 그러나 그 어떤 경우에도 황제로서 할 말이 있고 해서는 안 될 말이 있는 것이었다. 그 동안 황후에게 쌓였던 감정들이 용암처럼 분출하며 그는 구구절절 비수 같고 송곳 같은 말로 나라씨를 자극했다.

"육궁의 주인노릇을 그렇게 잘해서 태감, 궁녀들이 갖은 상풍패속(喪風敗俗)을 일삼고 황후 부찰씨까지 경기(驚氣)를 일으켜 치사(致死)에 이르게 만들었단 말인가? 신의(神醫)라 불리는 엽천사(葉天士)마저 속수무책일 정도로 태감, 궁녀들의 행태가 충격적이었단 얘기가 아닌가! 태감들을 소리소문 없이 축출시켜 버린 걸 황후는 오히려 다행으로 생각해야 할 것이오! 그리고 우민중이 호인인지 악인인지 심궁(深宮)에 들어앉아 있는 황후가 어찌 안단 말이오? 류용이 몽둥이를 휘둘러 황후의 아픈 데라도 건드린 거요? 전에 이시요와 기윤을 벌할 때는 가만히 있더니, 어째서 이번에만 유난히 흥분하는 거지?"

건륭은 연신 날카로운 질문공세를 퍼부었다. 그러나 놀랍게도 나라씨는 전혀 두려워하거나 당황하는 기색이 없었다. 되레 턱을 살짝 치켜올리며 조소하듯 말했다.

"그런 질문에 대답은 함구로 대신하겠사옵니다! 아무튼 소인은 대신들과 아무런 관련이 없사옵니다. 누가 어디서 썩은 계집 몇을 들여다 헌납했는지 어쨌는지에도 관심이 없사옵니다. 사람이 미우면 발뒤축까지 밉다고 그 어떤 죄를 물으시든 신첩은 두려울 게 없사옵니다. 비어있는 냉궁(冷宮)이 한두 곳이옵니까!"

"지금 질투를 하시는 거요?"

"질투한 적 없사옵니다! 소인은 당당하게 황후에 책봉되었사옵니다. 샛서방을 만든 것도 아니옵고, 누군가 헌납한 포로도 아니옵니다!"

"감히 정무에 대해 왈가왈부하다니!"

"그런 건 아니옵니다! 류용이 신첩의 측근을 이유 없이 붙잡아가는데 분노하여 폐하께 여쭈러 왔을 뿐이옵니다."

"류용은 지의를 받고 행동했을 뿐이오."

"폐하께오서 이토록 방종을 하시니 저 자가 저리 간이 배 밖으로 나온 게 아니옵니까!"

나라씨는 기고만장하여 또박또박 말대꾸를 해왔다. '샛서방'을 운운하는 건 당아(棠兒)를 지칭함이고, '포로'는 회족 여인들을 선발하여 건륭에게 '효도'한 화신에 대한 노골적인 불만이었다.

몇십 년 전의 묵은 장부까지 들춰내는 겁 없는 나라씨를 보며 건륭의 분노는 극에 달했다. 한 발 성큼 다가섰으나 식탁이 가로막혀 있었다. 신경질적으로 힘껏 걷어차니 난각은 삽시간에 음식물이 사방에 튕기고 아수라장도 그런 아수라장이 없었다. 만두가 여기저기 나뒹굴고 죽이며 반찬이 그릇째로 엎질러져 발 디딜 틈이 없었다……

나라씨를 향해 비수처럼 뽑아들던 손가락을 심하게 떨며 건륭은 분노에 치를 떨었다.

"그래…… 끝까지 잘났다 이거지? 내 손으로 '책봉'을 했으니 내가 폐위(廢位)시키는 것도 어려운 일은 아니지!"

그러자 나라씨가 즉각 비아냥거리듯 받아쳤다.

"폐하께서 마음만 먹으면 불가능한 일이 어디 있겠사옵니까? 신첩은 원래 누구도 거들떠보지 않는 잡초였거늘 어찌 돼도 두려울 건 하나도 없사옵니다."

"류용을 들라하라! 아계와 화신, 예부에서도 들라하라!"

건륭이 대성질호(大聲叱呼)를 퍼부었다. 쉬고 갈라진 목소리가 궁전 안에 섬뜩하게 메아리쳤다.

"대리사(大理寺)에서도 들라하라……. 경양종(景陽鐘)을 울려 백관들을 태화전(太和殿)에 소집하라!"

주체할 수 없는 분노에 건륭은 정신이 혼미해질 정도였다. 난각 한가운데서 음식냄새가 진동하는 가운데 팔을 내두르며 포효했다. 얼굴이 벌겋게 부어 있었고, 목과 관자놀이에는 시퍼런 혈관이 튀어나와 터질 것만 같았다.

지의를 내리는 벼락같은 소리에 왕렴 등 몇몇 태감들은 감히 그것을 받을 수도 없고, 그렇다고 불응할 수도 없어 어찌할 바를 몰라했다. 미리 심상찮은 분위기를 감지하여 태후에게로 사람을 파견한 상태인지라 왕렴은 어물거리며 시간을 끄는 수밖에 없었다.

"류용이 온 지 한참 됐사옵니다. 천정(天井)에 무릎꿇어 대령하고 있사옵니다……."

그 상이 류용은 벌써 벌벌 기어 무릎걸음으로 들어오고 있었다. 바닥이 지저분한 것도 아랑곳하지 않고 건륭의 면전으로 엉금엉금 기어가더니 덥석 무릎을 끌어안았다. 그리고는 체읍(涕泣)하며 애걸하듯 말했다.

"폐하…… 폐하, 제발 뇌정(雷霆)의 분노를 잠시 거둬주시옵소서……. 천지불화(天地不和)는 곧 천하불락(天下不樂)이라고 했사옵니다. 사단은 신으로 인해 기인한 것이오니 천죄, 만죄 죄신 한 사람에게 있사옵나이다. 신이 불민하여 경거망동(輕擧妄動)의 우(遇)를 범했사오니 신이 죽일 놈이옵니다……. 폐하와 황후마마께오서 죄신 때문에 돈목(敦睦)에 금가지 않으시고 예전같이 지내시길 간절히 바라옵니다. 폐하와 황후마마의 돈목은 곧 천하의 대복(大福)이옵나이다……."

북받치는 감정을 추스르지 못하고 류용은 엉엉 목놓아 울며 머리를 조아렸다. 그리고는 무릎걸음으로 나라씨에게로 다가가 곡읍(哭泣)하며 아뢰었다.

"폐하께오서는 어느덧 이순(耳順)을 넘기신 분이옵니다. 황후마마께오서도 지천명(知天命)의 연세가 넬모레이시고요……. 두 분의 항려(伉儷, 어울리는 한 쌍) 사이가 일개 미천한 서생(書生)에 불과한 죄신으로 인해 멀어질 순 없사옵니다……."

콧구멍이 훤히 들여다보일 정도로 턱을 치켜올리고 가쁜 숨을 몰아쉬고 있던 나라씨는 그제야 제정신이 드는 듯 한풀 꺾인 기세로 양심전을 둘러보았다. 건륭은 한 손으로 창턱을 짚고 서서 분노에 치를 떨고 있었다. 그 모습만으로도 결코 돌이킬 수 없는 감정의 강을 건너고 있는 것 같았다. 그제야 나라씨는 자신이 엄청난 화를 자초했다는 두려움이 엄습해왔다. 억울함과 분노와 공포가 몰려오자 나라씨는 그 자리에 털썩 주저앉아 땅을 치며 울어댔다.

"부처님, 관세음보살…… 이년이 무슨 죄가 그리 무거워 이토록 기구한 팔자를 주시는 겁니까……. 금쪽 같은 두 아들을 앞세우고 그것도 모자라…… 이 나이에 이런 대접까지 받아야 합니까……. 먼저 가신 부찰 언니! 제발 굽어살피시어 가엾은 이년을 불쌍히 여겨 주세요. 맹세코 전에는 재계(齋戒)하고 염불(念佛)하며 폐하와 부처님을 공경하는 것밖에 몰랐사옵니다. 이토록 이성을 잃고 군전무례를 범할 줄은 정녕 몰랐습니다. 명색이 황후라고는 하지만 아무도 대접을 해주는 이가 없었습니다…… 부찰 언니…… 마디마디 한 맺힌 이 가슴을 어찌 풀어야 하는지…… 제발 좀 도와주세요……."

울음소리는 애통하고 처연했다. 중간, 중간 사설까지 늘어놓으며 그 동안 나름대로 쌓여왔던 울분을 쏟아내고 나니 시간이 흐를수록 분노는 잠들고 오로지 애절한 하소연뿐이었다.

그사이 건륭도 극도의 격노와 흥분에서 차츰 헤어나 평소의 모습으로 돌아오고 있는 것 같았다. 열세 살 때부터 청매죽마(靑梅竹馬)의 정을 나누어왔던 여인이었다. 잠룡(潛龍) 시절에 셋째 홍시(弘時)가 사주한 비적들에 의해 천리 황하 물에서 하마터면 죽음을 당할 뻔했을 때 달포가 넘도록 신음소리 하나 없는 자신을 위해 절식기도(節食祈禱)를 하다가 기절까지 했던 나라씨였다. 젊을 땐 후궁들 중에서도 미모가 특출하여 총애가 유난했었고, 애교가 많고 영악하여 질투까지도 곱게 봐줄 수 있었던 여인이었다. 그러나 지금은 늙고 용색(容色)이 퇴색하여 아예 방사(房事)를 하지 않았으니 건륭이 그 처소를 찾는 일도 거의 없었다.

하루아침에 천길 낭떠러지로 추락한 듯한 상실감과 허탈함을 이겨내기도 전에 세 아들 가운데서 둘을 연이어 앞세웠다. 하나 남은 옹기(顒琪)마저도 비실비실 대는 약골이라 후궁들끼리 흔히 목숨을 거는 '모이자귀(母以子貴)'는 기대하는 것조차 사치였다. 그래서 불쌍하고 가여워 실총(失寵)의 아픔을 조금이나마 위로하고자 부찰씨의 빈자리에 앉혔던 나라씨였다……

과거를 돌이켜보니 부끄럽기도 하고 안쓰럽기도 했다. 또한 부찰씨 생전에 부부가 돈목하여 타의 귀감이 되고 자상하고 근검하고 소박하여 육궁을 화기애애하게 해주었던 기억이 떠오르며 고인에 대한 그리움과 원망이 가슴속에 사무쳤다. 고희를 바라보는 나이에 국사(國事)는 국사대로, 가사(家事)는 가사대로 꼬이고 있으니 이 또한 여간 마음 상하는 일이 아니었다.

땅이 꺼져라 깊은 한숨을 토해내고 나니 두 눈에 눈물이 핑 돌았다. 마음속에 불붙던 분노가 꿀꺽꿀꺽 삼키는 눈물에 젖어 꺼져주었으면 좋을 것 같았다. 이때 밖에서 진미미의 고성(高聲)이 들려왔다.

"태후부처님께서 납시었다!"

이어 두 명의 태감의 부축을 받으며 태후가 모습을 드러냈다. 갈대꽃을 방불케 하는 백발이 가늘게 떨리는 태후는 거동이 나날이 힘들어 보였다.

건륭이 급히 눈가의 눈물을 닦으며 다가갔다. 그리고는 "어마마마!" 하고 부르며 두 무릎을 꿇었다. 나라씨도 무릎을 꿇고 손수건으로 입을 막은 채 체읍을 멈추지 못했다.

"모두 일어나시게!"

태후가 아수라장으로 변해있는 난각 바닥을 내려보며 소리 없이 한숨을 내쉬었다. 왕렴이 급히 의자를 가져다 정전의 어좌 옆에 놓고 난각으로 들어가길 꺼려하는 태후를 안으로 모셨다. 건륭과 나라씨가 죄인처럼 고개를 숙이고 나왔다. 류용도 따라 나와 난감해 어쩔 줄 몰라하며 무릎을 꿇었다.

태후가 입을 열었다.

"황제와 황후에게 자리를 마련해 드리거라. 류용, 자네도 일어나 저쪽 걸상에 가서 앉으시게."

류용은 자신이 어쩌다 황실의 가무에 말려든 건지 머리를 쥐어박고 싶도록 억울하고 후회스러웠다. 그는 힘껏 머리를 조아리며 아뢰었다.

"태후부처님, 오늘의 화는 신으로 인해 기인된 것이옵나이다. 아무리 우민중을 수사하라는 지의가 계셨다고 해도 필경은 외신(外臣)이온데, 궁무에 너무 깊이 개입한 것 같아 대단히 황감하옵나이다. 장씨를 연행하기에 앞서 사전에 폐하께 이를 아뢰어 폐하께오서 직접 황후마마께 이 사실을 고지했었더라면 이 같은 풍파는 면할 수 있었을 것이옵니다. 실로 우매하고 무지한 신이 원망스럽사옵니다. 황후마마께오서 신더러 사사로이 권력을 휘둘렀다고 질책하셔도 신은 할말이 없사옵니다. 신으로 인해 야기된 문제는 신이 풀어야 한다고 생각하옵니다. 부디 신의 불찰을 정죄해 주시옵고, 엄히 훈책하여 주시옵소서. 신은 영명하오신 폐하와 현덕하신 황후마마께서 사건 이전으로 돌아가실 수만 있다면 만번 죽어도 여한이 없겠사옵니다."

그러자 건륭이 말했다.

"자네 부친 류통훈은 수레 안에서 지친 몸을 뉘인 것이 영원(永遠)이 되어버린 훌륭한 짐의 고굉(股肱)이었네. 경도 다시 없는 충직한 신하이거늘 너무 자책하지는 말게."

류용이 궁무에 휘말렸다는 의혹을 떨쳐버리기 위해 건륭은 화제를 우민중의 사건 자체로 끌고 갔다. 그는 물었다.

"장반계(章攀桂)가 불미스런 사건에 연루되었다고 하는데, 소주(蘇州) · 송주(宋州) 양도(糧道)인 그가 우민중과 무슨 관련이 있단 말인가?"

이에 류용이 대답했다.

"우민중네 집의 화원에 가면 '감리 장반계'라는 몇 글자가 새겨져 있다고 하옵니다. 장반계는 황후마마 전의 유모인 장월아의 아우이고, 장월아로 말하자면 이미 고인이 되신 옹기(顒琪) 황자마마의 유모였사옵니다. 지금은 퇴휴(退休)했다고 했사옵니다. 신은 장씨 여인이 아직 황후마마전에서 시중들고 있는 줄은 몰랐사옵니다. 우민중은 궁중과 외부(外府)의 종실(宗室)들에 인맥이 대단히 많은지라 사전에 입을 맞추고 내통할 우려가 있어 서둘러 장씨 여인을 연행하게 되었던 것이옵니다."

이에 태후가 물었다.

"우민중은 장원에 급제한 인재입니다, 폐하! 폐하께선 그의 학문을 누누이 치하하시고 군기처에까지 들이지 않으셨습니까? 헌데 어찌 하루아침에 매장시켜버릴 수가 있습니까?"

"그런 건 아닙니다, 어마마마. 그는 잠시 집에서 대죄(待罪)중일 뿐입니다."

건륭은 울어서 퉁퉁 부은 눈으로 가련초초(可憐楚楚)하게 자신을 바라보는 나라씨를 보며 너무 크게 화를 낸 데 대해 미안한 생각이 들었다. 그는 태후를 향해 웃으며 말했다.

"태감을 매수하여 소자의 일거수일투족을 감시하다시피 해왔습니다. 외신들 중에는 그와 사적인 왕래가 잦은 자들도 많습니다. 만나려면 당당하게 군기처에서 만나지, 군기처의 이목을 피하려 든다는 건 심상치 않은 일입니다. 누가 짐에게 고자질해 바친 건 아닙니다. 소자가 읽은 책의 내용을 귀신같이 맞장구치는 경우가 허다하여 의혹을 품었던 것입니다. 그의 학문이 아무리 대단하고 해도 기윤보다야 낫겠습니까? 조금 난해한 글씨들을 두어 장적어 보냈더니 한두 개밖에 해석을 못하고 쩔쩔매고 있었습니다. 그게 대학문가답다고 할 수 있겠습니까."

태후가 머리를 끄덕이며 한숨을 지었다.

"그래서 군자는 적고 소인은 득실거린다고 선제께서 생전에 늘

개탄하셨습니다. 황후는 요즘 건강이 조금 안 좋아 성격이 더욱 조급해지고 흥분을 잘하는 것 같습니다. 어려서부터 오래도록 같이 한 사이거늘 황제보다 황후를 잘 아는 이가 어디 있겠습니까? 사람은 흥분하면 너나없이 언행이 과격해지기 마련입니다. 아녀자와 옥신각신하시지 말고 너그러운 아량으로 용서하세요. 날도 저물어 가는데 류용, 자네는 그만 가보게. 이 늙은이는 자넬 믿네. 좋은 일이 아닌 이상 절대 밖으로 소문내어서는 아니 되겠네."

태후의 말에 류용은 날아갈 것만 같았다. 죄를 용서받은 느낌이 이 정도로 홀가분할 줄은 몰랐다. 그는 길게 무릎을 꿇어 머리를 조아렸다.

"부모가 사소한 일로 잠깐 티격태격했기로서니 자식으로서 밖으로 소문낼 일은 없지 않겠사옵니까? 그것과 도리는 매일반이라 생각하옵니다. 그 점은 절대 염려 놓으시옵소서. 신은 태감들을 소집하여 오늘일과 관련하여 누구든 감히 요언을 퍼뜨리는 자는 즉각 멍석말이를 할 것을 고지할 것이옵니다!"

"비유 한번 잘했네. 집안 흉은 밖으로 내보내는 게 아니지."

태후가 웃으며 일어섰다. 건륭과 황후가 급히 일어나 양옆에서 부축했다.

류용은 그들이 양심전 뜰로 나설 때까지 목송(目送)을 하고 나서야 자리에서 일어났다. 온몸이 부서지는 것처럼 아팠다. 천근 납덩이같은 몸을 겨우 지탱하며 그는 뒤늦게 양심전을 나섰다……

자금성에서 한바탕 홍역을 치르고 있을 때 기윤(紀昀)은 신강(新疆) 우루무치로 가는 중이었다. 비록 병부(兵部)에서 발행한 감합(勘合)을 소지하고 있었으나 감합엔 '범관(犯官) 기윤이 가인 네 명과 함께 우루무치 대영(大營)으로 효력(效力)하러 가니 일로(一路)의 각 초소에서는 통행허가를 해주기 바람'이라고 적혀 있었는지라 역관(驛館)에서는 기윤 일행을 일절 받아줄 리가 없었다.

다행히 직예(直隷), 하남(河南), 섬서(陝西)까지는 그런 대로 괜찮았다. 문생(門生)들 중에 소식이 빠른 자들은 기윤이 '범관'으로 전락한 내막을 아는지라 머지 않아 동산재기(東山再起)할 거라는 기대에 부풀어 임지에 있을 때보다 더욱 열정적으로 대해주었다.

그러나 개중에는 반백의 나이에 만리 변방으로 내몰리는 기윤을 '장사(壯士) 한 번 떠남이여, 다시 돌아오지 않으리'라는 식으로 안면을 싹 바꿔버린 채 냉정하게 외면해버리는 이들도 있었다. 그 옛날에 바리바리 싸들고 다니며 귀찮을 정도로 '사제(師弟)'간의 정분을 쌓으려고 아등바등 하던 무리들이었던가 싶을 정도로 그들은 매정했다. 병을 핑계로 얼굴조차 내밀지 않는 자가 있는가 하면 은자 두 냥을 던져주며 '온신(瘟神)'을 내쫓는 시늉을 하는 자들도 있는 등 문전박대의 방식은 실로 다양했다…….

글로만 읽던 염량세태(炎凉世態)에 직접 내몰린 기윤은 오직 허탈하고 서글플 따름이었다. 그렇게 '열랑(熱浪)'과 '냉풍(冷風)'을 번갈아 마셔가며 주복(主僕) 일행은 '사아(四兒)'라고 불리는 누렁이를 데리고 서행 길을 재촉했다.

따라나선 네 명의 가인들 중 옥보(玉保)는 서재에서 필묵을 시중들던 하인이었고, 그밖에 운안(雲安), 마사(馬四), 송보주(宋保柱)는 모두 가생노(家生奴)들이었다. 원래는 저마다 분가(分家)

하여 밖에서 장사를 하고 있었으나 워낙 젊고 힘깨나 쓰는 장정들을 꼽다보니 이들을 불러 길을 나서게 되었던 것이다.

아직 세상물정도 잘 모르고 달리 고생이라고 해본 적도 없는 이들은 권력의 중심부에서 밀려난 주인을 따라 나섰으니 호가호위(狐假虎威)하며 으스댈 수도 없고, 그렇다고 큰돈이 생기는 것도 아닌지라 코가 꿰여 나선 길이 달가울 리가 없었다. 그나마 '선견지명(先見之明)'이 있는 문생들을 만나 호의호식할 때는 정성껏 모시는 척하다가도 역관에서도 받아주지 않고 객잔도 없어서 어느 폐가에서 자기네들 손으로 장작을 주워 불을 지피고 짚단을 펴놓고 지친 몸을 뉘일 때는 노골적인 불만이 이만저만이 아니었다.

집에서 가인들을 다스려본 적도 없고 군기처에서도 사람을 부려본 적이 없는 기윤은 아랫것들을 질책하고 혼을 내줄 줄도 몰랐다. 다만 매번 어르고 달래고 사정하여 종복들로 하여금 날로 기고 만장하게 만들뿐이었다. 그러다가 기분이 우울할 때면 좋으나 궂으나 한결같이 꼬리 흔들며 반겨주는 누렁이의 머리를 쓰다듬으며 책을 읽었다. 월야효풍(月夜曉風)에 시(詩)라도 한 수 읊고 나면 어느 정도 자위가 되곤 했다.

그 모습을 보며 네 명의 종복들은 입을 비죽거리며 야유를 퍼부었고, 기윤은 그들과의 마찰을 피하고자 가능한 한 말을 걸지 않고 상대를 하지 않았다. 그러다 보니 주복 사이는 갈수록 멀어져만 갔다.

기윤이 북경을 떠날 때는 봄이 한창이었다. 관내(關內, 산해관 안쪽)는 훈풍에 새파란 보리밭이 파도처럼 굽이치고 춘화가 조락(凋落)하여 눈꽃 같았다. 중원(中原)에도 봄기운이 완연했다.

그러나 섬서성 북부에 이르니 지세가 높아지며 기온이 뚝 떨어지는 느낌이 들기 시작했다. 중원과는 기후와 풍물이 판이하게 달라져 있었다. 광대무변한 황토고원에는 헐벗은 수목이 적막하고 눈길 닿는 데마다 삭막하고 음산하기 이를 데 없었다. 평원은 없고 어디라 할 것 없이 천구만학(千溝萬壑)이요, 끝간데 없는 초원엔 간혹 앙상한 백양나무가 한 그루 청승맞게 떨고 있을 뿐 아득한 지평선과 이어지는 곳까지 육안으로는 촌락과 집들이 보이질 않았다.

사막에서 불어오는 건조한 모래바람이 아직 누렇게 떠 있는 풀들 사이로 낄낄대며 숨바꼭질을 하고 있는 것 같았다. 이곳에도 봄은 오는지 시커먼 두 팔은 내놓은 채 맨몸에 양가죽 조끼를 입은 노인과 코흘리개들이 소나 양떼를 몰고 다니며 고래고래 신천유(信天遊) 노래를 울부짖듯이 부르며 다니는 모습이 가끔씩 보였다. 강 서쪽으로 죽 이어진 길을 따라 감숙성(甘肅省)에서 청해성(靑海省)으로 들어가니 갈수록 그 황량함은 더해만 갔다.

기련산맥(祁連山脈)을 따라 창창망망(蒼蒼茫茫)의 몽고 초원을 지나 수러하(河)를 건너고 하미, 투루판에서 서북으로 5백 리쯤 가면 바로 우루무치였다. 높고 파란 초원의 하늘에서 북으로 날아가는 기러기떼를 보며 백운벽초(白雲碧草)의 아름다움에 젖어 있을 때도 있지만 조금 가다 보면 황사(黃砂)에 얼굴이 벗겨지고, 더울 땐 쪄죽을 것만 같고, 추울 땐 뼈가 물러터지는 것 같은 사막이 나타나기도 했다.

서역(西域)의 풍경은 그야말로 다변하고 종잡을 수가 없었다. 연안(延安)을 지나 유림(楡林), 영하(寧夏) 일대에 이르니 회민(回民)들의 반란이 잦았던 곳인지라 관군들의 무분별한 학살로 인해 길도 차단되고 인가도 드물었다. 워낙 백폐대흥(百廢待興)의 스산함이 어제오늘의 일이 아닌 데다 서로(西路)의 용병(用兵)으로 인해 지나가는 성지(城池)마다 길에는 군수물자와 군량미를 나르는 군인들로 가득했다.

그들이 '기아무개'를 알 리가 없었다. 입만 열면 욕설이요, 툭하면 눈을 부라리며 으르렁댔다. 객잔에서 곤히 잠자고 있다가 느닷없이 들이닥쳐 자기네들이 잘 데가 없으니 마구간에 가서 자라고 을러메는 군인들에 의해 한밤에 누더기 이불을 안고 쫓겨난 적도 한두 번이 아니었다. 울분이 터지고 속이 상해도 남의 처마 밑이니 고개를 숙이지 않을 수가 없었다.

하루에 6백리를 거뜬히 달린다는 '일주육백(日走六百)'의 노새까지 행패를 부리는 군인들에게 '효도'하고 나니 네 마리나 되던 노새가 이제는 달랑 볼품없는 깜둥이 한 놈밖에 남지 않았다. 그나마 짐을 한 등짐 실었으니 기윤은 걸어가는 다리가 천근만근도 더 되는 것 같았다. 그렇게 객사하지 않은 것만도 다행으로 여기며 우여곡절 끝에 겨우 우루무치에 당도했을 때 기윤은 반쪽이 되어 있었다.

'우루무치'는 위구르족 언어로 '아름다운 초원'이라는 뜻이었다. 원래는 고작 청진사(淸眞寺) 하나에 몇 채의 폐가(廢家)가 전부인 곳이었다. 가끔씩 시장(市場)이 설 때면 인근에서 교역을 목적으로 하는 사람들이 모여들어 북적댄다고 하지만 평소엔 일반 초원과 다를 바가 없었다. 강희 연간에 준거얼에 용병(用兵)하며 이곳은 내지(內地)에서 군사(軍士)와 양초(糧草)를 운송하는 중간거점 역할을 했었다. 그때부터 차츰 석옥(石屋)과 기와집이 들어서기 시작했으나 그마저 병사들의 주거를 목적으로 하고 있었기에 이 성(城)은 사실상 '병성(兵城)'이나 다름이 없었다. 수이허더의 '천산대영(天山大營)'이 바로 이곳에 행원을 두고 있었다.

기윤은 행원아문(行轅衙門)에서 가까운 곳에 객잔을 찾아 투숙하기로 했다. 옥보더러 행원으로 가서 감합을 건네라고 명하고, 그는 무말랭이에 익은 양고기 한 점, 옥수수떡 한 조각에 우유 한 잔을 마시고는 천천히 걸어서 객잔을 나섰다.

달리 구경할만한 것도 없었다. 어디를 보나 병영과 창고 일색이었고, 건물들은 대부분 돌로 기초를 쌓고 돌을 쌓아만든 돌집이었다. 가끔씩은 풀과 흙을 이겨 바른 흙집도 있었다. 지붕은 전부 평평했다. 가까이에서 보면 낮고 볼품없어 보이지만 멀리서 보면 병사들이 반듯하게 열을 지어있는 것 같아 그런 대로 괜찮아 보였다. 중심에서 몇백 보의 반경에 꼬불꼬불한 성벽이 길게 둘러쳐져 있었다. 때는 점심시간인지라 성안의 병사들은 번갈아 가며 밥을 먹고 있었다. 성을 지키고 있는 병사들도 나른하고 힘없는 표정들이었다. 조심스레 말을 붙여 겨우 허락을 받아 기윤은 성곽에 올랐다.

성밖의 경관은 성내와 크게 달랐다. 성루에 올라 사방을 둘러보니 하늘색은 씻은 듯 맑고 푸르렀다. 구름 한 점 없는 넓은 창공엔 태양이 눈부시게 찬란했다. 동쪽을 보니 주단을 깔아 놓은 것 같은 평평한 초원이 웅장하고 거대한 버거다산(山)과 맞닿아 있었다. 산봉우리에는 구름이 감돌고 천년설봉(千年雪峰)이 청천(靑天)을 떠받들고 있었다. 남쪽의 우컨산(山)과 서남의 어하부터산(山), 그리고 서쪽의 퍼러커누산(山) 역시 천년의 백두(白頭)였다. 마치 서너 명의 백발노인들이 따끈한 아랫목에 앉아 이야기꽃을 피우고 있는 것만 같았다. 빙설(氷雪), 청송(靑松), 수초(樹草)

가 차례로 내려와 대초원과 이어지고 있었다.

녹아 내린 설수(雪水)는 무수한 갈래의 작은 냇물이 되어 끝없이 펼쳐진 초원을 적셔주고 있었다. 그래서인지 이 일대의 초원은 유난히 풍성하고 윤택하게 보였다. 키 높은 곳에는 그 속에서 풀을 뜯는 말들의 잔등이 보일 듯 말 듯했고, 낮은 곳도 한 척(尺)은 족히 될 것 같았다. 비단같이 부드러운 훈풍이 불어올 때마다 기름진 풀들이 파도처럼 밀려오고, 노랗고 빨간 들꽃들이 점점이 푸른 주단에 수놓은 꽃무늬 같았다……

팔을 한껏 벌려 크게 심호흡을 하며 꾸밈없어 좋은 자연과 하나가 되니 기윤은 그 동안의 부침과 영욕, 울분과 고뇌가 한꺼번에 씻겨나가는 것 같은 홀가분함에 사로잡혔다. 천중(千重)의 관하(關河)가 가로막혀 있고, 운산만리(雲山萬里)의 한쪽 귀퉁이에서 그는 사뭇 감격에 젖어 즉석에서 시를 지어 읊었다.

> 만수천산(萬水千山) 건너 아득한 요원(遼遠)에
> 두고 온 가족의 가서(家書)가 기다려지네.
> 한 번 먹은 굳은 마음 금석심(金石心)이거늘
> 떠오름과 가라앉음에 연연치 않으리.
> 내 안에 잠자는 그대의 깊은 정,
> 오로지 끝없는 분발로 영원히 갚으리.
> 노력하면 만날 그 날이 가까워지거늘
> 어찌 자주 볼 수 없음을 슬퍼하리.

기윤이 계속 시를 읊으려 할 때 등뒤의 성곽 아래에서 부르는 소리가 들려왔다.

"기 대인…… 어르신!"

돌아보니 옥보가 길 저편에서 달려오고 있었다. 장군행원(將軍行轅)으로 심부름을 다녀오는 길이었다. 계단을 밟아 성을 내려오며 기윤 물었다.

"수이허더 군문을 만나 뵈었나?"

"수이허더 군문께선 봉천제독(奉天提督)으로 발령을 받아 떠났다고 합니다. 새로 온 장군은 제도(濟度)라고 하는데, 하이란차 군문의 부름을 받고 창길(昌吉)로 갔다고 합니다."

옥보는 실망하여 어깨가 축 처져 있었다.

"군류처(軍流處, 군중으로 유배 온 사람들을 관리하는 곳)에서 그러는데, 창길성이 포탄의 공격을 받고 허물어져 군류 온 모든 사람들은 그리로 가서 성벽을 쌓는 데 투입시키고 있다고 합니다. 이는 조후이 군문의 명령이라고 합니다. 우리 일은 왜 이리 새끼처럼 배배 꼬이기만 하는지 모르겠습니다!"

잔뜩 부어 툴툴거리며 그는 덧붙였다.

"장군행원의 서무관이 객잔에서 어르신을 기다리고 있습니다."

이같이 말하며 종복은 기윤을 데리고 객잔으로 돌아왔다.

수이허더가 없다는 말에 기윤은 일순 가슴이 허해졌다. 서로 안면이 있는 사이이고, 사람이 군인답게 호쾌하고 사내다워 몇 번 만나보진 않았어도 수이허더라면 잘 맞춰 나갈 것 같았다. 허나 제도는 들리는 소리엔 '유장(儒將)'이라고 하지만 전혀 생면부지였다. 자신도 '유학가(儒學家)'이지만 그는 가장 두려운 것이 문관(文官)들의 심술이었다. 보나마나 꽤 콧대높고 자존심을 세울 텐데, 그런 자의 밑에서 어찌 버텨낸단 말인가? 게다가 조후이는 흑수하(黑水河)에 있고, 하이란차는 금계보(金鷄堡)에 있어 잠깐 만나 술 한잔 나누며 회포를 푸는 것조차 불가능했다.

크게 기대를 한 것은 아니었지만 기윤은 만리 고생길을 달려왔어도 반겨주는 이 하나 없는 현실이 너무나 서글펐다! 게다가 이제 곧 창길로 끌려가 등짐으로 흙을 져서 나르고 발등을 까기 십상인 돌덩이를 껴안고 비틀거리게 생겼으니, 반백의 나이에 노예처럼 부림을 당할 걸 미리 생각하니 끔찍하기만 했다. 설상가상 가인이라고 데리고 온 자들은 하나같이 골난 노새새끼처럼 뒷걸음치며 도무지 협조를 해주지 않으니 통 죽을 맛이었다.

장군행원의 군류처 사무관은 객잔에서 기다리고 있었다. 서른 살 가량 되어 보이는 사내였다. 희고 긴 얼굴에 올챙이를 방불케 하는 팔자수염을 기르고 있었다. 쌍꺼풀 없는 눈을 내리깔고 오른쪽 다리를 왼쪽 허벅지에 올린 채 건들거리며 석탁(石卓) 옆 의자에 앉아 해바라기 씨를 까먹고 있었다. 쟁반에는 빨갛고 통통하여 먹음직스러운 대추가 담겨 있었고, 사발에는 용정차(龍井茶)가 김을 모락모락 내뿜고 있었다. 여기까지 오면서 아까워서 차마 못 먹었던 대추와 용정차를 가인들이 갖다 바친 것이었다.

기윤이 들어서자 사무관은 눈꺼풀을 팔랑이며 힐끔 쳐다볼 뿐 엉덩이를 붙인 채 그대로 꼼짝도 하지 않고 물어왔다.

"기윤이라고 했소?"

"그렇소."

기윤이 허리를 약간 숙이며 덧붙였다.

"범관 기윤이오, 잘 부탁하오."

사무관이 잽싸게 다리를 고쳐 꼬았다. 그리고는 해바라기 씨를 퉤퉤 뱉어내며 웃으며 톡 쏘아붙였다.

"처지가 딱하긴 그 쪽이나 나나 마찬가지네! 나도 열두 살에 진학(進學)하여 한때는 꽤 잘 나가다가 더 잘나가려고 싸우다가 인명사고를 내는 바람에 이리로 추방당했다는 거 아니오. 듣자니 기 대인도 열두 살에 진학했다며? 연분이라면 이것도 연분이 아닐까?"

기윤은 그제야 그도 죄를 범하여 유배를 왔다는 걸 알 수 있었다. 꼴을 보니 몇 글자 알긴 아는 것 같았다. 새파란 것이 번데기 앞에서 주름잡고 비아냥거리며 위아래 없이 구는 모습에 화가 치밀었다. 그러나 역시 낮은 처마 밑에서 머리를 숙이지 않을 수는 없었다. 어찌됐든 군류(軍流)의 '선배'가 아닌가! 속이 터지고 숨이 턱턱 막혔지만 그는 애써 웃으며 말했다.

"그렇소! 이런 연분도 나쁘진 않은 것 같소. 앞으로 가르침 많이 주시오. 외람되지만 존성대명(尊姓大名)을 좀 여쭤봐도 되겠소? 어찌 호칭해야 할지 몰라서 말이오."

"나씨(羅氏)요, 나 어른이라 부르면 되겠소!"

사내는 낮술을 마신 듯 입을 열 때마다 술 냄새와 입 냄새가 진동했다. 기윤이 차를 한 모금 마시며 물었다.

"나 어른, 처음부터 이런 청을 드려서 미안하오만 어떻게 제도 군문께 아뢰어 조후이와 하이란차 두 군문을 뵐 수 없겠소? 북경에서 가깝게 지내던 벗들이고, 전해드릴 서찰도 있고 해서 말이오."

나아무개는 기윤의 '근엄'이 눈꼴시었다. 만리 밖으로 유배당해 왔으면서도 은근히 조후이, 하이란차와의 관계를 과시하며 자신을 깔아뭉개려 든다는 생각에서였다. 찻잔을 탁자에 내려놓으며 나아무개가 말했다.

"제도 군문께서는 창길에 가셨소. 기 대인, 죄를 범하여 축출

당했으면 관기(官氣)를 거두는 게 도리지, 여기가 뭐 경사(京師)의 군기처(軍機處)인 줄 아오? 왔으면 고분고분 시키는 일이나 할 것이지 조후이, 하이란차 군문은 왜 찾는 거요? 내지에서 이리로 쫓겨온 범관들이 자그마치 6천 명이오. 다들 과거의 빌어먹을 '관계'를 들먹이며 이 군문 저 군문 찾아다니면 우리가 골치 아파 어떻게 관리하란 말이오?"

그는 벌떡 일어나 북쪽을 가리키며 말을 이었다.

"성 북쪽 청진사 서쪽에 관제묘(關帝廟)가 있고, 북쪽에 새로 지은 성황묘(城隍廟)가 있소. 어서 준비해 성황묘로 들어가 있으시오. 2백 명이 한 조가 되어 내일 꼭두새벽부터 군량을 등짐에 메어 창길로 날라야 할 테니까. 한번에 50근씩 나르되 창길에 가서 부려 놓고 영수증 받아 갖고 다시 와서 또 날라야 하오. 해야 할 일은 이런 것뿐이니 괜히 꾀부려 난처해지지 말고 고분고분 지시에 잘 따라줘야겠소. 속히 짐을 꾸려 그리로 옮기시오. 내가 성황묘에서 기다리고 있을 테니!"

나아무개는 가벼운 코웃음을 치며 휭하니 떠나가버렸다.

처음부터 '군기'를 확실하게 잡아버리는 나아무개의 '포악'에 네 명의 가인은 잠시 얼어붙어 있었다. 그러나 곧 첫 시작부터 미운 털이 박혀버린 무능한 주인에 대한 불만으로 이어졌다. 운안이 볼이 부은 소리를 해댔다.

"잘 좀 해보지 그랬어요! 척 보면 어떤 놈인지 알 수 있잖아요! 저런 놈한테 잘못 보여 어쩌자고 그러세요?"

이번엔 송보주가 말했다.

"술이라도 한잔 사라는 얘긴데, 눈치가 하나같이 도끼 날이니! 이제 어떡해요, 창길까지 자그마치 4백 리 길인데 50근씩 지고 가려면 갔다 오기는커녕 가다가 뒈지겠어요."

그러자 마사가 말했다.

"옥보, 너도 참 답답해! 왔다고 보고하러 갔을 때 인사치레를 좀 했어야지. 다들 도착하자마자 잘 봐주십쇼 하며 찔러주는데, 우리만 대추 몇 알에 멀건 차 한 잔 내주고 입을 쓱 닦아버리니 그 놈의 밸이 안 꼬이겠어?"

옥보가 가만히 있을 리가 없었다. 화가 치밀어 냉소하듯 말했다.

"그래, 너 잘났다! 살림을 안 해보면 볍씨 귀한 줄 모른다더니, 다 퍼주고 나면 우리는 손가락 빨고 다닐 거야? 서안(西安)을 지나면서 어느 산신령께 치성을 올리지 않은 적이 있냐? 이제 2백 냥밖에 안 남았단 말이야. 내가 다섯 냥을 빨간 종이에 싸서 줬었어. 그런데, 저 자식이 적다고 안 받아서 그렇지!"

"그러게 내가 뭐라고 했어? 은자(銀子)를 은표(銀票)로 바꾸자고 했잖아."

마사가 따지듯 말했다.

"주머니에서 철렁철렁 은자 소리가 나는데, '나 은자 많소' 하고 자랑하고 다니는 마당에 누가 우릴 가만 놔두겠어?"

"은표로 바꾸면? 여긴 전장(錢莊)도 없는데, 어디서 환전한단 말이야? 환전을 못하면 똥 닦는 폐지밖에 더 되겠어?"

옥보가 눈을 부라렸다.

"에잇, 징그러워! 무슨 놈의 팔자가 이렇게 개 팔자보다도 못하단 말이냐……. 이러다 객사(客死)하여 평생 떠돌이 원혼이 되지 말란 법도 없잖아!"

마사가 땅이 꺼져라 한숨을 내쉬었다.

"이 바닥에 흘러든 자는 열에 아홉은 살아서 돌아갈 가망이 없는 거야."

송보주가 울상이 되어 말을 이었다.

"어르신께서 군기대신의 자리를 비워주고 왔는데, 우리가 돌아가길 원하는 자들이 있을 것 같아? 좋은 소리는 한 수레 해서 보냈지만 속으론 우리가 여기에 뼈를 묻길 바라고 있을 거다!"

"한 치 앞도 모르는 게 세상만사이거늘, 혹시 알아? 폐하께오서 어르신을 다시 불러 주실지!"

"꿈 깨라, 이 어리석은 놈아! 폐하께서 정녕 우리 어르신을 귀하게 여기셨다면 이리 귀신도 새끼치기를 안 한다는 곳으로 유배를 보낸단 말이냐?"

네 가인의 설왕설래에 기윤은 귓전이 어지러웠다. 그러나 그들의 말에도 일리가 없진 않았다. 멀리 유배 보내 놓고 군주가 그 신하의 존재를 영영 잊어버리는 경우는 허다했다. 수년이 흐른 뒤에 갑자기 특별사면(特別赦免)이 내려져 방면되는 경우는 군주가 오랫동안 그 신하의 부재(不在)를 크게 느끼거나 누군가 곁에서 '귀띔'을 해주었을 때에야 가능했다. 기윤은 건륭의 자신에 대한 총애가 아직 남아있음을 자신하고 있었기에 군류 도중에 은사(恩赦)가 내려질 가능성이 십중팔구라고 생각했다. 그러나, 팔면이 영롱한 화신이 귀신놀음을 하지는 않을까 염려되고, 우민중이 뒤통수를 치지는 않을까 두려운 것도 사실이었다.

건륭은 이미 66세이니 이순(耳順)을 훨씬 넘긴 노인이었다. 증조(曾祖) 순치황제(順治皇帝)가 스물 넷에 안가(晏駕)하고, 조부(祖父)인 강희(康熙)는 69세에 빈천(殯天)했으며, 부친(父親) 옹정(雍正)은 58세에 대행(大行)했다…… 가문의 내력이 그리 장수한 편은 아니니 저러다 상상하는 것조차 크나큰 불경인 일이 발생하는 날엔 일조천자(一朝天子)에 일조신(一朝臣)이라고, 자신은 영영 이곳 서역(西域)에 묻혀버리고 말지도 모르는 일이었다.

　장래가 이리 불투명하니 따라온 가인들의 불만도 이해할 수 있을 것 같았다. 그는 가인들이 잠잠해진 틈을 타 말했다.

　"내가 지의를 받고 군류에 처해진 곳은 다른 데가 아니라 바로 여기이네. 난 아무 데도 안 갈 것이야. 누가 감히 날 어찌하겠느냐? 난 여기서 제도 군문이 돌아오길 기다려야겠다."

　"또, 또 서생의 옹고집이 나오시네요."

　옥보가 말했다.

　"보다 실질적인 방법을 찾아봐야죠. 일단 나아무개에게 은자를 더 얹어주고 쓸만한 놈으로 말을 한 필 사는 게 바람직할 것 같네요. 5 곱하기 5는 25이니, 우리 다섯 사람의 몫 2백 50근을 말에 싣고 노새 한 마리를 더 사서 어르신께서 타시고 우린 걸어가며 시중드는 것이 좋겠습니다. 그렇게 창길까지만 가면 어느 군문을 만나든 간에 한때는 잘 나가던 대학문가를 나몰라라 하기야 하겠습니까……."

　그 말이 일리가 있다고 생각한 기윤이 지시했다.

　"말은 한 필 사 오거라! 하지만 내가 은자가 남아돌아 저 첩첩산중에 묻어버리는 한이 있더라도 나아무개 그 놈에게는 한 푼도 내놓지 않을 것이다!"

　옥보와 송보주가 말을 사러갔다. 기윤은 더운물을 떠다 발을 씻은 다음 옷을 입은 채로 벌렁 자리에 드러누웠다. 한 팔을 뒤로 꺾어 베고는 한 손에는 〈초사(楚辭)〉를 들고 묵독(默讀)하기 시작했다.

원래는 서생(書生)이 어찌 저리 '생각'이 없을까 의심이 갈 정도로 잘 먹고 잘 자던 기윤이었다. 고민이 깊어 밤잠을 설치거나 날밤을 새는 경우는 거의 없었다. 그러나 이번에 실각되면서부터 그는 밤에 잠을 이루지 못했다. 눈꺼풀이 물먹은 솜같이 무겁고 동공이 깔깔하여 모래 한줌을 뒤집어쓴 것 같았으나 쉬이 잠들 수가 없었다.

양심전에서 건륭과 시를 읊조리던 그때가 생각났고, 류용과 함께 녹경당으로 연극구경 갔던 때가 그리웠다. 그러나 우민중이 문서를 들고 이상야릇한 미소를 지으며 스쳐 지나가는 모습이 떠오르고, 화신의 가늠할 수 없는 표정이 섬뜩하게 떠올랐다. 이어서 창졸간에 꿈인지 생시인지 갑자기 나아무개가 채찍을 들고 기세등등하게 뛰쳐 들어온 것 같았다. 채찍을 휘둘러 탁자를 탁탁 내리치며 험상궂게 으르렁댔다.

"일어나! 못 일어나? 대인은 무슨 얼어죽을 놈의 대인! 여기 왔으면 죄인이지!"

기윤이 흠칫 놀라며 번쩍 눈을 떴다. 놀랍게도 방금 그 장면은 꿈이 아닌 생시였다. 과연 나아무개가 열댓 명의 졸병들을 데리고 들이닥친 것이다. '졸병'들은 저마다 행색이 남루하기 그지없었다. 하지만 나아무개의 손에 들려있는 건 말채찍이 아닌 쇠꼬챙이였다. 탁자를 두드린 것도 아니고 출입문을 사정없이 후려치며 험악한 목소리로 고함을 질렀다.

"어서 일어나지 못해?"

기윤이 어리둥절하여 흐릿한 두 눈을 비비며 일어나 앉자 나아무개가 턱을 한껏 치켜든 채 뇌까렸다.

"이봐 기윤, 누가 당신더러 잠자라고 했어?"

이에 기윤이 흠칫 놀라며 대답했다.

"내가 방값을 치렀는데, 그대가 무슨 상관이란 말이오."

"내가 성황묘로 가 있으라고 했을 텐데?"

"못 들었소."

"귀먹었어?"

기윤은 온몸의 피가 거꾸로 솟는 것 같았다. 털이 빠진 봉황(鳳凰)은 오골계(烏骨鷄)보다도 못하다더니, 이럴 수가! 아무리 '노역군기대신(奴役軍機大臣)'이라고는 하지만 아무 것도 아닌 '도필소리(刀筆小吏)'가 이게 무슨 막돼먹은 짓이란 말인가! 얼굴이 벌겋게 달아오르고 눈에서 분노의 불기둥이 치솟았다.

이때 옥보가 말을 끌고 뜰로 들어서고 있었다. 기윤은 힘껏 손사래를 치며 분노하여 소리를 질렀다.

"말을 마구간에 매어두거라. 난 지의를 받고 조후이와 하이란차를 만나봐야 하니 그 둘을 만나기 전에는 아무 데도 못 가!"

주인이 모처럼 '세게' 나오자 덩달아 기세가 오른 가인들도 어깨에 힘이 들어가기 시작했다. 마사가 팔을 걷어붙이며 나섰다.

"이봐, 나가야! 어느 면전이라고 위아래도 모르고 겁도 없이 굴어? 천산장군도 우리 어른 앞에선 삼분례(三分禮)를 갖춰야 하거늘!"

이에 송보주가 말을 이었다.

"썩 꺼져! 보자보자 하니까 정말 나쁜 놈이로군!"

운안도 뒤질세라 맞장구를 쳤다.

"이 자와 입씨름을 할 게 뭐 있어? 저것들 대장을 만나러 가지! 아랫것 단속을 어떻게 했기에 요 모양인지 가서 따지자고!"

그 소란에 주인의 발치에 누워있던 누렁이도 벌떡 일어나 꼬리를 휘저으며 주인의 주위를 맴돌았다.

"허, 요놈들 좀 봐라?"

처음엔 가인들의 집단공세에 적이 놀라 한 걸음 물러서며 경계 어린 눈빛으로 주복(主僕) 다섯을 쓸어보던 나아무개가 곧 입을 길게 찢으며 징글맞게 웃었다. 그리고는 건방진 어투로 내뱉었다.

"난 또 살다, 살다 별꼴을 다 보겠네. 거지같은 새끼들이 감히 누구한테 삿대질이야, 삿대질은! 꼴에 거짓말은 잘하네. 뭐? 조후이, 하이란차 군문을 만나보라는 지의를 받았다고? 내봐 봐! 지의를 받았다면 어지(御旨)가 있을 게 아니야?"

이에 기윤이 차갑게 내뱉었다.

"네놈이 어찌 감히 어지를 보자는 게냐? 어지는 아무나 받는 줄 아느냐!"

그러자 나아무개가 코가 떨어져 나갈듯이 냉소를 터트리며 무리들을 향해 손사래를 쳤다.

"모두 묶어서 성황묘로 압송해! 말, 노새 다 끌고 가! 책상자 안에 은자가 있을지도 모르니 조심하고!"

'은자'라는 말에 죄인들은 흥분하여 꽥꽥거리며 우르르 방안으로 밀어닥쳤다. 사람을 포박할 새도 없이 먼저 구들로 달려 올라가 망치로 상자를 두드려 자물쇠를 망가뜨렸다. 그리고는 상자 째로 들어 땅바닥에 둘러 메쳤다.

과연 몇 권의 책과 지필, 벼루와 함께 열 몇 뭉치의 은자가 쏟아져 나왔고, 여기저기 나뒹구는 자잘한 은자는 수십 개는 족히 될 것 같았다. 무리들은 마치 오물 좇는 똥파리처럼 험악하게 덤벼들었다. 밀치고 닥치고 몸싸움이 치열했다. 사정없이 은자를 챙겨 주머니에 마구 쑤셔 넣는 무리들 사이로 옥보 등 네 가인들은 은자를 보호하는 척하며 몰래 슬쩍하기도 했다. 광기 어린 무리들은 한 덩어리가 되어 나뒹굴었고, 속수무책으로 그 모습을 지켜보는 기윤은 분노와 절망으로 표정이 일그러져 있었다. 나아무개는 고소하다는 듯 기윤과 무리들을 번갈아 보며 한 손으로 턱을 잡은 채 연신 낄낄대고 있었다.

한바탕 아수라장이 이어지는 동안 객잔에 머물러 있던 다른 손님들도 하나둘씩 모여들기 시작했다. 객잔이라고 해봤자 대부분이 외차를 나온 군관들이었다. 주인은 몽고어인지 회족어인지 알아듣지도 못할 소리로 나아무개와 짤고 까불며 기윤을 곯려주었다.

이때 객잔 밖에서 한 노인의 목소리가 들려왔다.

"이 안에는 반란이라도 일어났나? 어찌 이리 난장판인가?"

이어 성큼성큼 힘있는 걸음새로 어떤 노인이 바람을 달고 들어섰다. 일흔은 넘긴 것 같은 뚱뚱한 노인이었다. 고급스러워 보이는 회색 비단 두루마기에 역시 비단으로 만든 검은 마고자를 입고 있는 노인은 설백(雪白)의 머리카락에 육각형의 과피모(瓜皮帽)를 점잖게 눌러쓰고 있었다. 숱이 짙은 눈썹도 하얗게 눈 바로 위에까지 드리워져 있었고, 나이와는 무관하게 얼굴엔 홍광(紅光)이 만면했다. 온몸에 힘이 차고 넘쳐 보였고, 목소리 역시 우렁찬 종소리 같았다.

"여기 주인이 누군가?"

행색이 영락없이 '돈 좀 만지는' 어느 상회(商會)의 주인이었는지라 대어를 낚았노라며 주인이 좋아하며 나서려 하자 나아무개가 팔을 내밀어 제지시켰다. 그리고 고함을 질렀다.

"길 가던 늙다리는 신경 쓸 거 없어! 뭣들 해? 어서 묶어서 성황묘로 압송하라고 하질 않았느냐! 서둘러!"

그사이 밖에서 구경하던 군관들 중에서 누군가 노인을 알아본 듯 자기네들끼리 손으로 입을 가린 채 수군거렸다.

노인이 화난 기색으로 당장 나아무개의 눈이라도 후벼팔 듯이 바싹 다가서며 언성을 높였다.

"네놈이야? 죄인들을 끌고 와서 객잔을 아수라장으로 만든 자가? 우루무치가 삼척왕법(三尺王法)도 없는 무법천지인 줄 알았더냐! 이런 발칙한 놈!"

나아무개는 보면 볼수록 상대가 어딘가 눈에 익었다. 어느 대영(大營)의 문안막료(文案幕僚)일 것 같았다. 일순 그는 조금 누그러진 태도로 조심스레 물었다.

"어르신, 우루무치가 원래 손바닥만하지 않습니까? 꼭 어디서 뵌 분 같은데요?"

그러자 노인이 퉁명스레 내뱉었다.

"난 차와 기와 장사를 하는 사람이네. 헌데 당신네들은 백주(白晝)에 객잔을 소란케 하여 길손의 물건을 강탈하는 걸 보니 비적(匪賊)들 같은데, 과연 그러한가?"

차를 파는 상인이라는 말에 나아무개가 그럼 그렇겠지 하는 식으로 코웃음을 쳐 노인네를 쨰려보고는 무리들에게 명했다.

"망령이 난 늙은이가 괜히 시비 거는 거야! 신경 쓰지 말고 어서 묶기나 해!"

"어느 병영에서 나온 누구야?"

노인이 끝내 버럭 고함을 질렀다. 그러자 나아무개가 거들먹거리며 한 발 앞으로 나서더니 당장이라도 내려칠 듯한 기세로 노인을 향해 주먹을 휘두르며 뇌까렸다.

"그건 왜? 장사꾼이면 장사나 할 일이지 뭐가 그리 궁금해? 나, 천산대영 군류처의 나아무개요, 왜?"

그러자 노인이 코웃음을 쳤다.

"기막힌 연분이로군, 나도 천산대영에서 나왔는데! 나아무개가 이름인가? 당신 어미, 아비도 나아무개라고 불러?"

이에 나아무개가 집어삼킬 듯 노인에게로 한 발짝 더 다가서며 시뻘건 눈을 부라리며 욕설을 퍼부었다.

"이런 호랑이도 잡아가지 않을 늙다리 같으니라고! 감히 어느 면전이라고 거짓말을 하는 거야? 나이를 처먹었으면 점잖기라도 해야 할 거 아니야!"

이에 노인이 되받아쳤다.

"흥! 꼭 인육(人肉) 먹고 갈고리 족발이어야 시랑(豺狼)인가? 네놈 같은 족속들이 학인해물(虐人害物)의 시랑이지! 군류처의 당관(堂官)은 눈깔이 삐었나 보지? 너 같은 거북이 새끼(중국에서 제일 심한 욕)를 곁에 두고 있는 걸 보니!"

이에 화가 치밀어 가슴이 세차게 오르내리던 나아무개가 주먹을 힘껏 치켜들었다.

"이런 겁대가리 없는 새끼를 봤나! 감히 내 털끝 하나라도 건드렸다간 네놈은 뼈도 못 추릴 줄 알아!"

노인이 돌연 허연 눈썹을 곤두세웠다. 나아무개의 주먹이 몸에 닿기도 전에 그 팔을 집게같이 콱 집어버리더니 확 비틀어 똥통 내버리듯 저만치에 힘껏 던져버렸다. 미처 반항해 볼 여지도 없이 먼발치에 나가떨어진 나아무개는 "쿵!" 대문에 머리를 쑤셔 박은 채 눈앞에 불꽃이 날아다니고 정신이 혼미하여 그대로 처박혀 있었다. 노인이 멸시어린 눈빛으로 사람 죽는다며 비명을 지르는 나아무개를 향해 말했다.

"이래서 아녀자와 소인배는 기르는 게 아니라고 했나 보지, 썩을 놈!"

손을 털며 돌아서는 노인을 향해 곧 죽을 것 같던 나아무개가 고함을 질러댔다.

"저 늙다리 잡아라. 백련교(白蓮敎)의 일당이다! 저놈 잡아가면 현상금을 두둑이 탈 수 있을 거야!"

'현상금'이라는 소리에 귀가 솔깃해진 무리들이 팔을 걷어붙이며 우르르 몰려드는 찰나, 바깥에서 군관 하나가 헐레벌떡 달려들어 오며 고함을 질렀다.

"썩 물러가지 못해 이놈들아! 이 분이 누구신 줄이나 알고 겁없이 까부는 거야? 천산장군 제도 군문이시다! 군문, 여태 이런 잡것들과 이러고 계셨습니까? 각 병영의 군장들이 원문(轅門) 밖에서 장군님의 명령을 대령하고 있습니다! 소피보고 오신다는 분이 여긴 어쩐 일이십니까?"

아차, 큰일났다! 이 노인이 바로 천산장군(天山將軍) 제도(濟道)라니! 나아무개와 그 무리들은 금세 사색이 되어버리고 말았다.

"오랜만에 몸 좀 풀어보려고 했는데, 이런 훼방꾼이 있나!"

제도가 손을 툭툭 털며 젊은 군관에게 명령했다.

"저것들은 전부 붙잡아 이리떼들을 포식시켜 줘!"

"예!"

군관이 날렵하게 군례를 올리고는 대문 밖을 향해 손짓했다. 순식간에 몇십 명의 병사들이 우르르 몰려들어왔다.

"전부 붙잡아라!"

제도의 명에 따라 병사들은 기윤에게도 달려들었다. 상대가 바로 제도라는 말에 멍한 표정으로 있던 기윤이 그제야 다급하게 외쳤다.

"제도 군문! 나요 나, 기윤!"

"기…… 윤?"

대문 밖으로 나가려던 제도가 주춤하며 돌아섰다.

"그렇소, 기효남이오. 러민을 통해 이 사람에게 서화(書畵) 몇 점 부탁했었지 않았소?"

"아아…… 아아!"

제도가 그제야 알겠다는 듯 큰 걸음으로 다가왔다. 얼굴에는 반가운 웃음이 넘실거렸다. 기윤에게 달려든 병사들을 연신 손사래쳐 물리치며 그는 반색을 했다.

"어쩐지 오늘아침 까치소리가 유난히 반갑게 들리더라니까! 기 사부(師傅)가 오려고 그랬구만! 안 그래도 사나흘 전에 하이란차 군문이 곧 도착할 때가 됐다며 기다리던데, 수이허더 군문도 떠나면서 못 보고 가는 걸 아쉬워했고. 헌데 중군(中軍)에 알리지 그랬소?"

기윤은 생각했던 것보다 더욱 반겨주는 제도를 보며 일순 안도의 한숨을 내쉬었다. 제도가 군례를 올리려 하자 기윤이 급히 말렸다. 그리고는 웃으며 말했다.

"나이를 따져도 나보다 훨씬 선배인데, 제발 이러지 마시오! 아마 다들 효남, 효남 하고 내 호(號)만 알고 있다 보니 본명을 몰라서 이런 오해가 생긴 것 같소."

나아무개의 무리들은 벌써 사색이 되어 땅바닥에 엎드린 채 두려움에 떨고 있었다. 기윤과 제도를 향해 연신 머리를 조아리며 제발 목숨만 살려달라고 애걸했다. 그럼에도 제도는 "원문 밖으로 끌어다 정법(定法)에 처하라"는 명을 내렸다.

병사들에 의해 질질 끌려가며 애처롭게 애걸복걸하는 무리들을 보며 기윤은 일순 마음이 약해졌다. 평생 포주(庖廚)에 가까이 가지 않고 우양(牛羊)의 울음소리조차 안쓰럽게 여겨오던 기윤이 었다. 그는 되레 무리들을 대신해 제도에게 청을 했다.

"소인배들의 농간에 놀아났든 어쨌든 난 죄인이오. 전방엔 전사 (戰事)가 한창이니 장군께서는 처리하실 일이 한두 가지가 아닐 텐데, 저리 형편없는 자들 때문에 마음 쓸 건 없지 않겠소? 군량도 날라야 하고 개미 손까지 빌릴 판인데, 한 번만 용서해 주시오."

기윤의 간곡한 청에 제도가 웃음을 지어 보였다.

"기 공의 뜻이 그러하다면 어쩌겠소. 저 자들이 저지른 불경은 용서받을 수 없지만 기 공이 군자의 도리를 저버릴 수 없다고 하니 그럼 저 자들의 목숨만은 살려주겠소. 여봐라, 군곤 마흔 대씩 먹 이고 항쇄(項鎖)를 씌워 원문 밖에 사흘 동안 방치하거라! 대신 창길성을 쌓을 때 배로 부려먹어!"

이같이 명하고 난 제도는 곧 기윤을 대문 밖으로 안내했다.

"우리 중군으로 갑시다. 조후이, 하이란차 두 군문도 저녁에 회 의차 내려오실 거요. 싱싱한 채소를 먹어본 지도 오래 됐죠? 저녁 에는 간만에 포식을 하시오! 여봐라, 내 말을 기윤 공에게 드리거 라!"

13. 배수일전(背水一戰)

 기윤과 제도는 나란히 말을 달려 중군대영으로 향했다. 비록 짧은 시간이지만 둘은 순식간에 가까워졌다. 대화를 통해 기윤은 조후이가 신강 남부에서 출발하여 지금은 우루무치 남쪽 20리 밖에 있는 접관청(接官廳)에까지 도착해 있다는 사실을 알 수 있었다. 거기서 조후이는 잠깐 운량관(運糧官)을 접견하고 올 거라고 했다. 하이란차도 창길에서 오고 있는 중이니 반시간 후면 천산대영에 당도한다고 했다. 이들 세 장군은 지의를 받들어 진일보한 전략을 짜기 위해 이곳 우루무치에 모두 모이기로 했던 것이다.
 꼬리가 길면 잡힌다더니, 말이 길어지니 기윤은 제도의 '유장(儒將)' 명성이 실은 유명무실한 것임을 알 수 있었다. 제도 본인도 자신이 실은 가서(家書)조차 제대로 못 읽는 '일자무식'임을 실토했다. 어려서부터 전쟁터에서 창림탄우(槍林彈雨) 속을 나뒹굴며 '잔뼈'가 굵어온 전형적인 무부(武夫)라면서 입만 열면 쌍스

러운 욕이 한 바가지이나 '나잇살'이 부담스러워 이제는 '공자왈,
맹자왈'로 운을 떼니 부하들이 '한풀이'를 해주느라 '유장(儒將)'
이라는 허명(虛名)을 붙여주었노라고 이실직고를 했다.

　나이가 고희를 넘겼어도 하는 짓이 어린애 같고, 성실함이 '귀여
운' 제도를 보며 기윤은 말 위에서 자꾸만 소리없이 웃었다. 그
모습을 힐끗힐끗 바라보던 제도가 물었다.

　"내가 불학무술(不學無術)하다고 비웃는 거요?"

　"아니, 그런 건 아니오."

　기윤이 웃음을 감추며 정색하고 덧붙였다.

　"공자왈, 맹자왈로 운을 떼어놓고 뒤를 잇지 못하더라도 '유
(儒)'의 근본은 갖췄다고 할 수 있는 바, 거기다 10만 대군을 이끌
고 광활한 사막에서 공을 세웠으니 '장(將)'자에도 추호의 부끄러
움이 없는 사람이잖소. 그러니 누가 뭐라고 해도 제 군문은 알짜배
기 '유장'이 아니겠소? 유장더러 누가 불학무술하다고 말하겠소.
공맹(孔孟)은 학문의 근본이니, 장군은 진정한 학술가라고 하겠
소."

　이에 제도가 껄껄대며 크게 기뻐했다.

　"듣던 중 최고의 찬사인 것 같소! 빈 수레가 요란할 수밖에 없는
게 아무 것도 없는 주제에 요란하기라도 해야 사람들의 이목을
끌 게 아니오. 하하, 정말 기분이 째지네."

　제도가 천진난만한 어린애같이 익살스런 표정을 지어 보이고
나서 물었다.

　"그런데 여기서 어떤 차사를 원하오? 우리 중군에 남아 문서를
처리하고 폐하께 올리는 상주문이나 대필해주는 게 좋지 않겠소?
여가가 있으면 군장(軍將)들을 모아놓고 성현(聖賢)의 도에 대해

가르침을 주기도 하고, 각 병영을 유력(遊歷)하며 조후이에게로
갔다, 하이란차에게로 갔다, 이리로 왔다 하면서 산책 삼아 돌아다
니는 것도 좋지 않을까?"

이에 기윤이 웃으며 대답했다.

"그렇게 할 수 있다면야 더할 나위 없이 좋겠지. 헌데 내 처지가
어디 유유자적 여기저기 누비며 놀러나 다닐 입장이 아니잖소.
폐하께오선 날 고생 좀 해보라고 보내신 건데, 신수가 훤해지고
맘 편히 놀고먹기만 하면 벌써 사방에서 돌팔매질이 이어질 게
불 보듯 뻔하거늘 어찌 그렇게 하겠소. 나 때문에 장군을 욕되게
할 수도 없고."

그러자 제도가 채찍을 날리며 큰소리로 말했다.

"어떤 화냥년 새끼가 감히 내게 칼질을 할까? 여기가 뭐 경사
(京師)인 줄 아오? 여긴 천고황제원(天高皇帝遠, 하늘은 높고 황제
는 멀리 있다)이라는 서강(西疆)이오. 목을 베는 소리가 잡초를
쳐내는 소리 같아도 그 쪽에선 전혀 들리지 않는다 이 말이오.
기윤 공 같은 사람이 이런 열악한 환경에 몸담고 있다는 것 자체만
으로도 엄청난 고생이거늘 무슨 고생을 더 어떻게 한단 말이오?"

이에 기윤이 웃으며 말했다.

"글쎄, 장군께서 장령(將令)을 내리신다면 어떤 식으로든 따르
는 수밖에 더 있겠소?"

둘은 신나게 말을 달리다가도 잠깐씩 속도를 늦춰가며 담소를
즐겼다. 어느새 천산대영의 원문(轅門)이 보였다. 벌써 유격(遊
擊), 참장(參將), 교위(校尉)들과 각 병영(兵營)의 부장(副將) 이
하 군좌(軍佐)들 백여 명이 원문 밖에서 정립(挺立)하여 자신들
의 장군을 맞을 만반의 태세를 갖추고 있었다.

제도가 가까이 다가가자 그들은 일제히 한 쪽 무릎을 내려 군례를 올리며 떠나갈 듯한 기세로 외쳤다.

"강녕하십니까, 제 군문!"

기윤은 유배되어 온 범관인지라 황감하고 불안한 마음에 서둘러 말에서 내리려 했다. 그러자 제도가 재빨리 말렸다. 그리고는 채찍으로 부하들을 가리키며 말했다.

"여기 이 분은 나의 사부님이시다. 우리 대청(大淸)의 제일 가는 재자(才子)이시지. 폐하께오선 음, 고생도 좀 해보고 공로도 세워 큰 인물로 거듭나라는 뜻에서 이리로 보내셨으니, 앞으로 대재상(大宰相)이 되어 우릴 관장하실 것이니 그리 알거라……."

제도의 '허튼소리'에 당황한 기윤이 황급히 두 손을 마구 저으며 더듬거렸다.

"아, 아, 아…… 니오. 절대…… 그런 건 아니오. 대재상은 무슨……."

이에 제도가 웃으며 말했다.

"알고 보니 아니 보살이네! 내가 이래봬도 폐하의 의중을 간파하는 데는 귀신이라고. 아무튼, 만리길을 종횡하여 여기까지 무사히 도착했다는 것부터 큰 공로를 세운 거요. 너희들은 큰형님을 대하듯 깍듯이 모시지 않았다간 큰 경을 치게 될 줄 알거라! 알아들었어?"

"예!"

"가자!"

제도가 채찍을 휘둘렀다. 일행은 원문으로 들어가 의사청 앞에 다다라서야 말에서 내렸다. 제도가 분부했다.

"서쪽에 마당 딸린 방 세 칸을 깨끗이 치워 기 공께 내드리거라.

서재와 객청을 꾸며드리고 요리사를 하나 붙여 전문적으로 기 공의 끼니를 챙겨드리게 하거라. 참의(參議)의 기준으로 월봉(月俸)도 드려야 한다."

분부를 마친 그는 기윤에게 말했다.

"조후이와 하이란차가 곧 도착할 것 같은데, 나가서 맞아야겠소. 기 공은 여기서 기다리고 있으시오. 배가 고프면 우리 화식방(伙食房)에 가서 맛있는 거 좀 해내라고 호통을 치든가, 혼자 팔걷어붙이고 해 먹든가 편한 대로 하오. 그보다도 먼저 물을 데워 목욕이나 하는 게 낫겠소. 내가 그 둘을 만나 잠깐 군무(軍務)를 상의하고 난 다음 부를 테니 기다리고 있으시오……."

제도는 나가다가도 다시 들어와 몇 마디 당부하기를 두어 번 반복하고서야 안심하고 떠나갔다.

날은 벌써 어두워지고 있었다. 더운물로 시원하게 목욕을 하고 나니 한결 가뿐해졌다. 기윤은 헐렁하여 편안한 두루마기로 갈아입고 모자도 쓰지 않은 채 밖으로 나와 천천히 산책을 했다. 행원 아문에는 세 장군의 군무회의가 소집되고 있는지라 그 앞으로는 지나다니는 사람조차 하나 없이 계엄이 철저했다.

마당 가득 심은 지 얼마 안 되는 것 같은 팔뚝 굵기의 버드나무들이 황혼의 바람을 맞아 하늘거리며 춤추고 있었다. 한가롭고 조용하여 마치 외딴섬에 온 것 같은 느낌이 들었다. 서쪽의 설산(雪山)엔 백두정봉(白頭頂峰)이 자색(紫色)의 저녁놀에 비쳐 빨갛게 물들어 있어 장관이었다.

마당 밖으로 나서니 멀지 않은 곳에 낮에 올라갔던 성벽이 보였다. 그 역시 황홀한 저녁놀에 물들어 신비스러운 멋을 내고 있었다. 성곽에 무슨 먹거리가 있다고 까마귀들이 떼를 지어 집채같이

오르내리는 모습이 서안(西安) 고루(鼓樓)의 황혼을 닮아 있었다.

기윤은 문득 성조와 세종 그리고 건륭에 이르기까지 삼대째 수많은 간난신고(艱難辛苦)에도 굴하지 않고 이곳 서역의 경영에 심혈을 기울이는 이유를 알 것 같았다! 그 누구도 수만리 강토의 장관을 친히 경험한다면 정복과 개척의 욕구가 절로 솟구칠 것 같았다.

기윤이 한창 무량한 감개에 젖어 있던 중 설핏 고개를 돌리니 먼발치에 옥보, 운안, 마사, 송보주 등 네 가인(家人)이 두 손을 앞에 모은 채 엉거주춤 서 있는 게 보였다. 공손히 예를 갖춘 모습이 자신이 낙마를 하기 이전에 앞뒤로 꼬리 흔들며 다니던 모습 그대로였다. 나직이 탄식을 하며 그는 물었다.

"누렁이는 뭐 좀 먹였나?"

보주가 아첨어린 웃음을 지어 보이며 재빨리 대답했다.

"방금 화식간으로 가서 양 갈비뼈를 한그릇 얻어다 먹였습니다!"

누렁이가 벌써 주인이 자신을 염려하는 줄 알고 있는 듯 "왕! 왕!" 소리를 지르며 달려나왔다. 기윤을 가운데 두고 두어 번 맴돌더니 무릎에 두 앞다리를 얹으며 재롱을 피웠다. 기윤이 무릎을 내리고 쭈그리고 앉으니 이번에는 주인의 손등을 열심히 핥아댔다. 이에 기윤이 애정이 듬뿍 담긴 눈매로 누렁이를 쓸어주며 말했다.

"누렁아, 네가 있어 큰 위로가 됐단다. 네 덕분에 우리 다같이 살길이 생긴 것 같구나."

한참 누렁이와 대화를 주고받던 기윤은 일어나 서재로 돌아왔다. 다리를 포개고 온돌에 앉아 그는 수십 년간 그래왔듯이 일기를 쓰기 시작했다.

날이 완전히 어두워졌을 때에서야 동쪽 정원(正院)의 의사청에서 "예!" 하는 장수들의 우렁찬 목소리가 들려왔다. 이어 마당 가득 발소리가 혼잡한 가운데 밖으로 걸어나가며 사람들이 주고받는 말소리가 들려왔다.

회의가 끝난 모양이라고 기윤은 생각했다. 붓을 내려놓고 잠시 책상을 정리하고 있으니 밖에서 웃고 떠들며 마당으로 들어서는 소리가 들려왔다. 제도가 조후이와 하이란차를 데리고 온 것이었다. 마당에 들어서자마자 하이란차는 반가움에 겨운 목소리로 불렀다.

"사부님, 끝내 공명을 이룩하시고 영예롭게 명퇴(名退)하셨네요. 잘 오셨습니다. 우리 총잡이들이랑 같이 있으면 재밌을 겁니다."

기윤이 웃으며 황급히 달려나가 맞았다. 먼길을 달려온 두 사람과 덥석 손을 맞잡고 악수를 했다. 보니 둘은 여전히 빨간색 망토를 걸치고 있었다. 이에 기윤이 웃으며 말했다.

"과연 명실상부한 홍포쌍창장군(紅袍雙槍將軍)이로구만. 위풍이 당당하여 그 옛날과 전혀 달라진 바가 없소. 조후이 군문은 전보다 더 멋있어진 것 같고, 하이란차 군문은 여전히 익살스러워 변함이 없네. 죄를 짓고 세 군문의 수하로 쫓겨왔으니 앞으로 잘 좀 부탁하오."

셋은 모두 장군인지라 품급이 같았다. 제도는 현지에 주둔하고 있는 건아주절(建牙駐節)이고, 하이란차는 조후이의 주력군을 보좌하는 서정(西征)의 부장(副將)이었다. 그 중 조후이가 정흠차

(正欽差)였다. 그는 굳은살이 박혀 딱딱한 집게 같은 손으로 기윤의 손을 덥석 잡고는 환하게 웃음을 터트렸다.

"고향집에 온 것처럼 편안하게 계십시오. 우린 모두 기 공을 사부님으로 존경하고 있습니다. 그건 예나 지금이나 변함이 없습니다. 사부님께선 간신의 모략에 타격을 받아 이리로 오게 되었다는 걸 우리 모두 잘 알고 있습니다. 일단 제 군문한테 계시다가 갑갑하고 바람을 쐬고 싶으시면 저나 하이란차에게 연락하고 오십시오. 제 군문, 여긴 회민(回民)들의 구역이라 돼지고기가 없으니 애들을 시켜 쇠고기라도 좀 떠 오시죠. 채소도 있어야겠고요. 사부님께선 돼지고기가 없으면 안 되는데, 이곳 음식이 당분간은 구미에 안 맞을 겁니다."

자신에 대한 배려가 이토록 극진할 줄은 미처 몰랐던지라 기윤은 그만 목이 막히며 눈물이 핑그르르 돌았다. 그는 감격해서 조후이의 두 손을 힘껏 잡아 흔들었다.

"아, 그럴 거 없소……. 지금 이대로도 난 너무 고맙고 기쁘오……. 돼지고기가 없으면 뭐 어떻소! 쇠고기, 양고기도 얼마나 맛있는데! 그리고 조후이 군문, 간신의 모략을 받았다는 말은 절대 두 번 다시 입밖에 내지 마시오. 나는 죄인이오. 폐하께오선 범관의 딱지를 붙여 이 사람을 이리로 보내셨고! 남들 귀에 잘못 들어가면 괜히 문제가 될까 싶어 염려되오."

"우민중은 이미 군기처에서 쫓겨 났는 걸요!"

조후이가 빙그레 웃으며 덧붙였다.

"류용 대인이 정유(廷諭)를 보내시어 행오군장(行伍軍將)들 중에 우민중과 사교(私交)가 깊은 자들이 있으면 보고하라고 하셨습니다. 폐하께오선 또 우리에게 적잖은 물건을 하사하셨어요."

그는 흥분하여 눈빛을 반짝이며 어사품(御賜品)을 하사받은 바에 대해 자랑을 하고는 말을 이었다.

"뒤에서 사부님께 눈먼 돌을 던진 자가 우민중이라는 걸 저희들은 알고 있었습니다. 제도가 그때 호광(湖廣)에 있었는데, 우민중이 서찰을 보내어 군기대신들 중에 한양부(漢陽府)에 구전문사(求田問舍)한 경우가 있는지 잘 살펴보라고 했대요……."

기윤은 말없이 듣기만 했다. 우민중이 군기처에서 쫓겨났다는 얘기는 의외였다. 워낙 얽히고 설켜 도대체 영문을 알 수가 없었다. 잠자코 있던 그는 화신에 대한 얘기가 나오자 그제야 웃으며 말했다.

"어찌됐건 불씨라도 피웠기에 굴뚝에 연기가 난 거 아니겠소? 폐하의 기대를 저버리고 실망을 끼쳐드린 점은 영원히 반성하며 살아야 할 것 같소. 화신 대인은 행오 출신이고, 타고난 천성이 활달하고 총명하여 인맥이 든든하고 누구와도 척을 지었다는 소리를 들은 바가 없소. 당연히 이 사람과도 원수진 일이 없거늘 그가 날 해코지했을 리는 없소. 그리고 우민중도 나랑 학술상의 차이는 있어도 언성을 높이며 시비를 가려본 적도 없고, 늘 조용하고 차분한 도학파였거늘 나랑 무슨 억하심정이 있어서 그리했겠소."

그러자 옆에서 걸어가던 하이란차가 웃으며 말했다.

"사부님도 참! 우리끼리 있는데 무슨 말씀을 그리 공자(孔子)처럼 하십니까? 화신 그 새끼한테 돌을 맞고도 감싸고돕니까? 행오 출신은 무슨 얼어죽을! 아계(阿桂)의 군중(軍中)으로 빌어먹으러 갔던 거죠. 찻물이나 끓여내고 요강이나 내다버리며 아계의 심부름이나 ×빠지게 하고 온 놈인 걸요! 한동안 아계는 뒤를 보고도 종이가 필요 없었지 않았습니까. 똥냄새를 기가 막히게 맡고 달려온 화신 놈이 깨끗이 핥아주었을 테니까요."

제도는 화신에 대해 깊이 아는 바가 없으니 하이란차의 거친 욕설을 듣고는 껄껄대며 웃기만 했다. 그의 흰 수염과 불룩한 '장군배'가 위아래로 요동을 쳤다.

"화신이 우리 하이란차 군문에게 미운 털이 콱 박혀버렸구만! 나도 북경에서 두어 번 본 적이 있는데, 사근사근하고 괜찮아 보이던데?"

그러자 조후이가 말했다.

"그건 하이란차 말이 맞습니다. 전생에 구미호(九尾狐)였는지 사내새끼가 얼마나 불여우 같은데요! 푸샹이 생전에 그러시던데, 옛날 고인(古人)들 중에는 진짜 똥구멍을 핥았던 사례가 있었다고 합니다. 화신도 머지 않은 것 같습니다."

"어찌 핥기만 했겠소, 똥을 먹은 자들도 있는데!"

기윤이 히죽 웃으며 말을 이었다.

"똥구멍을 핥았다는 얘기는 〈장자(莊子)〉에 나오지. 초(楚)나라의 병사들이 북방으로 출전했는데, 엄동설한(嚴冬雪寒)인지라 저마다 손등이 거북 등가죽처럼 쩍쩍 갈라 터졌다고 하오. 이때 누군가가 동상(凍傷)을 예방하는 약을 만들어 초나라 왕에게 바치니 초왕이 그 사람에게 마차 다섯 대를 상으로 내렸다 하오. 이 사실이 크게 회자(膾炙)되고 있던 중 한 번은 초왕의 치질(痔疾)이 재발했다고 하오. 그러자 상금을 노린 어떤 자가 초왕의 그곳을 반나절이나 핥아주어 초왕이 크게 기뻐하며 마차를 백 대나 상으로 내렸다는 이야기가 있소! 똥을 먹었다는 얘기는 〈오월춘추(吳越春秋)〉에 나오는데, 월왕(越王) 구천(勾踐)이 패하고

오(吳)나라에 구금당해 있던 중 귀국하고 싶은 마음이 화살촉 같은지라 한번은 학질(瘧疾)을 앓는 오왕의 분비물을 찍어 먹어보며 '똥[糞]에 곡기(穀氣)가 있는 걸 보니 대왕께선 곧 쾌차하실 것입니다'라고 했다는 유명한 이야기가 있지 않소! 이런 일은 다 누가 지어낸 헛소리가 아니라 고사(故事)에 나오는 실화라오."

세 장군은 코를 막고 입을 감싸쥐고 인상을 찡그리며 괴로워했다. 조후이가 다급히 말렸다.

"됐습니다, 사부님! 좀 있다 주안상을 받으실 텐데, 구역질이 나서 먹기도 전에 올라오겠습니다."

네 사람은 웃으며 계단을 밟아 주안상이 마련되어 있는 이층으로 올라갔다. 벌써 산해진미(山海珍味)가 가득 올라와 있는 팔선탁(八仙卓)이 차려져 있었다. 중간에 커다란 대야가 놓여 있었고, 그 안에 양을 반 토막 낸 양고기찜이 산처럼 올라와 있었다. 그 옆으로 빙 둘러 접시 대신 사발에 듬뿍 담아낸 채소요리가 대여섯 가지 더 있었다. 오이니 가지, 부추, 고추, 시금치 등은 모두 싱싱하여 윤기가 돌았다. 아직 봄에 심은 채소가 생산되기 전인지라 서역이 아니라 중원에서도 채소가 여간 귀한 게 아니었다. 이 정도면 충분히 공을 들인 식탁이었다.

하이란차가 두 손바닥을 "탁!" 치며 엄지를 내둘렀다. 주인인 제도가 웃으며 말했다.

"연갱요(年羹堯)가 청해(靑海)에 있을 때는 날이면 날마다 싱싱한 채소를 먹었다며? 우리가 경험해봐서 알지만 여기서 채소를 날마다 먹는다는 건 하늘에 별 따기거든. 그러니 망했지! 이건 귀한 손님들이 온다고 해서 특별히 성도(成都)에 부탁하여 쾌마(快馬)로 보내온 건데, 시금치, 부추는 반은 썩었더군. 자자, 이럴 땐 음······ '유붕자원방래, 불역역호(有朋自遠方來 不亦樂乎, 벗이 멀리서 오니 이 아니 기쁜가!)'라고 하는 거지?"

제도가 '유장(儒將)'임을 과시하려 애쓰며 조후이를 상좌로 안 내했다.

"정흠차가 올라가 앉아야지! 나랑 하이란차 대괴(大壞, 아주 나쁜 사람이라는 뜻)는 옆에서 시중들고, 사부님은 손님이니 조후 이 군문과 마주하여 앉으십시오."

네 사람은 주객(主客)의 예를 갖춰 앉았다. 병사들이 항아리에 술을 넘치게 담아 내어왔다. 조후이가 웃으며 말했다.

"사부님만 술을 드십시오. 우린 방금 회의 때 금주령(禁酒令)을 내렸거든요. 저희 셋은 차로 술을 대신 하겠습니다. 일부러 잘난 척하는 건 절대 아니고요, 우리가 솔선수범해야 부하장령들이 따 라줄 거 아닙니까!"

그러자 기윤이 말했다.

"나도 술을 즐기는 편은 아니오. 다들 알면서 그러시오. 술로 하든 물로 하든 같은 걸로 해야지!"

이같이 말하며 기윤이 하이란차에게 물었다.

"제 군문이 어찌 그대를 '대괴(大壞)'라 부르는지 궁금한데 가 르쳐주시겠소?"

하이란차가 미처 대답하기도 전에 제도가 히죽 웃으며 입을 열 었다.

"보세요, 익살을 빙자한 욕쟁이에다 뒤로 고약한 짓은 얼마나 하고 다니는데요!"

그러자 하이란차가 웃으며 받아쳤다.

"나쁘기로 치자면 오십보, 백보 아니겠소? 욕설을 퍼붓는 데는 역시 제도 군문이 맛깔스럽지. 나야 거기에 비하면 코흘리개지!"

사람들은 모두 웃으며 물로 술을 대신하여 사발을 부딪쳐 가며 마셨다. 조후이가 말했다.

"천하에 장군은 수없이 많아도 진정 호학민달(好學敏達)하고 나이를 거꾸로 사는 장군은 역시 제 군문밖에 없습니다. 몇 글자 아는 것 없어 도깨비 기왓장 던지듯 해도 막료들더러 읽어달라고 졸라서〈홍루몽(紅樓夢)〉이니〈서상기(西廂記)〉니 백번도 더 들었을 겁니다. 거꾸로도 달달 외우는 걸요! 웬만한 학자는 저리 가라라니까요!"

조후이의 진담 반 농담 반에 제도를 비롯하여 기윤과 하이란차 모두 껄껄대며 웃었다.

다시금 사발을 부딪치고 물 한 모금씩 마셨다. 하이란차가 말했다.

"우리 이러지 말고 누가 허풍을 제일 그럴싸하게 떠는지 내기를 할까요? 밤도 긴데 허풍이나 떨며 시간을 보내는 게 보다 더 재미있지 않겠습니까!"

기윤이 빙그레 웃어 보이자 하이란차가 조후이를 지목했다.

"한 허풍 하는 조후이 군문께서 먼저 시작하시겠습니다. 자, 박수!"

그러자 제도가 앞장서 박수를 치며 별로 자신이 없어 보이는 조후이를 밀어붙였다.

"그래, 허풍과 제일 안 어울리는 조후이 군문이 먼저 운을 떼보시오!"

"나참, 별 기상천외한 내기도 다 있네!"

조후이가 웃으며 말했다.

"그럼 내 허풍실력을 검증 받겠소이다. 다들 내 총이 얼마나 예리한지 아십니까? 난 총을 창으로 쓸 때도 있답니다. 어느 날 천산(天山)에 막 들어갔는데, 옆으로 뭔가 쏜살같이 뛰어가는 겁니다. 그래서 '게 섰거라!' 하고 고함을 치면서 엉겁결에 총을 힘껏 내던졌죠. 그랬더니 이 총이 눈까지 달렸는지 벌써 어딘가 숲 속으로 사라져버린 산토끼를 쫓아가 그 옆구리에 콱 들어가 박히더니 창자 빠진 토끼와 함께 주인인 내게로 날아오는 게 아니겠습니까? 천지(天池)도 내 총이 날아가 하늘에 구멍을 뚫어 천하수(天河水)가 쏟아져 생긴 게 아닙니까!"

"음, 그건 아무 것도 아니지."

제도가 머리를 저으며 말을 이었다.

"내 칼은 얼마나 대단하지 아오? 언젠가 적들을 친다는 것이 달을 잘못 건드린 게 아니겠소? 달이 돌같이 딱딱한 줄은 그때 알았지. 내 칼이 달을 치는 순간 불이 번쩍 하는데, 그때 퉁겨 나온 불꽃이 천막(天幕)에 붙어 밤하늘에 반짝이는 저 별들의 어미가 됐잖소. 이제부터 기 공은 담배를 피우고 싶으면 타화석(打火石)을 찾을 거 없이 나한테 말하시오. 내가 칼만 한 번 휘두르면 되니까."

기윤이 대단히 흥미가 동한 것 같았다.

"내 걱정은 안 하셔도 될 것 같은데? 괜히 칼날이 무뎌지면 적들을 무찌르는 데 차질을 빚을라. 난 원래 담배 피울 때 타화석을 써본 적이 없소. '해야, 해야! 잠시 내려오너라' 하고 부르면 태양이 내려와 잽싸게 불을 붙여주고 가곤 했거든."

허풍은 갈수록 점입가경(漸入佳境)이었다. 하이란차가 호탕하게 웃으며 입을 열었다.

"난 언젠가 병사들을 이끌고 원정을 가는 중에 말 위에서 고기만두를 먹게 되었는데, 얼마나 큰지 먹어도, 먹어도 속에 들어 있는 고기가 안 나오는 거예요. 그래도 열심히 먹으며 한 20리쯤 갔더니 만두 안에서 석패(石牌)가 나오지 않겠습니까? 거기에 뭐라고 씌어있는지 아세요? '이곳에서 만두소까지는 80리 남았음'이라고 적혀 있더군요."

그러자 이번엔 조후이가 말했다.

"내가 신강 남부로 가서 주둔할 땐데 채찍을 중군 문 앞에 꽂았더니 곧바로 대나무에서 파릇파릇 싹이 돋는 겁니다. 그러더니 쭉쭉빵빵 올라가는데 하늘까지 닿았다가 더 올라갈 데가 없어서 내려왔잖아요. 키는 자꾸만 자라지, 갈 데는 없지 어쩔 수 없이 그걸로 천산을 빙 둘러가며 감았다는 거 아닙니까? 그렇게 3천 바퀴를 감고 나서도 자투리가 남더라니까요."

그 말에 사람들은 모두 웃으며 박수를 보냈다.

한참을 웃고 떠들고 나니 기윤은 기분이 한결 맑아지는 것 같았다. 오는 동안의 고생과 오자마자 나아무개에게 당했던 울분이 가신 듯 사라지는 것 같았다. 그러나 마음 한구석은 어쩐지 무겁고 이상했다. '허풍' 시합을 하며 웃고 떠드는 와중에도 그 느낌은 여전했다.

잠시 침묵 끝에 그는 이시요에 대해 근황을 물었다. 그러자 조후이가 대답했다.

"별일은 없을 것 같습니다. 다행히 폐하께오서 성명(聖明)하신 덕분에 처형은 면하고 재기도 가능할 것 같다는 설이 있습니다. 우민중이 있었더라면 어떻게든 정법에 처하려고 버둥거렸겠죠. 우민중이 실각한 것은 곧 이시요의 행운이고, 사부님의 복음입니다."

조후이가 잠시 멈추었다가 덧붙였다.

"언제 한번 지의를 받고 문화전에서 강학(講學)하는 걸 들어보니 우민중은 예사내기가 아닌 것 같았습니다. 말은 없어도 속에는 산천지험(山川之險)을 품고 있는 것 같았습니다. 권력을 장악하고 세력을 굳히는 걸 보면 어딘가 푸상을 닮아있는 것 같기도 하고."

"흥! 푸상의 발뒤꿈치에나 따라가라고 하오! 난 그자가 나친을 닮아 소름끼치게 음흉한 것 같았소!"

하이란차가 말을 이어나갔다.

"나친도 처음 금천(金川)에 왔을 땐 다들 두려워했지. 헌데 나중에 보니 별볼일 없는 종이 호랑이에 불과하더라고!"

그러자 조후이가 말을 받았다.

"자네야 바위가 말이 없다고 걷어차고 불좌(佛座) 밑에 들어가 오물을 배설하는 무뢰한인데, 무서운 구석이 어디 있겠소?"

그 말에 무어라 대꾸를 하려던 하이란차의 두 눈이 갑자기 반짝이며 빛이 났다.

"조 장군, 뱃속에 뭘 감춘 거요?"

그제야 사람들이 모두 쳐다보니 조후이의 가슴속에서 꽃신 한 짝이 나왔다.

"야, 세상에 믿을 사람 없구만! 어쩌면 천하에 하운(何雲)이밖에 모르는 우리 조후이 장군이 이런 배신을 때릴 수가 있단 말이오? 군중에 기생을 들이는 것은 엄격히 금지된 일일 텐데……."

하이란차가 뻔히 아닌 줄 알면서도 일부러 제도와 기윤을 향해 눈을 찡긋거리며 대답했다.

"기생은 무슨 얼어죽을 기생인가."

조후이가 빙그레 웃으며 덧붙였다.

"내가 한번 움직이려면 적어도 수십 명이 따라나서는데, 풍류를 즐기고 싶어도 어디 가당키나 하겠소? 이 신발은 호부귀(胡富貴)가 창길에서 가져온 건데, 성을 쌓던 중에 땅속 5척 깊이에서 나왔다고 하오. 우리 중원여인들이 신는 꽃신이거든. 이게 어찌 여기와 있는지 궁금하지 않소?"

손에 들고 유심히 앞뒤로 뒤집어가며 보던 하이란차가 기윤이 손을 내밀자 건네주었다. 한 뼘이 될까 말까 한 연꽃무늬의 작은 신발이었다. 여러 가지 화려한 색실로 수놓아져 있어 앙증맞고 예뻤다. 아직 꽃 모양이 그대로 살아있고 색실도 퇴색하지 않았다. 유심히 살펴보니 바느질도 여간 꼼꼼한 게 아니었다. 기윤은 중얼거리며 말했다.

"……글쎄, 이상하네. 5척 깊이에서 파냈으면 적어도 몇십 년은 됐다는 얘긴데, 열흘 전 묻힌 것 같으니 말이오. 뭔가 사연이 있는 것 같소."

"때가 되면 수수께끼가 풀리겠죠. 아무튼 오늘밤은 덕분에 참 즐거웠습니다!"

조후이가 자리에서 일어섰다. 그리고는 말했다.

"다만 물로 술을 대신한 것이 좀 걸리긴 하지만 제가 금계보를 점령하고 나면 삼군장사(三軍將士)들을 위로하는 자리에서 우리 오늘 못 마신 것까지 실컷 마십시다."

하이란차도 시계를 보며 일어섰다. 그리고는 기윤에게 말했다.

"내일은 새벽같이 창길로 돌아가야 하니 여기서 작별을 고하겠습니다! 사부님께선 여기서 제 군문께 시사(詩詞)나 가르쳐주고 계십시오. 그래야 다음번에 만났을 때 '허풍'을 떨 건더기가 생길 거 아닙니까. 제 군문께서는 '유장'이시니 상사를 깍듯이 모실 겁니다!"

이에 제도가 웃으며 말했다.

"할아버지한테 이거 버릇없이! 어서 썩 꺼지지 못할까!"

조후이와 하이란차는 기윤과 제도와 악수하여 작별하고는 웃으며 어둠 속으로 사라졌다.

조후이와 하이란차는 그 길로 역관을 향해 말을 달렸다. 방안에서 나올 때는 조금 더웠으나 밖에 나와 차가운 밤바람을 맞으니 시원했다. 하이란차가 말했다.

"북경엔 벌써 수박, 참외가 나왔을 텐데. 어젯밤 꿈속에서 어찌나 맛있게 먹다 깼는지 일어나 보니 베개가 다 젖은 거 있지……."

군침 삼키는 소리가 꿀꺽 크게 들려왔다. 이에 조후이가 히죽 웃음을 지어 보였다.

"요즘은 병사들도 다들 수박, 참외 타령이오. 우리는 양재관(糧材官)을 하미(신강의 지명)로 보냈잖소. 꿩 대신 닭이라고 수박과 참외는 없어도 포도나 하미과(신강 지역에서 나는 노란 참외)라도 구해오라고 했소. 그쪽에서도 보내지 그러오. 뭐니뭐니해도 병사들의 비위를 잘 맞춰줘야 하오."

하이란차가 어둠 속에서 머리를 끄덕였다. 그리고는 말했다.

"복강안의 대장군 위풍이 팔방에 아무리 넘친다고 해도 난 그래도 푸상이 있던 그때가 그립소."

"그럼!"

조후이가 말 위에서 들썩거리며 동의를 했다.

"그땐 참 잘먹고 잘 싸웠지. 달리 걱정할 바가 없었으니까. 지금은 모든 걸 혼자서 해결해야 하니 몸이 열 개라도 역부족인 것 같소. 하이란차 장군은 그래도 창길을 점령했으니 한숨 돌렸잖소. 난 어떡하오? 아직 한 번도 제대로 전투를 치러보지 못한 주제에 군향(軍餉)만 축내고 있으니! 곽집점(霍集占)의 회부(回部)는 전부 기병(騎兵)들인 데다 풀 좋고 물 많고 말들이 건장하여 하루에 4백 리도 넘게 종횡하는 데, 우리는 고작 백 리밖에 움직이질 못하니 뭉그적대다가 자칫 큰 낭패를 보는 수도 있소! 폐하께오서 내게 어사품(御賜品)을 내리시면서 '하이란차와 더불어 홍포쌍창(紅袍雙槍)의 장군이라는 미칭(美稱)이 부끄럽지 않아야 할 게 아닌가? 하이란차는 이미 창길을 점령했거늘 경은 언제까지 관망할 셈인가?' 라고 밀지(密旨)까지 보내셨소. 내가 아직 '관망'하고 있는 줄로 아시나 보오."

하이란차가 고삐를 당겼다. 어둠 속이라 그 얼굴 표정은 똑바로 볼 수 없었으나 말투는 대단히 진지했다.

"조후이 군문은 신중할 수밖에 없는 것이 주공(主攻)을 책임지고 있지 않소. 주공 부대가 토막 토막이 나는 날엔 우린 얼마나 비참해질지 모르오. 조후이 군문의 대군이 쫓기는 날엔 우린 우루무치는 물론 창길까지 다시 빼앗기는 수가 있소."

잠시 멈추었다가 그는 덧붙였다.

"폐하께서도 조급하신 모양인데, 조급하기로 치면 우리 둘만 하시겠소? 문제는 승전이라는 것이 마음만 조급하게 먹는다고 되는 게 아니라는 거요."

조후이는 그 말을 듣고 나서 한참 묵묵히 생각에 잠겨 있었다. 그리고는 말했다.

"복 도련님께선 이미 타전로(打箭爐)에 도착했다고 하오. 아계가 서찰을 보내왔는데, 영국인들도 이미 부탄국에서 철수하기 시작했다고 하오. 역시 복 도련님은 젊은 나이에 대단하시오. 우리에게도 잘해 주시잖소. 괜히 불평불만하지 마오. 백이면 백 다 좋은 사람이 어디 있겠소? 우리부터라도 흠이 많은데. 물론 출신이 우리와는 다르니 저도 모르게 언동이 좀 거만하게 보일 수도 있지만 근본이 나쁜 사람은 아니잖소."

이에 하이란차가 말했다.

"그저 해본 소리요. 실은 나도 복 도련님에게 특별히 유감스러운 건 없소. 푸가[傅家]는 누가 뭐라고 해도 우리의 큰 우산이잖소. 내가 일없이 우산 자루를 분질러 버리기라도 할까봐 그러오? 그리고 말이오. 난 아무리 생각해봐도 그 마이클이라는 자가 영국에서 파견한 좌탐(坐探, 간첩)같소. 여기서 금천에 대한 공격을 개시하는 동시에 영국군들이 부탄에서 철수하기 시작했다면서. 그게 마이클 그자가 정보를 빼돌린 건 아닐까? 화신이 또 언제부터인지 그자와 꽤 가깝게 다닌다고 그러데? 폐하께선 그런 화신의 감언이설을 곧잘 믿으시고! 도대체 어찌 되어 가는 판국인지 알다가도 모르겠소."

"군무(軍務)만 해도 머리가 빠개지는 것 같은데, 그쪽에 신경쓸 게 뭐 있소?"

뭐가 못마땅한지 하이란차가 이 사람 저 사람 흠집내고 싶어서 안달을 하더니 이젠 화신이 이통외국(里通外國)한다는 뜻으로 말하는 것에 조후이가 실소를 터트렸다. 그리고는 권유했다.

"화신에 대해선 의견들이 분분하지만 그 속을 열어보지 않은 이상 어찌 알겠소? 우린 당분간 군무에만 열중합시다. 혹시 부탄국에서 영국군이 철수한 건 폐하께오서 그 자들의 자진철수를 유도하고자 마이클에게 일부러 군사기밀을 흘렸을 가능성도 배제할 순 없소! 생각해보오. 우리 북로군이 부탄까지 가려면 그 길이 얼마나 험난하고 요원하오. 시간도 많이 걸리고 인력과 군향 소모가 장난이 아닐 거요. 그자들이 자진철수를 했다는 것이 우리로선 엄청 남는 장사라고!"

하이란차는 조후이의 말에 일리가 있다고 생각했다. 그의 '훈계'가 이어지려고 하자 하이란차가 먼저 말했다.

"알았소, 알았다니까! 앞으로 말조심하면 될 게 아니오. 전처럼 쾌마 편으로 하루에 한 번씩은 서찰을 주고받아야겠소. 헌데 조후이 군문의 막료는 전생에 오리새끼였는지 어찌나 오리발을 갈겨 놓는지 보낸 글을 통 알아볼 수가 있어야지. 우리 세 막료들이 아주 넌더리를 떤 다오."

이에 조후이가 웃으며 말했다.

"내가 다섯 막료 중 제도 군문과 자네에게 하나씩 붙여 주었잖소. 나머지 셋은 행군 중에 미처 따라오지 못해 그 서찰은 대부분 호부귀가 말 위에서 몇 글자 받아 적은 것이오. 그러니 오리발일 수밖에. 폐하께 올리는 상주문은 내가 직접 쓰겠소. 어떨 땐 온통 오자투성이지만 폐하께오선 용서해주시는 것 같소. 그래서 이번에 욕심 같아선 효남 공을 데려가고 싶었는데, 나중에 필히 동산재기를 할 사람을 불측(不測)의 전쟁터로 끌고 나갔다가 만에 하나 잘못 되기라도 하면 그 책임을 내가 어찌 감당하겠소."

그사이 하이란차는 한 줄의 등불이 역관을 나서고 있는 걸 보았다. 서둘러 맞으러 나오는 걸 보니 앞장선 자는 다름 아닌 호부귀였다. 그는 웃으며 말했다.

"조후이 군문의 문신(門神)이 주인 맞으러 나오네! 할말은 군무회의에서 다했으니 우리도 여기서 작별을 합시다!"

하이란차가 그제야 멀리 서 있는 호부귀를 불렀다.

"어이, 호부귀! 한턱 내야겠어. 자네를 좌로군 대장으로 승격시키라는 폐하의 지의가 내려졌네! 조후이 군문의 보거상주문(保擧上奏文)에 나도 몇 글자 보탰거든. 나한테 어떻게 고마움을 표할건가?"

조후이가 물었다.

"낼 새벽 일찍 길떠날 텐데, 말들은 든든히 먹여놨나?"

"염려 놓으세요, 군문! 달걀이 부족해서 콩을 좀 많이 섞어 배터지게 먹였습니다. 말안장도 새로 갈고 성밖으로 끌고 나가 적당히 소화도 시켰습니다!"

호부귀가 진지하게 조후이의 물음에 대답하고는 그제야 웃으며 하이란차의 말에 응답했다.

"글쎄요, 너무 고마워서 어떻게 감사를 드려야 할지 모르겠습니다. 연말에 저의 새 외투를 반나절 빌려드리겠습니다!"

농이 섞인 호부귀의 말에 하이란차가 너털웃음을 터트렸다. 그리고는 공중을 향해 채찍을 한번 휘둘렀다. 그러자 대문 안쪽에서 한 무리의 군관들이 우르르 몰려나왔다. 저들의 대장을 말에서 부축하여 내리는가 하면 말을 끌고 앞서 들어가는 이들도 있었다. '잠깐 못 본 얼굴'이 그렇게 반가운 듯 모두들 웃고 떠들며 역관으로 들어갔다. 부하들 앞에서는 늘 진지하고 근엄하여 거리를 분명히 두고 있는 조후이에게선 찾아볼 수 없는 모습이었다.

이튿날 인시(寅時) 무렵, 조후이의 일행 백여 명은 일제히 자리를 박차고 일어났다. 세수하고 아침 먹고 일사불란하게 움직였다. 모든 준비를 끝내고 시계를 보니 아직 묘시(卯時)를 가리키는 이른 시각이었다. 서역은 동이 늦게 터 오는 지라 중원은 벌써 훤히 밝았을 테지만 이곳은 이제 겨우 먼동이 트는 중이었다.

조후이는 자신의 구화총(菊花驄, 말의 종류)에 올라탔다. 다들 귀를 기울여 들으니 역관 서쪽 문에서도 은은히 말발굽소리와 기척이 들리는 것 같았다. 하이란차도 출발을 서두르는 모양이었다. 두 다리를 힘껏 조이고 고삐를 당기며 그는 명했다.

"출발! 오늘밤은 수수욕(愁水峪)에서 숙박하고 내일 오시(午時) 까지 아마하(河) 대영으로 돌아가야 한다. 선두는 언제 출발했느냐?"

바로 뒤에 따라붙은 호부귀가 급히 대답했다.

"선두부대는 자시(子時)에 떠났습니다."

"가자!"

조후이가 채찍을 뒤로 하여 가볍게 치자 말은 힘껏 솟구치며 긴 울부짖음과 함께 내달리기 시작했다. 뒤따르던 장수들과 친병들도 속력을 가하기 시작했다. 일행 백여 명은 마치 검은 돌풍같이 회오리를 일으키며 천군만마의 기세로 새벽의 어스름을 가르며 먼지 속으로 사라졌다······.

그날 저녁, 수수욕 역관에 잠깐 머물러 끼니를 떼우고 말도, 사람도 잠시 쉬는 시간을 가졌다. 꿀같이 달콤한 두 시간의 휴식을 보내고 일행은 다시 출발했다.

남으로 쉬지 않고 채찍을 날려 계획대로 이튿날 날이 밝을 무렵 아마하 류역(流驛))에 당도할 수 있었다. 그사이 6백리를 달려온 것이다. 이제부터는 차츰 군량을 운송하는 낙타대(駱駝隊)가 방울

소리를 달랑달랑 울리며 서쪽으로 길게 늘어서 느리게 움직이고 있는 게 보였다. 매 십리마다 전포(顚包)라 하여 모포(毛布)로 둘러친 천막들이 있었다. 이 역시 조량(運糧)의 군사들이 잠시 쉬어 가게끔 배려한 그의 군령에 따라 설치된 것들이었다.

대영에서 가까워질수록 병영도 갈수록 많아졌다. 병영과 병영은 모두 "품(品)"자형으로 분포되어 유사시 일방이 공격을 받으면 즉각 양쪽에서 호응하여 지원할 수 있게 만들었다. 어떤 병영에서는 행오를 조련시키고 있었고, 가끔씩 병사들이 냇가로 나와 빨래를 하는 모습도 보였다. 조후이의 장군기가 앞에서 표표히 나부끼는 가운데 일행이 파죽지세로 먼지를 뽀얗게 날리며 지나가자 병사들은 모두 그 자리에서 주목례(注目禮)를 올렸다.

일행이 대영에 도착했을 때는 오시가 막 지나가는 무렵이었다. 미리 기러기형 열을 지어 나와 기다리고 있던 직급이 높고 낮은 장수들이 일제히 군례를 올리며 떠나갈 듯한 함성을 질러 자신들의 장군을 열렬히 영접했다.

"무사히 다녀오셨습니까, 대군문(大軍門)!"

"모두 일어나시게!"

조후이가 천천히 말에서 내렸다. 마중 나온 군장들을 향해 손을 저으며 모처럼 웃어 보였다. 그리고는 말했다.

"나가서 있었던 열흘 동안 여러분들의 노고에 힘입어 오는 길에 보니 모든 준비가 잘돼 있는 것 같아 기분이 좋네. 가기 전에 올린 보거상주문(保踞上奏文)을 폐하께오선 이 사람이 주청 올린 그대로 윤허하시어 호부귀를 좌로군 통령에 임명하시었네. 하이란차는 창길성 축성(築城)에 박차를 가하고 있네. 그의 대영은 보름 뒤에 창길로 옮겨가게 되네."

조후이가 넓은 어깨에 힘을 주었다. 시원한 미간에는 자신이 차 넘쳤고 얼굴엔 미소가 넘실거렸다. 군장들을 둘러보며 그가 말했다.

"이는 우리에게 참으로 희소식이 아닐 수 없네! 하이란차가 창길을 지켜서면 곽집점의 천산 북쪽으로의 도주로는 차단당할 것이고, 러시아에서 보내준 1천 5백 자루의 화총과 화약, 피복, 식량 등은 제때에 운반하지 못하여 무용지물이 될 것이야. 반대로 제도가 우루무치에서 버가다산(山)을 장악하고 있으니 우리의 양도(糧道)는 막힘이 없을 것이네. 설령 의외의 장애가 있더라도 하이란차가 가까이에 있으니 증원병을 파견하면 3, 5일 내에 수습이 될 것이네. 이번 군무회의에서는 이런 걸 의논했었네. 폐하께서 많은 어사품을 이 사람에게 상으로 내리셨네. 그 영광을 여러분들과 같이하겠네. 금계보를 점령하고 곽집점의 전군을 격멸시키는 그날 난 자리한 여러분들에게 노란 마고자를 상으로 내려 주십사 하고 폐하께 청을 드릴 것이네. 우리 모두 노란 마고자를 입고 공작화령(孔雀花翎)을 달고 고두대마(高頭大馬)에 앉아 금의환향(錦衣還鄕)하는 그날을 기원하세!"

장내에는 떠나갈 듯한 환호성이 터져 나왔다. 과묵하고 언사에 능하지 않은 그가 이같이 길게 말을 하는 경우는 거의 없었다. 그의 부하장령들 중에는 금천 전투 때부터 함께 해온 자들도 있었지만 더러는 이제 막 합류한 친귀(親貴)로 생각하는 자제들도 있었다. 웬만해선 웃음을 보이지 않는 대장의 자신에 넘쳐 펼쳐 보이는 청사진에 부하들은 저마다 흥분하여 만면에 홍채(紅彩)가 감돌았다.

이어, 조후이가 만족스레 입술을 다시며 누군가를 가리키며 불렸다.

"조장군(兆章群), 출열(出列)!"

"예!"

젊은 천총(千總) 하나가 힘차게 대답하며 호랑이 걸음으로 성큼성큼 앞으로 걸어나왔다.

"몰랐겠지만 내 아들이네."

조후이가 충격적인 선언을 했다. 순간 장수들의 놀란 눈길이 일제히 조후이와 조장군에게 쏠렸다. 아들을 보고 다시 조후이를 보며 이들이 부자간이었다는 사실에 저마다 충격을 금하지 못했다. 놀라움에 겨운 잠깐의 소란을 뒤로 하고 조후이가 조장군에게 말했다.

"창이구(蒼耳口)의 대채(大寨)를 점령할 때 넌 혼자 주력군 열일곱 명의 목을 쳤지. 그 중에는 곽집점이 아끼는 맹장(猛將) 우얼즈도 있었고. 아싸무를 공략할 때도 넌 선두부대를 이끌고 혈로(血路)를 개척한 큰 공로를 세웠어. 허나 넌 이 아비의 아들이기에 그 정도 공로는 아비에 대한 일점 효도로 생각하길 바란다. 물론 그 동안 네가 이룩한 공로는 중군의 공로부(功勞簿)에 기입되어 있는지라 아비가 인정을 안 하더라도 폐하께오서 그에 상응한 공명을 내리실 것이다. 폐하께오선 이미 너를 유격에 승진시키라는 지의가 계셨으나 내가 잠시 봉조(奉詔)하지 못하겠노라고 했느니라. 아비의 깊은 뜻을 헤아리기 바란다. 아비의 처사가 못마땅하거든 당장 북경 너의 어미 곁으로 돌아가거라!"

이같이 말하는 조후이의 눈언저리가 붉어졌다.

이 장면을 지켜보고 있던 장수들의 눈시울도 붉어졌다. 그러나 장군은 힘차게 외쳤다.

"아버님의 깊으신 뜻은 소자가 영원히 가슴속에 아로새기고 정진 또 정진하겠습니다! 폐하께오서 내리신 공명을 받기에 한 점 부끄럼 없도록 노력하겠습니다!"

"그래, 과연 이 아비의 아들답구나!"

조후이가 힘차게 손짓을 했다.

"됐다, 귀대하거라!"

"예!"

조장군(兆章群)이 성큼성큼 대오로 돌아갔다. 이윽고 조후이가 명령을 했다.

"모두 각자의 부대로 돌아가 대오를 정돈하여 상시 대기를 하도록! 장령(將令)이 내려질 것이니 내일 오전 오시에 유격 이상의 군장들은 모두 중군으로 집합할 것."

잠시 멈추었다가 그는 명령했다.

"마 장군과 료 장군은 나의 군막으로 오시게. 호부귀는 서판방 (書辦房)으로 가서 요사이 보내온 관보와 군기처, 서찰 그리고 정유(廷諭)를 가져오게."

지시를 마친 조후이는 큰 걸음으로 자신의 중군 군막을 향해 걸어갔다. 좌영도통(左營都統)인 마광조(馬光兆)와 우영도통(右營都統) 료화청(廖化淸)이 그 뒤를 따라갔다.

그의 중군 군막은 제도의 그것과 규모와 시설 면에서 별반 차이가 없었다. 중간에 커다란 사반(砂盤)이 놓여져 있었고, 벽에는 우피지(牛皮紙)로 그린 지도가 붙어 있었다. 꼼꼼하고 치밀한 성격만큼이나 책상 위의 군보(軍報)와 문서들도 차곡차곡 잘 정돈되어 있었다. 자신의 자리로 돌아와 앉은 조후이가 따라 들어와 문 어귀에 서있는 마광조와 료화청을 향해 웃으며 말했다.

"마형, 료형, 어찌 그러고 서 있소? 어서 이리와 앉으시오! 얼마나 줄기차게 달려왔는지 아직도 몸이 말을 타고 있는 것 같이 흔들흔들거리네."

이어 그는 대기중인 병사에게 분부했다.

"폐하께서 하사하신 홍포차(紅袍茶)를 두 군문께 한 잔씩 드리거라."

병사가 차를 내오고 그사이 호부귀가 조후이가 자리를 비운 사이 도착한 관보와 군기처 서찰 등을 한아름 안고 들어왔다. 호부귀는 일일이 겉봉을 열어 내용을 확인하고 세세히 분류하여 조후이의 앞에 내려놓았다.

조후이는 차를 마시고 난 다음 빠르게 훑어보았다. 그리고는 호부귀더러 자리에 앉으라는 시늉을 했다. 군막 안에는 잠시 침묵이 흘렀다.

"폐하께오선 용위(龍威)를 진작(振作)하시어 우리의 일대 심병(心病)을 제거시켜 주셨습니다."

한참 침묵한 끝에 조후이가 문서를 내려놓고 자세를 고쳐 앉는 걸 보며 료화청이 입을 열었다.

"아무리 생각해도 우민중 그 물건을 잘 파버리신 것 같습니다. 우리 전방에서는 후방에 저리 도움 안 되는 자들이 있는 게 제일 우환거리 아닙니까."

금천 전투에서 부상당하여 반쪽 얼굴이 조총(鳥銃) 탄환에 맞는 바람에 입술과 얼굴이 볼썽사납게 된 그는 그때의 화상으로 무섭게 오그라든 한쪽 눈을 슴벅이며 말했다.

"대군문, 이번 전역이 만만치는 않을 겁니다. 하이란차 군문과 제도군문, 그리고 우리의 병력까지 합친다면 총병력이 곽집점의 세 배 정도는 된다지만 우리는 천산대영을 수비하는 병력을 빼면 전쟁에 투입할 수 있는 역량은 사실 두 배 정도밖에 되지 않습니다. 우리는 여건상 수적인 우세로 밀어 붙여야 합니다. 서두르지 말고 온건하게 치고 나가는 보보위선(步步爲善)의 전략이 바람직할 것 같습니다. 그러나 문제는 우리의 전장인 남강(南疆)의 지역이 워낙 넓은지라 적들이 서쪽으로 도주하여 카슈미르에 둥지를 틀어버릴 우려가 있습니다. 그자들의 도주를 막기 위해선 속전속결이 바람직하겠으나 그랬다가 천리 길에 늘어선 우리 행오가 그곳 지리를 손금 보듯 하는 적들의 기습으로 토막나는 날엔 더 큰 일이 아니겠습니까?"

그는 입술을 적시며 진지하게 말을 이었다.

"서안(西安)에서 삼만의 병력을 빌려줘 우리의 천산대영(天山大營)을 지켜주면 우리가 마음놓고 전방에서 뛸 수 있을 것 같습니다."

조후이는 말없이 귀를 기울이고 있었다. 그러나 료화청은 이로써 말문을 닫았다. 마광조는 자격으로 치면 조후이에 앞서는 노장(老將)이었다. 사반(砂盤)에 눈길을 박은 채 그는 침묵하더니 말했다.

"복강안이 3천 조총대(鳥銃隊)와 몇 만 인마를 거느리고 있으면서 군향을 엄청나게 퍼 쓰고 있는데, 우리까지 손을 내밀면 한 소리 듣지 않겠소? 병력만 꾸어오면 그만인 것이 아니잖소. 군수품과 군량은 어떻게 해결하겠소. 아직 이렇다하게 전사를 치른 적도 없는 마당에 무슨 면목으로 자꾸만 손을 내밀겠소. 내 생각엔 일천 기병(騎兵)을 파견하여 적정을 탐색케 하는 게 좋겠소. 우리는 행군하여 전진하면서 한편으론 매일 그들을 파악하여 전기(戰

機)를 찾는 거요. 선두 기병들이 적들과 접전했을 시 가능한 한 적들을 유인하여 대영 쪽으로 움직여주면 대영을 수비하고 있던 3만 병력을 투입하여 적들을 섬멸할 수 있을 것이오. 그리되면 군사가 토막날 위험은 없지 않겠소? 무사히 흑수하(黑水河)에 도착하면 하남(河南)에 대영(大營)을 앉히고, 하이란차와 제도가 양쪽에서 책응을 하면 큰 어려움은 없을 것 같소. 우리는 인력, 무기, 군량 면에서 우세이나 적들은 전부 기병들인지라 움직임이 빠르고 지형에 익숙하다는 장점이 있소. 우리의 단점은 대오가 큰 데다 행낭이 무거워 동작이 굼뜨고 일대 일로 붙었을 때 육박전에 약한 것이고, 적들의 열세는 식량과 말을 원활하게 공급받지 못하다는 거요. 적들의 열세를 우리의 강세로 이용하여 우린 양도(糧道)를 보호해 가면서 조급함을 버리고 온건하게 쳐나가는 것이 바람직할 것 같소."

마광조는 필경 백전을 경험한 노장군다웠다. 적을 알고 나를 알아 단점을 보완하고 장점을 살려 전국(全局)을 통람(通覽)하는 장군의 치밀함에 조후이는 머리를 끄덕였다.

"역시 생강은 오래된 것이 맵고, 말은 늙은 말이 길을 잘 찾는다더니, 과연 일리가 있는 말이오. 1천 기병(騎兵)은 내일 당장 투입시키시오. 내가 우려하는 건 흑수하 남안(南岸)이 지세가 낮아 대영을 앉힐 수가 없을까 봐서요. 남안이 여의치 않으면 북안(北岸)을 택해야 할 텐데, 그리되면 배수진영(背水陣營)이 되는지라 호위에 병력을 더 많이 투입해야 하는 단점이 있소. 이 부분을 미처 하이란차 등과 상의하지 못했소. 마형이 오늘밤으로 서찰을 보내시오."

호부귀가 옆에서 끼어들었다.

"우리의 탐정들이 귀문욕(鬼門峪)을 통과하지 못하고 곽집점의 기병들에 의해 전부 쫓겨왔습니다. 30리 사막길이 이어져 실로 고난의 행군길이었다고 했습니다. 제가 우루무치에서 회족 한 사람을 만나 들은 얘긴데, 흑수하 일대는 물이 부족하다고 합니다. 금계보 성(城)에도 사토(沙土)가 심각하여 하룻밤만 우물을 덮어놓지 않으면 이튿날 아침엔 모래가 끝까지 덮어 바닥에 조금 있는 물조차 구경할 수 없다고 합니다. 우물 파는 공구를 챙겨가지 않으면 그곳에 주둔하더라도 심각한 식수난에 처하게 될 거라고 했습니다."

"난 배수일전(背水一戰)을 걱정하고 있는데, 자넨 먹을 물이 없을까봐 전전긍긍인 게로군!"

조후이가 웃으며 말했다. 자리에서 일어나 긴 막대기로 목도를 짚어가며 말했다.

"여기가 금계보요. 이쪽이 흑수하고. 하류에 가서 와와하(河)랑 합류하는데, 만났다 헤어졌다 분합(分合)이 일정치가 않다 하오. 이 물은 근처의 설산(雪山)에서 내려오는 설수(雪水)인데, 날이 아주 춥지 않는 한 강물이 마를 염려는 없을 것이오. 물 있고 풀 있고 양도(糧道)만 잘 지켜내면 문제될 게 뭐가 있겠소. 양도는 우리의 명맥이니 사력을 다해 지켜야할 것이오. 푸상도 그렇고 성조 때의 십사친왕, 연갱요 모두 승전을 이끌어냈던 가장 큰 이유는 바로 양도를 끝까지 고수해 냈다는 점이오. 호량대(護糧隊)에게 조총 백 자루를 더 내어주도록 하시오!"

네 명의 장군은 군량확보에서 대영 주둔, 그리고 사막에서 행군 시에 유의해야 할 점과 필요한 물건을 일일이 챙겼다. 조후이는 즉시 호광총독인 러민에게 서찰을 보내어 필요한 약품을 속히 보내줄 것을 요청했다. 한 시간 남짓 군무에 대해 토의하고 난 조후이는 료화청, 마광조와 군막에서 저녁을 같이하며 내일 군무회의에서는 나눌 수 없는 대화를 장시간 나누었다. 밤이 이슥해서야 둘은 작별을 고하고 각자의 병영으로 돌아갔다. 둘을 문밖까지 배웅하고 돌아온 호부귀가 물었다.

"군문께서 달리 분부가 없으시면 각 병영을 순찰 돌고 와도 되겠습니까?"

14. 사막의 낙하(落霞)

"잠깐만 있어 보게."

조후이가 웃으며 말했다.

"우리가 흔히 하는 말 중에 '불타불성교(不打不成交)'라는 말이 있지 않소. 싸우지 않고 친해지는 법이 없다는 뜻이지. 우리야말로 '불타불성교'의 우정을 수십 년 동안 이어오며 그 말을 몸소 실천한 전형이었던 것 같네. 내 앞에서 자네가 쭈뼛거리고 격식을 갖추려 하는 것도 우스운 일이지. 아까부터 무슨 할 말이 있는 것 같은데, 혹시 아직도 흑수하(黑水河)에 물이 없을까봐 걱정인가?"

"그 걱정도 없진 않습니다. 이곳과 우리 중원(中原)은 다른 점이 한두 가지가 아닙니다. 이 아마하(河)만 보더라도 여기선 물이 철철 차고 넘치는데, 70리 하류까지 흘러가고 나면 사막이 다 흡수해 버리고 과연 아마하의 하류가 맞나 하는 의심이 들 정도로 메말라버리잖습니까."

조후이와 호부귀(胡富貴)의 만남은 20년 전으로 거슬러 올라가야 했다. 당시 조후이는 부장(副將)으로 명성을 날릴 때였는데, 호부귀는 대옥(大獄)의 일개 간수에 불과했다. 어쩌다 궁지에 내몰린 조후이가 순천부(順天府) 감옥에 하옥됐을 때 호부귀에 의해 갖은 구타와 멸시를 받았었다. 그 원한을 반드시 갚아주고자 동산재기(東山再起)한 후의 조후이는 당장 호부귀를 자신의 병영으로 끌어왔다. 그때의 치욕을 잊을 수 없어 원수를 원수로 갚으려고 살기를 뿜고 있었는데, 누군가의 한마디 권유에 마음의 동요를 느끼고 사나이의 큰 아량으로 용서해 주었던 것이다.

그때부터 호부귀는 조후이의 그림자가 되었고, 때론 수족(手足)으로, 때론 우마(牛馬)가 되어 충성을 다해왔다. 20년 동안 동정서전(東征西戰)하면서 자신을 필요로 하는 곳이라면 도산화해(刀山火海)를 가리지 않는지라 조후이는 그런 호부귀를 친형제처럼 대해주었고, 둘 사이에 '불타불성교'란 말은 그래서 더욱 어울리는 것이었다.

"이번 싸움은 내 일생에서 최고로 흉험(凶險)한 교전이 되지 않을까 싶네."

조후이가 한참 침묵 끝에 숨을 들이마시며 말을 이었다.

"어루터 지역의 회부(回部)는 북쪽으로는 러시아의 지원을 받고, 서쪽으로는 페르시아와 접하고 있네. 크게 볼 때 우리의 삼로대군(三路大軍)이 곽집점(霍集占)을 포위하더라도 우린 밖으로 러시아와 페르시아의 공격에서 자유로울 수가 없다는 얘기네. 내가 신중할 수밖에 없는 것도 바로 이 때문이네. 우리에겐 패배는 없고 오로지 승리만 있을 뿐이네."

이같이 말하며 조후이는 두 손을 맞잡아 따다닥 소리나도록 꺾었다. 호부귀가 불안스레 엉덩이를 움찔거렸다. 그리고는 말했다.

"그렇습니다. 조정은 이미 젖 먹던 힘까지 다 쏟아 붓고 있습니다. 재정이 풍족하다고는 하지만 그만큼 지출도 선제(先帝) 때에 비해 열 배나 많아졌다고 합니다. 군비는 병부에서 엉덩이 붙이고 앉아 계산하는 것과는 비교도 안 되게 많이 들어가고 있습니다. 금천(金川) 전투만 보더라도 병부와 호부, 그리고 각 성의 독무(督撫, 총독과 순무)들이 바라보는 시각에 따라 군비를 계산한 정도가 다 틀리지 않았습니까? 어떤 사람은 3천만 냥이 들었다, 또 호부에서는 2천만 냥이 들었다는 등, 이러고 저러고 말들이 많았지만 군기처에서 세세히 장부를 조사해 본 바로는 총 7천만 냥이 들었다고 합니다. 세상에! 금천 인구가 고작 7만 명밖에 안 되는데 우리가 한 명당 얼마나 쏟아 부었다는 얘깁니까? 우리가 여기서 종지부를 찍지 못하면 앞으로도 조정은 이곳 금천에 얼마나 더 많은 은자를 쏟아 부어야 할지 모릅니다!"

그는 잠시 멈추었다가 말을 이었다.

"방금 전의 전략대로라면 곽집점을 격멸시킬 수 있을 것입니다."

조후이가 말없이 책상 위에 놓여 있던 서류를 호부귀의 앞으로 밀어 주었다. 호부귀가 재빨리 조후이를 힐끔하며 꺼내보니 건륭이 조후이에게 달아놓은 밀유(密諭)를 아계가 보내온 것이었다.

아계는 읽고 나서 속히 조후이에게로 전해주게!

전쟁터에서 별일없이 문후 상주문 따윈 보내지 않아도 되네. 짐은 문후 상주문을 받을 때마다 오히려 속이 거북해지네! 짐의 안녕을 묻지만 짐이 바로 경 때문에 초조하고 불안하다는 걸 정녕 모른단 말인가! 북경을 떠날 때 짐은 경이 봄엔 승리했다고 보고할 수 있으리라고 굳게 믿어 의심치 않았네. 그런데 봄이 지나고 이제 여름마저 끝자락에 와 있거늘 경은 어찌 아직 아마하에서 한 발짝도 움직이지 못하고 있단 말인가? 장군기(將軍旗)가 한번 나부낄 때마다 천하의 은자 절반을 삼키거늘, 게다가 호광(湖廣)의 천리회(天理會), 사천(四川)과 호남(湖南)의 가로회(哥老會), 복건(福建)과 절강(浙江)의 백련교(白蓮敎) 무리들에게서 수상한 움직임이 점쳐지는 마당에 경은 군부(君父)의 우려를 어찌 씻어내지 못한단 말인가? 한밤중에도 짐은 잠에서 깨어나 고뇌에 잠겨 있다네. 음력 7월까지 금계보(金鷄堡)를 함락시키지 못한다면 설령 짐이 죄를 묻지 않더라도 경이 무슨 면목으로 군부를 대할 것인가? 정녕 짐의 안녕을 염원하고 짐이 강건하길 바란다면 경이 해야 할 일이 무엇인지를 곰곰이 생각해 보길 바라네!

초서체(草書體)로 쓴 글씨는 대단히 흥분한 상태에서 흘려 쓴 것 같았다. 피를 연상케 하는 빨간색 주사(朱砂)가 보기에 섬뜩했다. 뒷장을 넘기니 아계(阿桂)가 보낸 장문의 편지도 동봉되어 있었다. 군주가 진군을 서두르는 이유에 대해 나름대로의 견해를 달았다. 여러 장군들이 추측한 바와 거의 비슷했다.
말미에 그는 덧붙여 이렇게 적고 있었다.

군부(君父)의 우려는 곧 신하된 굴욕이오. 허나 군문이 염려하는 바도 크게 공감하오. 우리 군은 현 상태에서 조급함을 버리고 그렇다고 너무 늑장을 부리지도 말고 속도를 적당히 조절하여 전략을 짜는 것이 승산이 있을 것 같소. 공로에 급급하여 우(愚)를 범하는 것도 충군(忠君)의 도리는 아니라 생각하오. 군사(軍事)엔 조그마한 차질이 큰 화를 초래하게 되니 이 점을 명심하여 현명하게 대응해 나가길 바라오! 용병(用兵)의 어려움을 난 누구보다 잘 알고 있소. 군문은 또 양도(糧道)가 멀어 수송에 어려움을 겪을 것을 우려하고 있는 것 같은데, 그래서 내가 이미 서안장군(西安將軍)에게 명령을 내려 1만 인마를 증원하라고 했소. 모든 후고지우(後顧之憂)를 최선을 다해 제거해 줄 테니 승전고를 울려 폐하의 성려(聖慮)를 덜어주는 쾌거를 올리길 기원하겠소.

편지를 읽고 난 호부귀는 반복하여 들여다보며 고개를 갸웃했다. 그리고는 말했다.

"계 중당의 뜻은 폐하의 견해와 다른 것 같네요!"

"같은 무대의 서로 다른 배역일 따름이네."

조후이의 견해였다. 아계는 고북구(古北口)에서 유명해지기 전부터 조후이의 상사였다. 군무(軍務)를 익히 알고 행오(行伍)에 통달하여 전사(戰事)에 대한 견해는 타의 추종을 불허하는 아계였다. 건륭은 사사건건 성조에게 자신을 대입시키면서도 군사에 있어선 실제로 친정(親征)을 했던 강희(康熙)와는 달리 아는 바가 별로 없었다. 그럼에도 단지 구중(九重)의 지존(至尊)이라는 이유만으로 불같은 지의를 내리니 아계로서는 여간 난감한 일이 아닐 터였다.

다행히 그는 자신의 주장을 과감하게 펴고 있는 것 같았다. 만약 화신이나 우민중이었다면 이럴 경우에 오로지 당치도 않은 아부로 성의(聖意)에 편승하는 데만 급급하여 자신의 타는 가슴에 기름을 뿌리고도 남았을 것이다. 그러나 이런 생각은 사석에서 하이란차와 털어놓고 고뇌를 같이할 수는 있으나 호부귀는 그럴만한 상대가 아니라고 조후이는 생각했다. 그는 어투를 달리하여 말을 이었다.

"우리 총잡이들은 하늘도 땅도 죽음도 두렵지 않으나 단지 겉과 속이 다른 문관들의 수작에 넘어가 저들의 희생양으로 전락하게 될 것이 우려될 뿐이네. 난 흑수하에서 패하면 전사(戰死)했으면 좋겠네. 전사하지 않는다면 난 모든 책임을 통감하고 자진(自盡)하는 것으로 죄를 갚을 것이네."

호부귀는 순간 소름이 끼쳐왔다. 낯빛도 하얗게 질린 채 놀란 입을 반쯤 벌리고 조후이를 바라보았다.

"상사욕국(喪師辱國)의 죄는 살아서 돌아간다고 해도 죽음이야."

조후이가 자조하듯 웃으며 덧붙였다.

"장광사(張廣泗)도 평생 승전을 수없이 이끌어 냈지만 한번 크게 패망하니 결국은 죽여버렸지 않았는가. 물론 최종적인 책임은 본인에게 있었지만…… 내가 혹시 잘못되면 내 시골(尸骨)을 아무 데나 묻어주게나. 이걸 부탁하고 싶어 남으라고 했네. 내 아들 장군이도 살아남으면 친자식처럼 잘 보살펴주시게. 부탁하네."

상심에 젖어 이같이 말하며 조후이는 일어나 호부귀를 향해 읍까지 해 보였다.

순간 호부귀는 크게 당황한 나머지 환례(還禮)하는 것도 잊은 채 황급히 두 손을 내저었다.

"대장군, 어찌 그런 불길한 말씀을 하시는 겁니까? 설마 그런 일이야 있겠습니까?"

"방금 료화청(廖化淸), 마광조(馬光祖)와 함께 구사한 전략은 사실 천천히 밀고 나가자는 '완진(緩進)' 계획이 아니었는가."

조후이가 덧붙였다.

"우리로선 위험부담도 적고 참으로 바람직한 전략이지. 허나 폐하께오선 '급진(急進)'을 하명하셨네. 7월까지 금계보를 점령하는 건 사실상 불가능한 일이 아닌가."

그는 자리에서 일어났다. 지는 태양빛에 의해 긴 그림자가 흔들거렸다. 그는 마치 자신에게 혼잣말을 하듯 말했다.

"완진(緩進)의 단점은 적들이 불리함을 느끼면 도주한다는 것인데, 그 자들이 어디론가 종적을 감추어 우리가 남은 불씨를 민멸(泯滅)시켜 버리지 못한다면 승리해도 그건 승리가 아닐 것이네. 폐하께오선 반천하(半天下)의 재력을 소모하고도 결국은 원점으로 돌아온 우릴 어찌 용서하실 수 있겠나?"

서성이던 걸음을 멈추고 그는 목에 힘을 실어 말을 이어나갔다.

"흑석구(黑石溝)를 지나 흑수하 하류 지역에 들어가면 더 이상 완진할 수는 없네. 자네가 군중에서 5천 정예병을 엄선해서 내게 붙여주게. 난 금계보를 기습하여 곽집점에게 들러붙을 거네. 그 자가 공격을 해오면 퇴각하고, 도망가면 쫓아가는 거지. 그렇게 우리가 좌우 양측에서 협공을 하고 하이란차가 서로(西路)에서 책응해 와서 우리 5천 정예부대에 이어 사방에서 20만 대군이 포위하여 압살해오면 곽집점은 날개가 돋친다고 해도 도주할 수 없을 것이네! 이는 우루무치에서 하이란차와 상의한 적이 있는데, 그는 너무 위험하다며 저어했었네. 하지만 방금 성유(聖諭)를 보았겠지만 어쩔 수 없네, 모험을 하는 수밖엔!"

"군문!"

호부귀가 소리치듯 말했다.

"꼭 모험을 하실 거라면 제가 정예병을 데리고 앞장서겠습니다!"

"아니 될 말일세."

조후이가 말을 이었다.

"정예병? 말이 좋아 정예병이지 실은 목숨을 내건 망명지사(亡命之師)라네. 그들을 요리할 수 있는 사람은 나밖에 없네. 난 군중에서의 내 위망(威望)을 자신하네. 내가 앞장서야 군심(軍心)을 잡을 수가 있는 거네. 이럴 땐 자신감과 결단력이 중요하네. 7월 전에는 반드시 곽집점과 금계보에서 한판 승부를 겨뤄야 하네. 내 명에 따라 움직이게. 승리하면 모든 우려를 불식시킬 수 있겠지만 만에 하나 패하는 날엔 5천 정예병에 내 한목숨까지 제물로 바치는 거네. 자넨 나의 당부만 잊지 말고 지켜주길 바라네."

호부귀가 덮치듯 한 발 앞으로 다가서며 책상 모퉁이를 잡고 쉰 목소리로 외치듯 말했다.

"군문, 전쟁은 그 누구도 사전에 승부를 단언할 순 없는 일입니다. 붙어봐야 압니다. 군문께서 용단을 내리셨으니 저도 목숨을 걸어보겠습니다!"

이렇게 하여 대담하고 거대한 군사전략이 정해졌다. 5일 후의 아침, 아마하 대영의 5만 대군은 성채를 떠나 출동을 서두르고 있었다. 마광조가 1만 대오를 거느리고 선두로 나섰고, 스무 갈래의 종대(縱隊)가 일제히 병진(竝進)하는 가운데 료화청이 부대를 이끌고 뒤를 따라갔다. 식량을 나르는 데 필요한 낙타대(駱駝隊)와 마필(馬匹)들도 함께 움직였다.

때가 되면 그 자리에 멈춰 널린 돌 주워 가마솥 올려놓고 물 끓이고 밥 지어 먹고는 다시 행군을 재촉하길 반복했다. 사방에 널려 있다가도 호각소리가 울리면 흰 바탕에 검은 띠를 두른 '병(兵)'자 새긴 병졸들의 옷을 입은 병사들은 일제히 말 위에 올라타고 행군 길에 올랐다.

숲처럼 하늘을 향해 일어선 도창(刀槍)과 군수물자를 나르는 차량과 마부들을 포함해 실제 대오는 10만 명도 넘어 보였다. 호호탕탕한 대오는 20리 길에 길게 늘어서 있어 마치 검은 돌풍이 저 먼바다에서 회오리치며 몰려오는 것 같았다. 지나가는 곳마다 먼지가 집채같이 피어오르고, 장검(長劍)과 패도(佩刀)들이 부딪치는 쇳소리가 어우러져 일대 혼잡을 이루었다.

연이은 전쟁으로 수난을 겪을 대로 겪은 넓은 초원에는 인가라곤 찾아볼 수 없었다. 간혹 보이는 촌락마다 폐허가 되어 볼썽사나웠고, 그 속에서 종류도 알 수 없는 야생동물들이 놀라 사방으로 도망 다녔다. 그럴 때마다 병사들은 흥분하여 괴성을 질렀고, 그 바람에 담이 약한 산토끼나 산양들은 더러 멀리 못 가고 제풀에 주저앉는 경우도 더러 있었다. 행군길이 지칠라치면 스스로 지은 군가를 우렁차게 부르며 사기를 돋우었다. 5만 대군의 성세는 실로 당당했다…….

조후이가 아무리 건아개부(建牙開府)의 장군이라지만 이 같은 대규모의 야전행군은 처음이었다. 비록 후사를 미리 당부해 놓긴 했으나 미지의 일전(一戰)에 대한 기대와 두려움은 반반씩이었다. 그러나 병사들의 합창이 요란하고 사기가 충천해 있는 모습을 보니 마음속의 경계와 우려는 가뭇없이 사라지는 것 같았다. 대신 죽을 각오로 필승을 다지는 호기가 두려움이 자리했던 곳을 꽉 메웠다.

이런 행군방법은 비록 느리긴 하나 위험한 게 없어 안전했다.

조후이의 아들 조장군(兆章群)이 1천의 기병(騎兵)을 거느리고 정탐 겸 선두부대로 멀리 앞서가다 몇 번씩이나 곽집점의 기병들과 맞닥뜨렸다. 그러나 매번 살짝 건드리고 퇴각하는 정도였다. 쌍방은 멀리서 조총을 몇 발씩 쏘아대고는 서로가 경계하여 진일보하여 가까이 다가가진 않았다.

곽집점은 조후이의 전략이 못내 신경이 쓰이는 모양이었다. 가끔씩 수천 기병을 거느리고 조장군의 뒤를 차단하려 들다가도 우각(牛角)소리가 울리면 곧 철수하기에 급급한 모습이었다. 그런 치고 빠지는 작전은 연 20일 동안 이어졌다.

그렇게 하여 조후이의 대군은 중간에 몇 번의 자그마한 충돌을 빼곤 거의 사상자 없이 무난하게 와와하 유역에 진입했다. 이제 조금만 더가면 흑수하가 눈앞에 나타날 것이다. 금계보와도 3백리 길밖에 떨어져 있지 않았다.

이곳에 이른 조후이는 그제야 비로소 '흑수하에 물이 부족할 것'이라는 호부귀의 말이 결코 기우가 아님을 알 수 있었다. 흑수하는 서에서 동으로 흘러 북으로 사막에 머리를 틀어박고 있었다. 서쪽에서 흘러오는 와와하는 거의 흑수하와 사구(砂丘) 하나를 사이에 두고 남으로 흘러가고 있었다. 둘 다 설산(雪山)에서 내려온 설수(雪水)였지만 수백리를 나란히 흐르면서도 합류하는 곳은 한 곳도 없었다.

남쪽 일대는 전부 사구(砂丘)였다. 귀부신공(鬼斧神工, 귀신이 도끼로 베고 신선이 다듬다)의 천기백괴(千奇百怪)한 모습들을 이루고 있어 섬뜩한 느낌까지 들었다. 가운데는 구거(溝渠, 골짜기와 도랑)가 종횡했고, 천교(天橋, 육교)로 동굴과 연결되어 있었다.

와와하는 마치 샘물같이 졸졸 흐르고 있었다. 그것마저 구간구

간 흐름이 막혀 있기도 했다. 그에 비해 흑수하는 폭이 넓고 수량
도 풍족하여 힘차게 서북쪽으로 흘러가고 있는 것 같았다. 그러나
흐르는 것은 물이 아닌 시커멓고 끈적끈적한 석유(石油)였다. 마
시기는커녕 냄새를 맡는 것조차 역겨워서 견딜 수가 없었다.

또 하루를 행군하니 와와하는 이미 흐름이 끊긴 상태였다. 하도
(河道)마저 모래에 매몰되고 없었다. 흑수하도 간신히 끊겼다 이
어지며 크고 작은 '유전(油田)'을 만들어내고 있었다. 하늘엔 새들
도 갈수록 적었고, 땅엔 경물(景物)이 한층 더 처량하고 쓸쓸해
보였다.

흑수하 언덕에 말을 세우고 북으로 멀리 바라보니 일망무제한
사막이 하늘 끝까지 이어지고 있었다. 남쪽으로는 높은 사구, 낮은
언덕이 징그러운 기복을 이루고 있었고, 광풍이 불어닥칠 때마다
집채 같은 모래 사이로 백수(百獸)들이 뿔뿔이 뛰어다녔다. 과연
이런 곳에서 사람이 살 수 있을까 하는 공포가 엄습해왔다. 풀도
없고 물도 없었다. 그러나 이 망망한 사막에 진을 치기로 되어
있었다.

부대는 재빨리 주둔하기 시작했다. 날도 이미 어둑어둑해지고
있었다. 다행히 그리 멀지 않은 낮은 웅덩이 지대에 녹지가 있고
중간에 20무(畝) 가량 되어 보이는 못이 있었다. 오랜만에 물을
본 병사들은 저마다 환호성을 지르며 뛰어들려고 했다. 이에 조후
이가 즉각 몇 가지 군령을 내렸다.

"첫째, 수원(水源)을 아끼고 보호할 것. 둘째, 사람과 말의 음용
수(飲用水)는 가죽 주머니에 담아 병영으로 가지고 갈 것. 셋째,
물속에 들어가서 목욕하는 자는 즉시 목을 친다. 연못 근처에서
'볼 일'을 보는 자는 가차없이 군곤(軍棍) 80대를 안긴다!"

사전에 계획했던 대로 빠르게 움직여 어느새 5만 대군은 망망한 사막의 한복판에 수많은 군막을 치고 주둔했다. 조후이는 두 명의 친병을 거느리고 말을 타고 여기저기 군막들을 한바퀴 시찰하여 군심을 안정시키고 지모(地貌)와 지형(地形)을 유심히 살폈다. 일단 한고비를 넘기고 중군 병영으로 돌아왔을 때 날은 이미 완전히 어두워져 있었다.

막 지친 몸을 의자에 맡기고 한숨을 돌리기도 전에 호부귀가 료화청, 마광조와 함께 들어섰다. 병사들이 촛불을 붙이려고 하자 호부귀가 버럭 고함을 질러댔다.

"이런 돌대가리들 같으니라고! 널린 게 석유 찌꺼기인데, 조금 퍼다가 등불을 만들어 달면 촛불에 비하겠냐? 밥 지을 때도 석유 찌꺼기를 쓰라고 해."

그들이 자리에 앉기도 전에 조후이가 물었다.

"저쪽 아래에선 다들 뭘 하고 있던가?"

"저마다 녹초가 돼 쓰러져있죠, 뭐."

료화청이 모래가 입안에 들어간 듯 퉤퉤 침을 뱉으며 대답했다.

"산전수전 다 겪은 나도 이런 곳은 처음 보는데, 병사들이야 더 말해 뭘 하겠습니까."

그러자 마광조가 나섰다.

"녹초가 된 게 아니라 겁에 질렸을 거요. 어찌 된 게 강에 물은 없고 석유가 흐른단 말이오! 사람이 사는 곳이 아니고 꼭 마귀(魔鬼)의 성(城) 같아⋯⋯."

"나도 한바퀴 돌아봤는데, 올 때와는 달리 병사들의 사기가 별로였소!"

조후이가 덧붙였다.

"좀 기다려 보시오. 조장군이 돌아오면 상황을 봐서 다른 데로 옮기든가 합시다. 인근 어디에도 수초(水草)가 없긴 마찬가지라면 여기 있는 수밖에 없지. 아까도 군령을 내렸듯이 저 못이 우리에겐 생명줄이나 마찬가지요. 절대 더럽혀선 아니 되겠소. 가서 병사들에게 물이 있고 식량이 풍족하고 칼과 총이 있는데 두려울 게 뭐가 있냐고 하는 내 말을 전하시오. 병사들은 사기를 빼면 시체나 마찬가지이거늘 사기를 진작시키는 방법이 없을까?"

그는 세 장군을 바라보며 말했다.

"각 병영에서 몇 사람씩 대표로 나가 수렵을 해오라고 하오. 병사들에게 맛있는 고기라도 한끼 먹여야겠소. 그리고 입담이 걸쭉한 이들을 뽑아 이야기대회를 조직하고 연극을 할 줄 아는 이들은 승전을 염원하고 충천의 사기를 북돋울 수 있는 연극을 준비하라고 시키시오. 그밖에 모래바닥에서 씨름을 한다든가 군가를 부른다든가 아무튼 저리 맥을 놓고 있게 해서는 안 되겠소. 노래를 부르면 액기(厄氣)를 쫓는다는 말이 있으니 목청껏 노래하고 힘껏 뛰어 놀라고 하시오."

세 장군이 미소를 머금고 연신 머리를 끄덕이며 공감을 표했다. 이에 신바람이 난 조후이가 손까지 흔들어가며 말했다.

"아무튼 경계를 강화하면서 먹고 마시고 힘껏 뛰놀아라 이건데, 내기를 안 하면 재미가 없으니 군비(軍費)에서 몇만 냥을 지출하여 분위기를 띄우는 자들에게 군공(軍功)을 포상하는 식으로 상을 내리도록 하는 게 좋겠소. 더 좋은 방법이 있으면 여러분들도 말해보시오. 어려울 때일수록 돈이 아까워 바들바들 떨어선 안 되오. 먹은 소가 똥도 잘 눈다고 후하게 상을 내리자고."

세 장군은 다년간 조후이의 휘하에 있었지만 여태껏 조후이의 이런 강하고 적극적인 모습은 처음 보는지라 다소 믿어지지 않는다는 눈치였다. 마광조가 웃으며 말했다.

"난 대장군께서 오로지 엄명으로 밀어붙일 줄 알았는데, 오히려 부하들을 다루는 재량이 하이란차 장군 못지 않은 것 같습니다. 실로 괄목할 만했습니다."

그러자 료화청도 맞장구를 쳤다.

"구구절절 지당하신 말씀입니다! 병사들은 사기만 오르면 세상에 무서울 게 없는 법입니다. 곧 각 병영의 대장들을 불러 지시하도록 하겠습니다."

"양도(糧道)가 멀어 지구전을 벌일만한 곳은 못 되는 것 같소."

이같이 말하던 조후이가 고개를 드는 찰나 아들 조장군이 다리를 무겁게 끌고 들어섰다. 미소를 짓고 있던 조후이의 얼굴이 순간적으로 굳어졌다. 그는 대뜸 큰소리로 아들을 엄하게 꾸짖었다.

"꼬락서니가 그게 뭐냐! 적들에게 된통 얻어맞기라도 한 거야? 아비가 멀쩡히 살아있는데 어찌 그리 울상인 거냐? 정신 차리지 못해? 앞에도 수초더미가 없더냐!"

조후이는 훈책 중에는 누군가가 끼어드는 걸 용서치 않았다. 그러나 이제 막 '사기를 진작시키라'는 명령을 내린 마당에 조장군의 초췌하고 기진맥진한 모습을 보며 장군들은 모두 조후이가 지나치다고 생각했다. 마광조가 조심스레 입을 열었다.

"상벌이 분명하신 대장군이십니다! 앞뒤로 뛰어다니며 적들의 동태를 탐색하느라 우리보다 열 배는 더 힘들었을 텐데, 어찌 그리 심한 말씀을 하시는 겁니까? 이리 오세요, 작은장군[少將軍]. 땀을 닦고 물이라도 한잔 마시고 나서 천천히 여쭤세요."

마광조가 이같이 말하며 냉차와 수건을 조장군에게 건네주었다.

조장군은 겁먹은 눈빛으로 아비를 힐끔 쳐다보고는 감히 수건
은 받지 못하고 찻물만 받아 단숨에 마셔버렸다. 그리고는 소매로
이마를 쓱 문질러 닦으며 말했다.

"돌아오는 길에 한판 붙었습니다. 헌데 말들이 갈증을 못 참고
뛰어주지 못하는 바람에 군마 열 몇 필을 잃고 손실이 좀 있었습니
다. 대신 길은 탐색해 냈습니다. 여기서 북으로 30리만 더 가면
사막은 벗어나나 자그마한 물웅덩이가 몇 개 있을 뿐 수초가 없긴
마찬가지입니다. 병사들을 주둔시킬 만한 곳도 마땅한 곳이 없었
습니다."

이같이 말하며 그는 안주머니에서 지도를 꺼내 두 손으로 받쳐
올리며 덧붙였다.

"이 지도는 전혀 도움이 안 됐습니다. 정확도가 떨어져서 지도
에 명시돼 있는 성(城)도 없고 모래의 장난으로 길들이 없어져버
린 것 같습니다. 와와하 상류의 하도(河道)도…… 찾을 수가 없었
습니다."

조후이의 미간이 점점 좁혀졌다. 길이 모래에 매몰된 건 이해가
가지만 하도 자체를 찾을 수 없고, '객성(客城)'이라고 표시되어
있는 성이 종적을 감추었다는 사실이 불가사의하게 느껴졌다. 그
사이 하도가 변경된 것일까, 아니면 처음부터 길을 잘못 들어선
것일까? 짐작이 가는 데가 없었다.

지도를 다시 펴놓고 손가락으로 이 곳 저 곳 짚어가며 고민하던
조후이가 물었다.

"북쪽 30리 지점에 물웅덩이가 있다고 했는데, 가봤느냐?"

"예, 가봤습니다."

조 장군이 대답했다.

"물이 많지 않으니 풀도 무성하지가 않았습니다. 여기보다는 사정이 조금 나을 것 같기도 했습니다. 곽집점의 병사들이 주둔하고 있었는데, 그리 많지는 않았습니다. 우리가 나타나자 사면팔방에서 포위해 왔습니다. 1천 필의 말이 사막에서 4백리를 달리고 나니 기진맥진하여 움직여 주질 않기에 감히 단병접전(短兵接戰)을 벌이지 못하고 철수했습니다."

"알았다. 가서 쉬거라."

조후이가 한결 온화해진 눈빛으로 아들을 보며 한마디 더 했다.

"중군 화식간(伙食間)에 밥이 있을 터이니 알아서 찾아먹거라."

아들이 군막을 나서는 뒷모습을 일별하고는 조후이는 천천히 고개를 돌렸다.

"보아하니 수렵은 안 되겠소. 와와하 일대에서 잡히는 대로 아무 거나 끓여먹어야겠소. 아무리 생각해봐도 우리가 잘못 찾아온 건 아니오. 지도의 정확도가 떨어져서 그렇지. 보아하니 곽집점은 우리에 대해 손금 보듯 잘 알고 있는 것 같소. 우리가 흑수하로 들어설 때까지 가만히 놔두었다가 사막에 갇혀 꼼짝달싹 못하게 만들겠다 이거요. 그렇게 시간을 끌다가 겨울에 폭설로 인해 우리의 양도가 차단되면 그때 자기네 병사들을 피둥피둥 살찌워 내보내겠다는 심산인 것 같소. 여기 이 못도 그 자들이 우릴 유인하기 위해 만들어 놓은 거요. 곽집점 그 놈도 예사내기가 아닌 거지!"

5만 대군에 3만 치중군사(輜重軍士, 수레를 끌고 따르는 지원군)들까지 총 8만 명을 사지(死地)에 가둬놓고 기아와 갈증에 허덕이다가 겨울이 오면 절로 몰살되게 만들겠다는 곽집점의 '옹골찬'

야심에 사람들은 가슴이 철렁 내려앉는 것 같았다.

"여기 사막 한복판에 눌러앉아 죽음을 기다릴 순 없소. 어떻게든 수초가 풍부한 초원으로 나가야 합니다. 한 달 동안 먹을 군량이 도착하면 우린 금계보를 칩시다. 조후이 군문, 군문께서 5천 정예병을 거느리고 정면에 나선다는 전략은 재고하시는 게 좋겠습니다. 유사시 제도와 하이란차 두 군문께 증원을 청하더라도 여기까지 책응해 올 수가 없을 것입니다."

마광조가 먼저 입을 열자 료화청이 나섰다.

"제 생각엔 아무래도 속전속결이 나을 것 같습니다. 열흘 동안 버틸 식량은 있으니 일단은 적들의 판단에 혼선을 주기 위해서라도 잠자코 있읍시다. 그러다가 군량이 도착하면 전면적인 공격을 개시하는 게 좋겠습니다!"

이에 호부귀가 말을 받았다.

"곽집점이 겁먹고 도망가는 수도 있겠지만 한편으로 우리의 주력군과 응수하면서 한편으로는 동쪽으로 쳐들어오는 날엔 하이란차 군문의 증원병이 접근할 수가 없을 것입니다. 그리되면 우린 한 가마에 쪄죽을 위험이 있습니다."

"호부귀의 말이 맞네. 앞 뒤 재지 않고 무작정 저지르고 볼 때가 따로 있지, 지금은 아니네."

깊은 사색에 잠겨 있던 조후이가 결심을 굳힌 듯 손으로 찻잔을 덮으며 결연한 어조로 말했다.

"그러나 여기 틀어박혀 겨울을 날 수는 없네. 원래의 전략을 조금 변경해야겠네. 조장군의 1천 기병대는 내일 또다시 출병하되 더 이상 길을 탐색하는 게 아니고 서북으로 직진하여 금계보를 위협하는 거요. 난 5천 기병을 거느리고 10리쯤 떨어져 뒤따라가

고, 호부귀가 또 10리 뒤에서 날 따라붙는 거요. 여긴 험관애구(險
關隘口)가 없어 10리 길은 반시간이면 따라붙을 수 있어 유사시
책응하는 것도 순간일 테지. 대군병영에 남는 사람들은 양도만
철저히 지켜내면 되겠고, 화총(火銃) 1천 자루면 충분할 거요. 러
시아가 곽집점에게 보내준 화총 1천 자루는 이미 제도(濟道)에
의해 압류 당했다고 하오. 그 작자가 비록 기병들의 숫자는 많다
만 화기(火器)는 2백 개 남짓밖에 안 되니 교전시 설령 금계보를
공략하는 데 실패하더라도 수초가 보장되는 거점은 확보할 수 있
을 것이오!"

　그러자 호부귀가 걱정 어린 어조로 말했다.

　"그렇긴 합니다만 하이란차 군문과 제도 군문께서는 우리의 계
획에 변동이 생긴 줄을 모르고 계실 텐데, 군보(軍報)를 전하기가
어려울 것 같습니다!"

　조후이가 자리에서 일어났다. 주먹을 쥐어 탁자 위에 짓이기듯
힘주어 뭉개며 말했다.

　"하이란차는 용병술이 나를 훨씬 능가하는 군사의 귀재이네.
우리가 변동사항을 군보로 알리지 않더라도 그는 매일 금계보를
노리고 있으면서 우리의 움직임을 예측하여 대처할 수 있는 일엽
지추(一葉知秋)의 지혜가 있는 사람이라고. 우린 주공(主攻)이면
서 남강(南疆)에 떨어져 있네. 거리상으로 매사에 머리 맞대고
상의할 수는 없소. 일단 계획대로 밀고 나가 우리의 힘만으로 적들
을 소탕하는 데 주력해야 하오. 남의 도움은 부득이할 때만 받는
거네!"

　이같이 말하며 그는 큰소리로 아들을 불렀다.

　"밥이나 먹지. 조장군, 어디 갔어? 이리와 봐!"

이튿날 축시(丑時) 일각(一角)을 남겨놓고 조장군의 1천 기병은 마치 동굴을 빠져 나오는 흑사(黑蛇)처럼 흑수하 대영을 빠져 나왔다. 30리 고비사막을 행군하여 초원에 들어갈 예정이었다. 말도 전부 바꾸었고, 목에 매달았던 마령(馬鈴)도 떼어낸 채 기척을 내지 않고 조용히 사막의 행군길에 올랐다.

아직 날은 어두워 마치 대야를 엎어놓은 것 같았다. 반시간 뒤에는 조후이의 5천 인마가 뒤따라 출동했다……. 층층이 계단식으로 30리 사막길에 늘어서니 앞쪽은 날카로운 비수 같고, 뒤에 따르는 행오는 마치 여왕벌을 따라나선 황봉(黃蜂)떼들처럼 호호탕탕한 기세로 북쪽을 향해 돌진했다.

그로부터 첫 나흘은 이상하리 만치 무사태평했다. 곽집점은 조후이의 대담한 돌발행동에 당황한 듯 1,2백 명의 소규모 기병대들을 파견하여 앞 뒤 양쪽에서 잠깐씩 불질을 하고는 물러가곤 했다. 하루에 몇 번씩 가려운 데를 긁어주고 가는 곽집점의 무리들을 보며 조후이는 나름대로 잠시도 경계심을 늦추지 않았다.

조장군의 병사들은 1인당 30근씩, 조후이의 5천 병사는 20근씩 군량(軍糧)을 챙겨왔다. 선두부대는 가끔씩 사냥을 할 수 있었기에 고기가 있을 때면 식량을 한 톨도 건드리지 못하게 했다. 출발한 지 6일만에 이들은 이미 적들의 후방 2백 리쯤 다가와 있었다.

오후 무렵 대군은 러러하(河) 근처에 이르렀다. 윤기 자르르한 풀들이 무릎을 넘었고, 키가 작은 나무들이 사방에 숲을 이루었다. 강폭은 열장(丈) 넓이는 더 될 것 같았고, 맥랑(麥浪)을 방불케 하는 초원이 아득하게 펼쳐져 있어 군사가 주둔하기엔 더없이 적합한 곳이었다.

조후이는 신대륙이라도 발견한 듯 크게 기뻐하며 즉각 강의 남쪽에서 취사하여 포식을 한 다음 이 자리에 주둔할 것을 명했다. 여기에 터를 잡으면 이젠 흑수하의 대영을 조금씩 옮겨와 금계보를 공격하는 데도 한결 여유가 생길 터였다.

그러나 미처 솥 안의 쌀밥이 채 익기도 전에 멀리서 열 몇 명의 기병들이 회오리처럼 파죽지세로 달려왔다. 조후이의 앞에서 말에서 내린 사람은 다름 아닌 조장군이었다. 병사들도 모두 땀범벅이 되어 있었다. 조장군은 미처 격식을 갖출 새도 없이 헐레벌떡거리며 채찍으로 서쪽을 가리키며 말했다.

"아버님, 아버님! 적들이 까맣게 올라오고 있습니다!"

"뭐야? 똑바로 말하지 못해?"

조후이가 큰소리로 질책했다. 이런 경우를 예측하지 않은 건 아니었으나 막상 닥치고 보니 당황스러웠다. 그는 다그쳐 물었다.

"얼마나 될 것 같애? 어느 쪽이야"

"모두 기병들인 것 같습니다. 서쪽으로 1만 명 정도, 북으로는 약 1만 5천 명 가량이 돌진해오고 있습니다!"

"모두 기병이라고?"

"예, 그렇습니다. 여기서 5리 밖까지 쳐들어왔습니다!"

"너의 기병들은 어디 있느냐?"

"5백 자루의 화총으로 맞불질을 하면서 후퇴하고 있습니다!"

중군의 병사들은 적들이 쳐들어오고 있다는 긴박한 소식을 접하고 저마다 수중의 물그릇을 내던지고 투구며 허리띠를 착용하고 완전무장을 하여 분위기는 순식간에 살벌하게 변하고 말았다.

멀리서 총성이 들려왔다. 아직 전쟁을 경험하지 못했던 신병(新兵)들은 저마다 긴장하여 얼굴이 상기되어 있었다. 조후이는 말 위에 올라 망원경을 들고 멀리 살펴보았다. 과연 서쪽과 북쪽 양측으로 수만 기병이 까맣게 덮인 채 다가오고 있었다. 햇살에 도광검영(刀光劍影)이 섬뜩했고, "살(殺)! 살(殺)! 살(殺)!"을 외쳐대는 함성이 하늘을 뒤흔들어 멀리서도 은은히 들을 수 있었다.

"지금은 병력을 소모할 때가 아니다."

조후이가 돌처럼 굳어진 표정으로 단호하게 말했다.

"너의 기병들을 전부 철수시켜 나랑 합치자. 모든 화총수(火銃手)와 궁수(弓手)들은 밖에서 호위하라고 이르거라. 적들이 가까이 오면 일제히 화총과 화살을 발사하여 더 이상의 접근은 못하게 할 것이니, 넌 너의 군사들을 철수시켜 더운물에 마른 쇠고기 한 조각씩이라도 먹이고 나의 장령(將令)을 기다리거라."

"예!"

조장군은 대답과 함께 쏜살같이 말을 달려 사라졌다.

"호부귀에게 명령을 전하거라. 그의 차사는 흑수하 군영에서 군량을 지키는 일이니, 이쪽의 전황(戰況)이 어떠하든 간에 장령(將令) 없이는 그곳에서 한 발짝도 떠선 아니 된다고 하거라!"

조후이는 그 자리에서 미동도 하지 않은 채 내리 명령을 내렸다.

"료화청과 마광조더러 즉각 출동하여 나와 20리 떨어진 곳으로 와 대령하라고 하거라. 내겐 화총이 많아 저 자들이 감히 범접하지 못하고 그쪽으로 방향을 틀지도 몰라. 밤중의 경계를 강화하라! 료, 마 두 군문더러 이틀만 버티라고 하거라. 그러면 적들은 군량이 떨어져 알아서 퇴각할 터이니. 그리고 두 군문은 매 일각마다 사람을 파하여 내게 군정을 보고하라고 하거라. 수시로 보고하지 않고 만에 하나 차질을 빚는 날엔 내게 무정하다 탓하지 말라고 하거라! 알겠느냐?"

"예! 알겠습니다."

"그럼 어디 복술해 봐!"

병사가 한 글자의 오차도 없이 복술해 냈다.

"됐어, 가 봐."

"예!"

서쪽 청군의 병영 근처에선 벌써 화총 소리가 콩볶듯했다. 전방으로 화살과 탄약을 공급하는 병사들의 움직임이 빨라졌다.

"밥을 설익지 않게 잘 지어서 조장군의 병사들에게 공급하라"

조후이가 취사병들에게 이같이 명하며 말에서 내리지도 않고 덧붙였다.

"순영(巡營)을 갈 것이니 다섯 명은 따라나서거라!"

조후이는 마치 아무 일도 없는 사람처럼 영방(營房)들을 돌며 가끔씩 말에서 내려서 "솥이 비뚤어졌잖아! 그러다 밥물이 쏟아져 사람이 다치면 어떡해!"라며 가볍게 질책을 하기도 하고, 새내기 병사들의 어깨를 두드리며 격려하고 사기를 북돋워주었다. 중간, 중간에 옛 부하들을 만나면 주먹부터 안기고 반가워하며 웃고 떠들었다……. 그렇게 한바퀴 돌고 나니 병영 밖에선 여전히 총소리가 콩볶듯하고 "죽여라!" 하는 소리가 충천했으나 군심은 몰라보게 차분해지는 것 같았다.

자고로 전쟁터에 나선 군사들은 죽음도 두려워하지 않거늘 장군이 곁에서 함께 해주면 새내기들도 추호의 공포를 느끼지 못하는 법이었다. 병영마다 저녁밥 짓는 연기가 피어오르고 있을 때 어느새 곽집점의 무리들은 철수하기 시작하는 듯 총소리가 점점 멀어져가고 있었다.

그렇게 이틀동안 상황은 똑같았다. 낮이면 쌍방이 몇천 인마의 소부대를 끌고 나와 가벼운 접전을 벌이다가도 밤만 되면 약속이나 한 듯 철수하여 간간이 멀리서 들려오는 총성을 확인하며 그런 대로 평온한 밤을 보냈다.

그러나 사흘째 되던 날, 조후이는 뭔가 이상한 느낌이 들어 료화청더러 즉각 마광조의 대영으로 오라는 명령을 내렸다. 아들 조장군더러는 적들의 움직임에 적당히 응수해 주라고 명하고 자신은 백여 명의 기병들을 거느리고 20리 밖에 떨어져 있는 마광조의 병영으로 향했다.

군정이 워낙 급박한 때인지라 세 사람은 농담 한마디 없이 즉시 형세분석에 몰입했다.

"제가 이미 나름대로 조사해봤습니다."

마광조가 말을 이었다.

"저 자들이 정면에 나선 병력은 2만 명에 불과합니다. 감히 우리에게 대거 공격을 해오지 못하고 저리 늙은 쥐 고양이 곯려주듯 입질만 해대는 걸 보면 금계보에서 군량미가 도착하길 기다리고 있는 것 같습니다. 저자들은 지금 군량이 없습니다. 게다가 우리보다 화기(火器)도 약하니 주저할 수밖에 없겠죠."

이에 료화청이 말했다.

"꼭 마치 두 장님이 세 갈래 길에서 싸우고 있는 것 같습니다. 어둠 속에서 더듬어가며 방어하랴, 때려주랴, 웃기는 형국이 돼버리고 말았습니다. 적들의 양도는 백리 밖에 있지만 우리는 1천5백리 밖에 있습니다. 계속 이런 식으로 대치해 나가다간 우리에게 불리할 수밖에 없습니다. 제 생각엔 아예 흑수하 대영에 있는 호부귀와 대부대를 전부 불러 먼저 적들의 선두부대 2만 명부터 해치웠으면 좋겠습니다."

마광조가 머리를 저었다. 그리고는 말했다.

"곽집점은 5만 기병을 데리고 있는데, 그렇다면 나머지는 어디 갔을까? 혹시…… 혹시 아마하 상류로 움직여 와와하에서 우리의 양도를 차단시킨 연후에 우리와 전면대결을 벌이자는 수작은 아닐까……."

조후이는 잠자코 두 장군의 말에 귀를 기울였다. 곽집점이 아마하로 움직일 가능성을 생각해 보지 않은 건 아니었다. 그러나 식량과 풀과 수낭(水囊, 물주머니)도 풍족하지 않은 상태에서 7백리 사막길을 간다는 건 적들이 아무리 우악스럽다 해도 불가능한 것이었다. 그러나 적들이 동북쪽에서 남으로 움직여 중간에서 삼로대군과 흑수하 대영간의 연결고리를 차단시켜 유사시 자신에 대한 증원을 원천 봉쇄시키는 수는 있었다……. 짧은 시간에 조후이는 수많은 가능성을 떠올렸다. 그는 말했다.

"지금 가장 시급한 건 창길의 하이란차와 연락을 취하는 것이오. 군정을 통보하여 그더러 러러하에서 금계보로 쳐들어가는 시늉을 시도하게 하는 거요. 그쪽은 길이 워낙 험난한지라 곽집점이 쫓아가지도 못하고 그렇다고 우리를 포기할 수도 없고 양측에 신경을 쓰다보면 우리를 대거 공격할 여력이 없어질 거란 말이오."

이같이 말하며 조후이는 의견을 구하는 눈빛으로 마광조를 바라보았다. 그러자 마광조가 말했다.

"이 일은 제가 처리하겠습니다. 정예병들 중에서도 3백 명을 엄선하여 백 명씩 세조로 나뉘어 회부(回部) 병사들로 가장하여 밤을 타 서북으로 움직이겠습니다. 이는 목숨을 내건 한판승부이니 만큼 후한 상이 없이는 나서려는 사람이 없을 것입니다."

이에 조후이가 말을 받았다.

"1인당 2천 냥씩 상으로 내리고 군정을 하이란차에게 통보하는 즉시 은자를 내주기로 하오. 그리고 더 이상 참전할 필요 없이 그 길로 고향으로 돌아가도 좋다고 하오. 관직에 미련을 두고 있는 자들이라면 3급을 올려 준다고 하오."

그러자 료화청이 웃으며 입을 열었다.

"군보(軍報) 하나 전하는데 은자 60만이라…… 나 혼자 갈까?"

농인 줄 알면서도 마광조는 정색을 했다.

"3백 명이 떠나도 열 명 정도가 살아서 하이란차에게로 도착하면 다행인 줄 아시게."

전사(戰事)의 흉험함을 논하면서 세 장군은 일시 말이 없었다. 한참 침묵한 끝에 조후이가 말했다.

"나머지 적들은 어디 갔을까? 초원엔 길이 없지만 대신 도처에 길을 만들 수도 있지. 적들이 동쪽으로 쳐들어와 우리와 흑수하 대영을 차단시키고 돌아가 대영을 칠 가능성도 배제할 수 없소. 경계를 강화해야겠소. 오늘밤……"

조후이가 갑자기 목소리를 낮추었다.

"저녁을 반시간 앞당겨 먹고 황혼 무렵 내가 6천 기병을 거느리고 그의 대본영을 기습할 거요. 그리되면 숨어 있던 적들이 나오지 않을래야 않을 수 없겠지."

조후이의 놀라울 정도로 담대한 계획에 두 사람은 흠칫하며 어리둥절한 표정이었다. 마광조가 말했다.

"기습작전은 보통 다들 잠든 늦은 밤이나 새벽에 이뤄집니다. 황혼 때면 모두 잠들기 전인데, 6천 병력으로 어찌 몇만 명을 당해 낼 수 있겠습니까? 설령 대장군의 작전대로 추진한다고 해도 대장군께선 주장(主將)이시니 그건 아니 됩니다. 제가 가겠습니다."

그러자 료화청도 나섰다.

"팔뚝 힘은 내가 좀 나을 텐데, 절 보내주십시오!"

"이틀 밤을 지켜보았소. 밤중엔 적들도 철통수비요."

조후이가 말을 이었다.

"마 군문이나 료 장군이 여기서 출발한다면 40리 길이오. 적들이 벌써 눈치채고 만반의 태세를 갖추고 있을 거란 말이오. 그러니 좀더 가까운 내가 나서는 수밖에. 황혼 때가 그런 단점이 있기 때문에 경계가 상대적으로 느슨한 허를 찌른다 이 말이오. 밥 먹을 시간에 기습작전을 펴면 마치 왕벌둥지를 쑤셔버린 것처럼 깊숙이 숨어 있던 적들까지도 다 뛰쳐나올 거 아니오."

마광조가 눈빛도 유유히 오랫동안 군막 밖에 시선을 두고 있었다. 깊은 사색 끝에 그는 말했다.

"내 생각엔 우리가 흑수하에서 신속히 출병하여 기습을 하더라도 적어도 곽집점의 주력이 어디에 있는 것쯤은 알아낼 수 있으리라고 봅니다. 대장군께서 제시한 전략이 괜찮긴 하나 너무 위험합니다. 벌의 둥지를 쑤셔놓으면 벌떼들이 사납게 달려들어 사람을 쏘아댈 게 아닙니까? 우린 흑수대영에서 2백리나 떨어져 있는 외로운 군대인데다 선두부대이면서도 주력이니 만에 하나 대장군께서 포위를 당하거나 추격을 당하더라도 어찌 도움을 줄 수 있겠습니까? 대장군께서 어느 방향으로 추격을 따돌릴지 어찌 알고 나서겠느냐, 이 말입니다!"

그러자 조후이가 말했다.

"지금 우리가 철수하면 적들에게 가슴을 열어 보이는 것과 다름이 없네. 그리되면 우린 흑수대영으로 철수하는 내내 얻어맞게 돼 있네. 이럴 땐 용감하게 치고 나가는 게 낫네. 적들의 주력이 어디에 있는지 잘 파악하여 그 자들이 전부 이 쪽으로 몰려들면 그사이 두 군문은 흑수대영의 대부대를 동원하여 쳐들어가도록 하게. 우린 제자리로 철수하는 게 여의치 않으면 내친 김에 남쪽으로 포위망을 뚫고 나가 적들의 대본영으로 쳐들어 갈 테니, 적들이 우리를 추격할 때 두 군문은 그 허리를 치란 말이오. '좁은 길에서 만나면 용감한 자가 이긴다[狹路相逢勇者勝]'라고 했소. 이 기회를 놓쳐선 아니 되오."

마광조와 료화청은 아무리 생각해보아도 달리 좋은 계책이 없는지라 수긍하고 말았다.

"지금 군령(軍令)을 선포하네."

조후이가 벌떡 일어나 두 손으로 책상 모퉁이를 짚고 결연한 의지가 돋보이는 눈빛으로 두 군문을 바라보며 말했다.

"오후 유시(酉時) 정각에 난 6천 기병을 인솔하여 적진으로 돌격할 것이오. 지금부터 마광조가 대영의 지휘를 맡아주시오. 천방백계로 나랑 수시로 연락을 취해야겠소. 만에 하나 마 군문이 잘못되기라도 하면 지휘봉은 료 군문, 호부귀 순서대로 이어받도록 하시오. 정세가 얼마나 급박하게 돌아가든 흑수하의 대영은 움직여선 아니 되겠소. 꼭 움직일 수밖에 없는 상황이라면 자네 세 사람의 뜻이 일치할 때에만 가능하겠소. 하이란차의 지원병이 길어야 열흘이면 도착할 것이나 보름까지 소식이 없으면 세 군문은 나의 장령(將令)에 따라 움직이시게! 알아들었는가?"

"예! 그리하겠습니다!"

그날 저녁 유시(酉時)가 되니 불덩이 같던 해가 서서히 설산 너머로 굴러내려 가기 시작했다. 거대한 초원은 낙하(落霞)의 신비함에 불그레하게 물들어 있었다. 느릿느릿하게 흘러가는 러러

하도 피로 물든 것 같았다. 곽집점의 병영에선 취사를 하는 연기가
군데군데 무더기로 피어오르고 있었다.

이때 조후이의 대영에서 갑자기 세 발의 대포소리가 터져 나왔
다. 마치 화약고가 폭발하는 것 같은 굉음에 지친 날개를 퍼덕거리
며 둥지로 돌아가던 새들이 놀란 날갯짓을 하며 경황없이 허둥댔
다. 종일 병영을 순찰하고 다발적인 접전으로 지쳐 있던 곽집점의
병사들은 이제 막 병영으로 돌아와 밥 먹을 준비를 하고 있던 중이
었다. 미처 무슨 영문인지 정신을 차리기도 전에 벌써 하늘땅을
뒤흔드는 함성과 함께 6천 기병들이 조수(潮水)처럼 밀려들었다.

회족대영(回族大營)은 삽시간에 아수라장이 되고 말았다. 너무
나 급박한 사태에 직면한 이들은 활이며 무기를 찾아들고 반격하
는 자들이 있는가 하면 머리를 감싸쥐고 '위대한 알라'를 외치며
어디론가 숨어드는 자들도 있었다. 무기를 꼬나들고 갈팡질팡하
는 무리들 속에선 군관(軍官)들의 고함소리와 욕설이 심심찮게
들려왔다. 어지러운 말발굽 속에서 호각도 찾을 수 없고 장수들은
병사들을 집합시킬 수가 없었다……

긴 총을 꼬나든 조장군이 선두에서 쳐들어갔다. 1천 기병들은
칼, 창, 활, 극(戟, 창끝이 두 가닥으로 갈라져 있는 창) 등 온갖 무기를
들고 살기등등하여 그 뒤를 따랐다. 저마다 윗통을 벗어 던지고
발광(發狂)의 기세로 사람들 많은 곳으로 쫓아다니며 치고 박고
찌르고 베고 인정사정이 없었다. 곽집점의 병영은 삽시간에 피바
다로 변해버리고 말았다.

조후이의 군대는 양측에서 2천 5백 명씩 나뉘어 5백 명의 궁수
와 5백 명 화총수들의 엄호를 받으며 중군대영으로 돌격했다. 적
들이 우왕좌왕하며 한 덩어리가 되어 나뒹구는 모습을 보며 조후

이는 말 위에서 팔을 내두르며 힘껏 외쳤다.

"대세는 이미 기울었다. 좀더 힘을 내어라! 중군대영으로 쳐들어가면 모두 군공(軍功)을 인정해줄 것이다!"

그야말로 전혀 예기치도 않은 급습을 받은 회족 병사들은 장군령도 통하지 않고 말들마저 사방으로 뿔뿔이 뛰쳐나가 버리니 꼼짝없이 당하는 수밖에 없었다.

초원은 붉은 주단으로 물들었고 하늘에선 '혈우(血雨)'를 뿌렸다. 조후이의 병사들은 사기가 배로 충천하여 적들의 목을 밀 베듯해가며 화탁회병(和卓回兵)들의 대본영으로 쳐들어갔다.

날은 이미 완전히 어두워졌다. 조후이의 급습이 시작되자 마광조는 전군에 비상대기 명령을 내렸다. 병영의 등불을 전부 끄고 자신은 언덕에 올라 망원경으로 사태를 엄밀히 주시했다. 불꽃이 충천하고 사람들의 움직임이 난마같이 어지러운 가운데 적들의 대영 남쪽에 병마들이 점점 모여들기 시작했다. 살아남은 곽집점의 기병들이 하나둘씩 대영으로 철수하여 명령을 대기하고 있는 것 같았다.

때를 틈타 서쪽으로 돌진하여 조후이를 지원할 생각을 하고 있을 때 갑자기 마광조의 동쪽 병영에서 총성이 울렸다. 이어 신속하기가 번개같고, 사납기가 취우(驟雨)같은 살성(殺聲)이 진동했다. 위급함을 알리는 불화살 신호가 하늘로 날아올랐다. 마광조의 본영은 삽시간에 아수라장으로 변했다.

마광조는 급히 언덕을 내려와 병사들에게 횃불을 붙이라고 명령했다. 그리고는 장검을 뽑아들고 휘두르며 소리를 질렀다.

"적들이 우리의 뒤를 노리고 있다! 각 병영에서는 말을 타고 출동할 준비를 서두르라!"

그의 말이 끝나기도 전에 정찰을 나갔던 병사가 돌아왔다. 그는 말에서 구르듯 뛰어내리며 급히 보고했다.

"마 군문, 적들이 이미 동영문(東營門)까지 쳐들어왔습니다!"

"기병이야, 보병이야? 얼마나 돼?"

"선두부대가 2천 명쯤 되고 뒤에도 까맣게 따라붙고 있습니다. 정확한 숫자는 알 수 없고요, 모두 기병들인 것 같습니다."

"후영(後營)…… 후영에서는 무슨 움직임이 없어?"

"군문, 후영은 소인의 차사가 아니어서 잘 모르겠습니다."

정찰병이 거친 숨을 몰아쉬더니 손을 들어 가리켰다.

"저기 후영의 위청신(魏淸臣), 위 대장이 오시네요!"

마광조가 보니 과연 위청신이었다. 그러나 어깨에는 화살이 꽂힌 채였고, 몰골이 말이 아니었다. 똑같이 피범벅이 된 3,4백 명의 군사들을 이끌고 비틀거리며 달려오고 있었다.

"마 군문! 우리 후영으로 화총을 소지한 2천 명이 쳐들어 왔습니다! 료화청의 대영에는 아무런 이상이 없는 것 같은데, 증원을 청해야겠습니다……."

이때 동쪽과 남쪽에서 비명이 하늘을 뒤흔드는 가운데 명멸하는 횃불이 가까이 오며 마광조의 쇠같이 굳어진 얼굴을 비추었다. 말뚝같이 꼼짝 않고 서 있던 마광조가 한참 후에야 물었다.

"자네 병사들은 이 정도밖에 안 남았나?"

"군문…… 저희들은 화총이 열 자루밖에 없었는지라 꼼짝없이 당하고 말았습니다……."

"그래서 혼자서 살겠노라고 도망을 쳤어? 남로(南路)들을 순순히 적들에게 내주고?"

"마 군문!"

위청신이 비틀거리며 두어 발짝 다가와 무어라 변명하기도 전에 마광조가 홱 돌아섰다. 그와 동시에 시퍼런 장검이 벌써 위청신의 가슴팍에 깊숙이 들어가 박혔다. 이를 악문 마광조의 표정이 험상궂기 이를 데 없었다.

힘껏 칼을 뽑아내니 위청신의 가슴에선 뜨거운 피가 콸콸 뿜어나왔다. 마광조가 말했다.

"이것이 바로 도망병의 말로이다!"

위청신이 "쿵!"하고 통나무 쓰러지듯 넘어갔다. 따라왔던 병사들은 저마다 사색이 되어 연신 뒷걸음쳤다. 마광조가 고개를 돌려 정찰병에게 물었다.

"넌 이름이 뭐냐?"

"고요조(高耀祖)라고 합니다, 군문!"

병사가 아뢰었다. 그러자 마광조가 웃으며 말했다.

"조상의 체면을 빛내라는 뜻인데, 이름값을 톡톡히 해야겠구나! 지금부터 네가 후영의 유격대장이다. 이 도망병들은……"

그가 잔뜩 겁에 질려 있는 잔병들을 가리키며 덧붙였다.

"화총 스무 자루를 더 내어줄 테니 이것들을 데리고 가서 후영으로 쳐들어온 적들을 물리치거라. 그리고 료 군문과 연락을 취하면 넌 큰 공을 세우는 셈이다."

이같이 말하며 그는 패검(佩劍)을 내어주었다.

"이걸 상으로 내린다!"

"죽을힘을 다하겠습니다!"

고요조가 두 손으로 피묻은 장검을 받아 한 발 뒤로 물러났다. 그리고는 "쫘악!" 상의를 찢어버리고 윗통을 드러내 보이더니 벼락을 퍼붓듯 외쳤다.

"죽기 아니면 살기다! 죽을 각오로 승관발재(昇官發財)의 기회를 얻고 싶은 자는 나를 따라 나서거라!"

자신들의 대장이 단칼에 찔려 죽는 모습을 보며 잔뜩 얼어붙어 있던 잔병들이 화총 스무 자루를 받고 잔뜩 고무된 고요조를 따라 일제히 함성을 지르며 뛰쳐나갔다.

겉으론 담담해 보였지만 마광조는 사실 꽉 움켜쥔 두 손이 진땀으로 흥건했고, 긴장한 나머지 가슴이 오그라드는 것 같았다. 두 눈은 남쪽방향에서 한순간도 떼지 않고 있었다. 한참을 그러고 있노라니 남쪽에서 적군과 아군 쌍방의 단병접전이 벌어지고 있는 소리가 들려왔다. 총성은 가끔씩 울릴 뿐 흰 칼날들이 부딪치는 쇳소리가 섬뜩했다. 고요조의 반격이 시작된 것이다.

때를 같이하여 역시 남쪽 어딘가에서 함성과 총성이 한데 어우러져 들려오고 있었다. 잠시 귀기울여 들으니 함성에 섞인 살성(殺聲)은 한어(漢語)였다. 료화청의 증원병이 도착했다는 사실에 마광조는 안도의 한숨을 내쉬었다. 이어 기세등등하게 쳐들어오던 회병들의 호각소리가 사방에서 울려 퍼졌다. 료화청의 증원병이 당도하기도 전에 지레 겁을 먹고 철수하는 것이었다.

마광조는 곽집점의 전략을 가늠하느라 심각하게 고민하고 있었다. 이때 한 손에 피묻은 장검과 채찍을 든 료화청이 성큼 들어섰다. 인사를 나눌 사이도 없이 마광조는 다그쳐 물었다.

"료 장군, 그쪽 병영엔 적들의 이상한 동정이 없었소?"

"우리 병영은 동쪽에 2천 명 정도 있는 것 같소."

료화청이 입안에 모래가 들어간 듯 연신 퉤퉤 침을 내뱉으며 말을 이었다.

"새끼들이 가끔씩 화살만 쏘아댈 뿐 쳐들어오진 않고 있소! 그러던 중에 이쪽이 위험한 것 같아 2천 명을 데리고 와 봤소! 고요조 그 자식 제법 쓸만하던데요! 팔 하나는 어디에다 잃어버리고도 아직 정면에 나서서 한판대결을 벌이고 있소!"

"료 장군, 어서 병영으로 돌아가봐야겠소."

마광조가 덧붙였다.

"그 쪽이 더 중요하오. 거기에 문제가 생기는 날엔 우린 귀로(歸路)가 차단되어 꼼짝달싹 못하게 될 것이오. 우리 여긴 보아하니 적들이 내가 조후이를 증원하지 못하도록 양공(佯攻, 공격하는 체하다)을 하고 있는 것 같소."

이에 료화청이 말했다.

"우리 쪽도 가짜 공격이오. 감히 쳐들어오지 못하는 건 호부귀가 어딘가에서 불쑥 튀어나올까 봐 두려운 거지."

그러자 마광조가 말했다.

"입질하는 척하다 확 물어버리는 수도 있소. 우리 둘은 절대 문제가 생겨선 아니 되오. 어서 돌아가오."

이에 료화청이 채찍으로 서쪽을 가리키며 물었다.

"그럼 조 군문은 어떡하지?"

마광조가 그제야 유심히 살펴보니 회병들은 이미 전부 대영을 빠져 나와 병영 남쪽에 집결하고 있는 것 같았다. 우중충한 무더기들이 여기저기 널려 오래된 무덤을 방불케 했다. 회병들의 대영 뒤편에선 불길이 치솟기 시작했다. 조후이의 병사들이 방화를 하여 대영을 불태워 버리는 것 같았다. 가끔씩 총성이 두어 번 울렸으나 타닥거리며 대나무가 타 들어가는 소리 같았다.

"저쪽은 이미 대치상태에 들어갔구만. 그런 걸 보면 저 자들이 아직 조 군문의 실력을 파악하지 못하고 있다는 증거요. 저러고 날이 밝기만을 기다리고 있는 것 같소!"

마광조가 숨을 몰아쉬며 말을 이었다.

"자기네들의 대영이 저렇게 불바다가 되어가는 데도 아직 곽집점의 복병(伏兵)들은 대가리조차 안 내밀고 있는 걸 보오. 어지간한 놈이 아니라니까!"

사색에 잠긴 채 이같이 말하던 마광조가 갑자기 무슨 기발한 생각이 떠오른 듯 손뼉을 쳤다.

"저자들이 양공(佯攻)을 하는데, 우리라고 왜 못하겠소! 료 장군, 지금 료 장군이 데리고 온 군사들을 이끌고 나가 서쪽으로 기습공격을 한 다음에 재빨리 빠지시오. 절대 시간 길게 끌지 말고 적당히 때려주고 철수하란 말이오. 그리고 내가 5천 인마를 데리고 충천의 성세(聲勢)로 대거 돌진해 가면 저들은 우리의 수만 대군이 쳐들어오는 줄 알 것 아니오. 그때가 되면 저들의 복병(伏兵)이 출동하지 않고 배기겠소?"

이에 료화청이 흥분했다.

"좋소, 아주 좋은 생각이오!"

마광조가 덧붙였다.

"복병이 나와 증원을 하면 나랑 조 군문은 은근슬쩍 빠져버리고 여전히 복병이 출두하지 않으면 우린 가짜 공격을 실제 공격으로 바꿔 저 자들을 먹어 버리는 거요! 료 장군은 후방에서 우리와 책응할 준비나 잘하고 있으면 되겠소."

15. 모래에 묻힌 성(城)

적들의 복병을 밖으로 유인해 내려는 마광조의 생각을 조후이는 전혀 모르고 있었다. 그는 곽집점의 대영을 공략하는 데 성공하여 적들이 한쪽으로 밀려나 대오를 정돈하느라 여념이 없는 틈을 타 적들의 대본영에 불을 질러버렸다. 저녁을 먹으려고 준비하던 중이었는지 병영 안에는 잘 익은 양다리며 갓 구운 떡이 가득했다. 조후이는 병사들더러 닥치는 대로 배불리 먹게 하고 말들에게도 충분히 물을 먹였다.

그런데, 어느 순간 불기둥이 치솟고 아직 땀을 식히기도 전에 갑자기 동남쪽이 어수선해지자 그는 깜짝 놀랐다. 이때 조장군이 달려 들어와 보고했다.

"아버지, 료 군문께서 쳐들어가고 있습니다!"

"그래?"

조후이가 어리둥절한 표정으로 물었다.

"얼마나 되는 것 같아?"

"너무 어두워서 잘은 모르겠습니다. 아무튼 기세가 예사롭지 않습니다!"

조후이는 더 이상 묻지 않았다. 좌우를 둘러보니 고지가 없었다. 그는 말 위에 올라 망원경을 들고 남쪽부터 유심히 살폈다. 이어 동쪽, 북쪽을 두루 살피고 나서 망원경을 내려놓으며 말했다.

"가짜 공격이야. 우리가 대본영을 들이쳤음에도 곽집점의 주력이 나타나지 않으니 료 군문이 벌집을 쑤셔본 거지……."

말하는 사이 남쪽에서는 이미 소동이 일기 시작했다. 저녁도 못 먹고 변을 당한 곽집점의 병사들은 숱한 사상자를 내고 사방에 흩어져 있던 중 아직 놀라움이 채 가시기도 전에 료화청이 공격해 오니 삽시간에 갈팡질팡 오갈 데를 몰라했다.

그러나 미처 최후의 발악을 하여 반격하기도 전에 료화청은 부대를 이끌고 철수하기 시작했다. 어찌된 영문인지를 몰라 곽집점의 군사들이 전전긍긍하고 있을 때 이번에는 마광조의 병영에서 하늘이 찢기고 땅이 갈라지는 듯한 대포소리가 울려 퍼졌다.

그와 동시에 보병(步兵), 기병(騎兵) 수많은 청군들이 조총과 화살을 앞세우고 공격해오기 시작했다. 청병(淸兵)의 거듭되는 공격에 드디어 곽집점의 분노가 발화점에 이르고 말았다. 관군들이 파죽지세로 몰려오자 현재 싸울 수 있는 곽집점의 병력은 실제로 만여 명밖에 되지 않는다는 걸 아는 조후이는 마광조와 회합할 준비를 하고 있었다.

이때 갑자기 남쪽 하늘로 세 개의 붉은 색 폭죽이 천천히 날아올랐다. 밤하늘에서 무수한 불꽃을 내며 폭죽이 터지는 순간 이번엔 노란색 폭죽 세 개가 뒤를 이었다. 마지막에는 백색으로 마무리되는 것 같았다…….

잠시 어리둥절해 있으니 동북쪽에서 번쩍 불빛이 번쩍이더니 굉장한 폭발음이 들려왔다. 세 발의 대포소리였다. 이어 멀리 질풍이 취우(驟雨, 세찬 비바람)를 감고 오는 것 같은 끓어질 듯 이어지는 함성소리가 점점 가까워지고 있었다…….

"모두 말에 오르라!"

조후이가 손을 흔들며 명령을 내렸다.

"조장군, 너는 사람을 파견하여 마광조더러 신속히 병영으로 철수하라는 군령을 전하거라."

"예! 그럼 우리는요?"

"부상병들은 마광조를 따라 철수하고 우린 잠깐 관망할 것이다!"

"알겠습니다!"

조후이는 5천 기병을 거느리고 적의 대본영 동쪽에 열을 지어 적들의 동태를 면밀히 살폈다. 대본영을 잃고 남쪽으로 뿔뿔이 흩어졌던 적군의 횃불이 용처럼 꿈틀대며 압박해 오고 있었다. 마광조의 군사도 다시 병영으로 철수하고 있는 것 같았다. 적들은 5, 6리 밖에서 횃불을 치켜들고 함성을 지르며 점점 가까이 오고 있었다.

"이제 어쩌지?"

조후이는 찰나에 수많은 생각이 머리를 스쳤다. 이 상태에서는 흑수대영으로 돌아가는 것이 가장 안전할 것이다. 그러나 대영이 십 리나 떨어져 있고, 수만 명의 적들을 그쪽으로 끌고 가는 건 료화청과 마광조까지 나와 있는 마당에 위험한 짓이었다.

그는 차츰 자신의 생각을 부정했다. 마광조에게로 철수하는 것도 한 방법이긴 하나 남쪽에 진을 치고 있는 적들이 순순히 놔줄 리가 없었다. 시간은 촉박하고 어떤 식으로든 결단을 내려야만 했다. 그는 힘껏 말을 돌려세웠다. 그리고는 큰소리로 주변의 장수 들에게 지시했다.

"우린 이미 적들의 주력을 유인해내는 데 성공했어. 적들은 대 본영을 잃고 간담이 서늘해져 있어!"

말채찍으로 남쪽을 가리키며 그는 덧붙여 지시했다.

"잘 들어, 우린 흑수하 본영으로 돌아가야 해. 그러나 이대로 적을 달고 철수해서는 안 되고 동쪽으로 방향을 트는 거야. 적들은 우리가 겁을 먹고 마광조의 병영으로 도주하는 줄 알고 틀림없이 얕보고 덤빌 거야. 그때 우린 중도에서 돌연 서쪽으로 꺾어들면서 그 자들의 허리를 잘라내는 거지. 지금이……."

그는 시계를 꺼내보며 말을 이었다.

"축시(丑時)인데, 계획대로라면 오늘 오후 미시(未時) 쯤에 우 린 본영으로 무사히 돌아갈 수 있을 테지. 조장군, 앞장 서! 그 어떤 상황에서도 우린 우왕좌왕하지 말고 똘똘 뭉쳐야 해. 목숨을 걸고 한번 신나게 싸워 보세!"

말을 마친 조후이는 곧 채찍을 날렸…….

처음엔 모든 것이 순조롭기만 했다. 예상했던 바대로 곽집점은 이들이 마광조의 병영으로 철수하는 줄로 알고 즉각 따라붙어 깔 보고 나섰다. 그러나 막상 진영을 동쪽으로 포진하자 조후이는 갑자기 서남쪽으로 방향을 틀기 시작했다. 삽시간에 곽집점의 만 명도 넘는 병력은 허리가 반 토막이 나고 말았다. 그리고, 순식간 에 2, 3천 명의 병력을 잃고 말았다.

그제야 조후이가 뜻하는 바를 알게 된 곽집점은 악에 받쳐 일제히 협공을 해왔다. 조후이의 5천 병력과 곽집점의 9천 병력은 칠흑 같은 어둠 속에서 조심스레 접전을 벌였다. 둘 다 피병(疲兵)들인데다 달빛조차 없는 초원에서 혼전을 벌일 경우 적군과 아군을 구분하는 데 어려움이 있었던 것이다. 쌍방 모두 파죽지세로 치고 나갈 수가 없는 처지였다.

적들은 조후이의 군대가 물러서면 따라붙고 공격하면 도망가는 고약전술(膏藥戰術)을 쓰는 것 같았다. 이러다 날이 밝는 순간엔 한바탕 대접전이 불가피할 것이고, 보다 못한 마광조와 료화청이 대거 출동하여 증원을 나섰다가 허를 노린 적들에 의해 병영을 잃어버린다면 그보다 큰일이 없을 것이다!

조후이가 초조하게 서성이고 있을 때 아들 조장군이 말을 달려 동쪽에서 질주해왔다. 그는 거친 숨을 몰아쉬며 말했다.

"아버지! 저 고약을 떼어내기가 여간 힘이 드는데 어쩌죠?"

"힘들지?"

"좀더 버틸 순 있을 것 같은데요……."

조후이가 남쪽의 작은 강을 가리키며 말했다.

"중군에서 궁수 1천 명과 화총부대 5백 명을 붙여줄 테니, 저 언덕 아래에서 적들이 가까이 오지 못하게 저격하거라!"

"예!"

조장군은 씩씩하게 대답하고는 말을 돌렸다.

"잠깐만 기다려 보거라."

조후이가 돌아서려는 아들을 불러 세웠다.

"……적들은 우리가 본영으로 돌아가는 귀로(歸路)를 차단하려 드는 게야. 반시간 동안 저격하다가 동남쪽으로 철수하거라. 만약 대규모의 부대가 덤벼들면 서쪽으로 방향을 틀어 날 찾아오너라. 대책은 그때 가서 상의해 보자꾸나."

조장군이 말을 달려 저만치 떠나갔다. 양측의 적들은 불고일체하고 몰려오고 있었다. 청병들이 서둘러 말을 돌려 철수하고 있는 마당에 조후이가 버럭 고함을 질렀다.

"화총수들 중 5백 명은 조장군을 따라가고, 5백 명만 남거라. 적들이 많이 몰린 곳을 향해 저격하거라!"

"펑!"

앞줄에서 수십 자루의 화총이 일제히 불을 뿜었다. 그들이 뒤로 물러나 탄약을 장전하는 사이 뒷줄의 화총수들이 한 발 앞으로 나서며 또 "펑!"하고 총을 발사했다. 5백 명의 화총수들의 끊임없이 이어지는 공격에 적들은 이미 간담이 서늘해 주춤거렸다.

게다가 화총이 불을 뿜는 가운데 황충(蝗蟲)이 새카맣게 덮치는 것 같은 화살까지 가세하니 탄약과 화살에 맞고 쓰러지는 적들의 비명이 끊이지 않았고, 간혹 말들이 급소를 맞고 길가에 우짖으며 쓰러지는 소리도 들려왔다. 드디어, 화약 연기가 안개처럼 자욱한 가운데 적들이 조금씩 뒷걸음치기 시작했다.

"가자!"

채찍을 뒤로하여 말의 궁둥이를 가볍게 치며 그는 2천 인마를 거느리고 남쪽을 향한 어둠 속으로 사라졌다. 등뒤에서 조장군이 5백 화총수들과 함께 화총을 발사하는 소리가 들려왔다…….

그사이 날이 차츰 밝아오기 시작했다. 다행히 조장군의 엄호가 있었기에 이들은 더 이상의 장애물 없이 순조롭게 흑수하 유역에 들어섰다. 초원은 없고 오로지 일망무제한 사막과 듬성듬성 키 낮은 관목들이 작은 숲을 이루고 있었다. 흑수하는 여전히 '유하(油河)'였다……. 밤새도록 적들과 교전해온 군사들은 인적 하나 없는 조용한 고비사막에서 격세지감마저 느꼈다.

강가의 사구(砂丘)들 사이에 조그마한 물웅덩이를 발견한 조후이는 군사들에게 쉬어가라고 명했다. 말에서 내려 몇 발짝 떼어보니 다리가 뻣뻣하여 말을 듣지 않았다. 힘껏 발차기를 하고 양다리 고기를 조금 찢어 입안에 넣고 씹으며 그는 두 갈래로 정찰병을 파견했다. 한 조는 동쪽으로 길을 탐색하러 가고, 다른 한 조는 북쪽에 두고 온 조장군의 소식을 알아오게 했다.

반시간 뒤에 길을 탐색하러 갔던 정찰병이 돌아왔다. 그러나 쫓기듯 헐레벌떡거리며 동쪽 어딘가를 가리키며 말했다.

"대장군…… 회병(回兵)들이 벌써 와와하로 들어가는 길목을 막고 있습니다. 엄청나게 많습니다……. 우리가 가도 치지도 않고 쫓아오지도 않았습니다. 마치 오랫동안 눌러 살 집을 짓듯 꼼꼼하게 천막을 치고 있었습니다."

이에 조후이가 다그쳐 물었다.

"그쪽엔 물이 있어?"

정찰병이 대답했다.

"와와하와 흑수하 사이라서 다른 곳보다는 물이 많은 것 같았습니다! 우리가 대영으로 돌아가는 길을 차단하려는 모양입니다……."

조후이가 머리를 끄덕였다. 그리고는 다시 물었다.

"낙타들은 많았어?"

"한 마리도 못 봤습니다."

병사가 대답했다.

낙타대가 없는 걸 봐선 적들의 군량이 아직 도착하지 않은 것이다. 이럴 때 수중에 1만, 아니 출발할 때처럼 5천 명만 있어도 쫓아가 눈 깜짝할 사이에 모래 속에 묻어버릴 텐데. 어쩔 수 없다. 2천명밖에 없으니 무모한 시도는 접어야겠지. 설령 조장군에게 보낸 3천 인마가 돌아온다고 해도 어쩌면 기진맥진하여 전투에 투입시킬 수 없을지도 모르는 일이었다. 당분간은 꼼짝달싹 말아야 할 것이다. 이럴 땐 남은 병사들의 사기라도 북돋워주어야 할 텐데……

잠시 이런저런 생각을 하고 있던 조후이가 천천히 입을 열었다.

"다들 이리로 모여봐. 이제부터 난 대장군이 아닌 대병(大兵) 조후이일 뿐이야!"

2천 군사들은 납덩이처럼 무거운 다리를 끌고 사방에서 몰려왔다. 언제 보나 지나치리만큼 근엄하고 멀게만 느껴지던 대장군의 얼굴에 어린애 같은 미소가 번져 있는 걸 보며 병사들은 모두 어리둥절한 표정들이었다.

"종일 힘들었을 텐데, 편한 대로 앉게! 여긴 지세가 높아 10리밖의 적들까지 한눈에 볼 수 있으니 너무 걱정하지 말게."

조후이가 두 손을 펼쳐 내리누르는 시늉을 해 보이고는 얼굴에 상처자국이 선명한 군사 하나를 가리키며 말했다.

"상대발(常大發), 자넨 어젯밤 꿈에 오입질하다 마누라한테 들켜 들입다 얻어터진 게로군, 얼굴이 그게 뭔가!"

군사들이 모두 상대발을 바라보며 와! 하고 웃음을 터트렸다.

"알다시피 조장군은 내 아들이네."

조후이가 아들이 있을 법한 북쪽 방향을 보며 애써 웃음을 지어 보였다. 그리고는 말을 이었다.

"하이란차의 아들도 아비를 따라 창길(昌吉)에 있다네. 그 아들은 어미와 아비의 중매쟁이였잖아……"

무슨 말인지 몰라 잠시 어리둥절해 있던 군사들이 또다시 홍소(紅笑)를 터뜨리고 말았다. 삭막한 전쟁터에서 꿀 같은 휴식을 맛보며 군사들은 호쾌하게 웃음보를 터뜨렸다. 그중 누군가가 소리쳤다.

"대장군, 무슨 얘긴지 좀 상세하게 들려주십시오!"

"20년 전의 일이네. 나랑 하이란차 군문이 나친과 장광사를 따라 출전했을 때였지……."

조후이가 웃으며 하늘을 바라보며 추억을 더듬었다. 나친과 장광사가 어찌어찌 지휘를 잘못하여 패망했고, 료화청이 조총에 맞아 부상당하고 자신이 어떻게 나친을 구했다는 얘기에서부터 시작하여 이야기보따리를 풀었다. 나친과 장광사가 죄가 두려워 군정(軍情)을 거짓으로 보고했고, 그 비밀을 아는 자신과 하이란차를 모해하려고 음모를 꾸미는 와중에 둘이 결사적으로 마귀의 손아귀를 빠져 나와 북경으로 도주했던 아픈 과거를 담담하게 들려주었다.

추격을 피해 둘이 헤어져 길을 가던 중 하이란차는 황하의 배위에서 우연히 정아(丁娥)를 만났고, 수많은 고난을 함께 하며 좋은 감정을 키워나가게 되었노라고 말했다. 군사들은 때론 분노하여 눈썹을 세우고 때론 입을 길게 찢어 히죽 웃으며 이야기에 몰입했다. 자신들이 지금 어떤 위험한 지경에 노출되어 있는지도 그 순간만은 잊어버린 것 같았다. 이때 누군가가 물어왔다.

"조 군문, 군문께선 순천부 옥중에서 불한당들을 죽이고 지금의 부인을 구출하셨다고 들었습니다. 폐하께오서 이를 아시고 군문의 의로운 행동에 깊이 감동하시어 부인께 봉관(鳳冠)과 하피(霞帔, 소매 없는 웃옷)를 상으로 내리셨다던데, 그게 사실입니까?"

"봉관을 하사 받은 건 사실이나 나중에 내가 오명을 벗고 나서 상으로 받았지."

조후이가 빙그레 웃으며 말을 이었다.

"내가 오늘 이런 얘기를 하는 건 심심풀이를 하기 위한 것이고, 또한 인명(人命)은 하늘이 정해주는 것이라는 도리를 여러분들에게 깨우쳐주기 위해서네. 일찌감치 뒈질 팔자라면 굳이 전쟁터에 나오지 않더라도 비오는 날 말발굽 자리에 고인 물 속에 코 처박고 죽는 경우도 있지만 죽지 않을 사람은 천군만마(千軍萬馬)에 포위되고 도산화해(刀山火海)를 건너도 죽지 않고 돌아오게 돼 있어. 그리고 난 여러분들과 환난을 같이하는 모습을 보여주고 싶었네. 난 절대 나친과 장광사 같은 졸렬하고 비겁한 물건이 되지 않을 것이네……."

조후이가 군사들에게 동주공제(同舟共濟)의 중요성에 대해 말하고 있을 때 군사 하나가 벌떡 일어나 멀리 가리키며 외쳤다.

"대장군! 소공자(少公子)께서 오십니다!"

조후이가 벌떡 일어났고 2천 군사 모두 우르르 일어섰다. 과연 수천 군마(軍馬)가 뽀얗게 먼지를 일구며 파죽지세로 달려오고 있었다. 가까이 오는 걸 보니 맨 앞에 한 팔에 붕대를 두르고 한 손엔 총을 들었으나 무거운 듯 허리춤에 걸치고 있는 사람은 조장군이 틀림없었다. 군사들은 일제히 함성을 지르며 환호했다. 저만치에서도 군사들이 팔을 깃발처럼 흔들며 화답해왔다.

안색이 창백해 보이는 조장군은 애써 웃음을 지어 보이며 말에서 내렸다. 휘청하며 쓰러지려고 하자 얼른 군사들이 달려가 부축했다. 조후이가 그제야 다가가 관심있게 살펴보며 물었다.

"어찌 된 거냐?"

"별일 아닙니다. 괜찮습니다……."

조장군이 부축하는 군사들을 가볍게 뿌리쳤다. 그리고는 혼자 힘으로 일어섰다.

"어떤 놈이 쇠사슬을 휘두르는 바람에 저의 군마가 머리를 맞고 죽었습니다. 저도 그 바람에 왼팔과 갈비뼈가 부러졌습니다……."

조장군이 입을 비죽거리며 울기라도 할 것 같았으나 어색하게 웃으며 말을 이었다.

"회병(回兵)들은 참으로 용맹했습니다. 소자는 그 자들의 상대가 못되는 것 같았습니다……. 온몸에 화살을 고슴도치처럼 꽂고도 용감하게 달려드는 데 깜짝 놀랐습니다. 가슴팍을 겨냥해 한 방 쐈는데, 피를 철철 흘리면서도 끝까지 칼질을 해대는 겁니다! 우린 8백 명의 인명피해를 보았습니다. 부상병들도 더러 있는데, 상황이 워낙 위급하여 데려올 수가 없었습니다. 대신 총은 다 거둬왔습니다……."

이같이 말하며 조장군은 거의 몸을 가누지 못하고 쓰러질 것 같았다. 급히 부축하여 앉히고 물을 마시게 한다, 어깨를 주물러준다 하며 병사들의 움직임이 바빴다.

사상자는 의외로 많았으나 화총을 전부 수거해왔다는 말에 조후이는 적이 안심이 되었다.

"그래도 대부분 살아 돌아왔으니…… 다행이다. 용감히 잘 싸웠다……. 죽은 자든 살아 돌아온 자든 내가 결코 그 공로를 잊지 않을 것이다. 책임지고 모두에게 반평생의 부귀를 약조한다……."

"오는 길에 보니 동쪽은 이미 귀로가 차단된 것 같습니다."

물을 마시고 잠깐 쉬고 있으니 한결 기운이 나는 것처럼 보이는 조장군이 말했다.

"마광조와 료화청은 이미 대영을 합쳤습니다. 몇 번 연락을 시도하다가 번번이 적들의 교란으로 성공하지 못했습니다. 우리를 따로따로 갈라놓고 하나씩 해치우겠다는 계략을 세우고 있는 것 같습니다……. 여긴 지세가 평탄하여 어디 숨을 곳도 없는데 적들의 대군이 쫓아오는 날엔 우리 5천 인마는 위태로워질 것입니다. 아버지, 소자 생각엔 있는 식량과 고기를 배불리 먹고 기운 차린 연후에 우세한 화기(火器)로 동쪽 포위망을 뚫어 어떻게든 본영으로 돌아가야 합니다. 여기는 오래 머무를 곳이 못 됩니다……."

조후이가 다가가 그 어깨를 두드리며 나직이 말했다.

"아비를 믿거라. 그리 위험한 상황에 내몰리는 일은 없을 것이다. 호 백부와 마 백부 그리고 료 숙부 모두 천방백계로 아비와 연락을 취해올 것이다. 그들과 연락이 닿지 않는 한 무모하게 일을 벌여선 곤란할 것이다……."

그는 주변의 지세를 둘러보았다. 자그마한 모래언덕은 많지만 전호(戰壕)로 삼을만한 골짜기조차 없는 데다 물까지 없어 오래 머무를 곳은 못 되었다. 그러나 동쪽엔 이미 적들이 귀로를 차단하고자 진을 치고 있으니 5천 병력으로 치고 나갈 자신이 없는 것도 사실이었다!

턱을 궤고 아랫입술을 잘근잘근 씹으며 그는 '유하(油河)' 건너편의 야트막한 사구를 뚫어지게 바라보며 한참동안 생각에 잠겨 있었다. 그러던 그가 갑자기 무슨 생각이 들었는지 동남쪽 어딘가를 가리키며 외치듯 말했다.

"저기 저 사구(砂丘) 두 개가 보이지? 군사들 중에서 힘센 자 2백 명을 저리로 보내어 중간을 파봐. 물이 나오나 안 나오나 보게."

그러자 조장군이 말했다.

"제가 벌써 가봤는데, 물은 없었습니다. 허리를 넘는 선인장들이 숲을 이루고 있었습니다. 조금 떼어 먹어보니 독은 없었습니다. 정 갈증을 참기 어려울 땐 어느 정도 해갈이 될 것 같았습니다. 그러나 4, 5천명을 얼마나 감당하겠습니까……."

"왜 못해?"

조후이가 무서운 아버지로 되돌아와 버럭 고함을 질러 아들의 말을 잘라버렸다.

"적들이 정오쯤이면 쫓아올 테고, 호부귀와 마광조 등도 천방백계로 우릴 찾고 있을 텐데, 어서 터를 잡고 천막이라도 쳐 놓아야 할 게 아니냐? 선인장이 많고 관목숲들도 다른 데보다 우거진 것이 파 보면 물이 나올 가능성이 많아. 어서 사람들을 풀어 저지대를 중심으로 깊숙이 파봐."

벌써 중군의 병사 하나가 2백 군사를 데리고 '유하(油河)'를 건너기 시작했다. 조후이는 망원경을 들고 고지대로 가서 물길과 주변의 지형을 관찰하며 지휘했다.

"좀더 내려가, 조금 더! 거기야, 거기! 파 봐! 무조건 파!"

병사들은 "무조건 파!"라는 명령을 어길세라 굵은 땀을 흩뿌려가며 열심히 모래를 파냈다. 시간 반쯤 흘렀을까, 갑자기 병사들이 일제히 외쳐댔다.

"대장군, 물이 나오기는커녕 성곽이 나옵니다! 모래에 매몰된 성곽인 것 같습니다. 밑에 집채가 보입니다."

이에 조후이가 크게 흥분하며 대장군의 체통도 잊은 채 펄쩍펄쩍 뛰며 소리쳤다.

"알았어! 계속 파! 3백 명 더 내려가. 아니야, 부상병만 빼고

다 내려가! 성곽이 자리했었다는 건 곧 물이 있다는 얘기야."

모래 속에 집채가 파묻혀 있다는 말에 호기심에 찬 병사들은 좋아라 환호하며 우르르 떼로 달려갔다. 총자루며 활, 나무막대기 등 갖가지 도구란 도구는 총동원하여 3, 4천 명이 들러붙어 모래를 파내기 시작했다. 벌써 수십 곳에서 매몰된 가옥이 모습을 드러냈다. 돌연 누군가 길에서 금덩이라도 발견한 것처럼 경이로움에 겨워 환호성을 질렀다.

"대장군, 여기 식량창고가 있는 것 같습니다!"

이어 저쪽에서도 병사들이 일제히 합창했다.

"물, 물이야! 대장군, 물이 나옵니다!"

삽시간에 적막하던 사막은 관군들의 함성으로 들끓기 시작했다. 혼신의 힘을 다 쏟아 그들은 모래를 파고 또 파냈다. 용솟음치는 샘물처럼 기운이 마구 솟구치는 모양이었다.

유하(油河) 북쪽에서 보고만 있던 부상병들도 한껏 들떠 서로 부축하며 재빠르게 유하를 건너갔다. 물이 있을 줄은 확신했으나 '양고(糧庫)'가 있다는 말은 믿지 않는 듯 소리 없이 웃으며 조후이가 아들에게 말했다.

"마실 물만 있어도 감지덕지인데, 식량은 무슨! 우리 부자가 그런 대복을 타고난 것 같냐?"

그사이 병사 하나가 두 손에 쌀을 한움큼 받쳐들고 허둥지둥 달려왔다.

"대장군…… 진짜 식량이 맞습니다. 이것 보세요!"

병사는 웃어서 눈과 입이 하나로 붙어 있었다.

조후이가 두 눈이 휘둥그레져 급급히 받아 입안에 넣고 씹어보았다. 과연 쌀이 틀림없었다. 맛 또한 곰팡이 냄새가 전혀 없이 햅쌀같이 고소했다. 이런 쌀이 창고에 한 가득 들어 있다니! 조후이는 흥분이 지나쳐 머리가 어지럽기까지 했다. 술을 마시지도 않은 얼굴이 벌겋게 상기되었다. 그 역시 모든 군사들과 마찬가지로 가능한 식량을 아끼느라 불에 구운 양고기, 말린 양고기와 쇠고기로 거의 보름동안을 버텨 오다시피 했다. 흰쌀이 씹혀 목구멍으로 넘어가는 느낌이 그렇게 행복할 수가 없었다!

수천 명의 병사들은 지칠 줄을 모르고 모래를 파냈다. 벌써 성곽이 거의 모습을 드러냈고, 중간에 몇 갈래의 길까지 생겨났다. 군사들은 저마다 땀투성이가 된 윗도리를 벗어 던지고 고쟁이만 입고 있었다. 온몸이 땀과 모래투성이였지만 표정들은 대단히 밝아 보였다.

조후이는 아직도 남쪽으로 파헤쳐 나가고 있는 병사들을 향해 환히 웃으며 말했다.

"이 정도면 됐어! 금은보화는 전쟁이 끝나고도 얼마든지 찾을 수가 있어."

땀범벅이 된 얼굴에 헤식은 웃음을 짓는 병사들을 향해 그는 다시 물었다.

"시체가 나온 건 없어?"

"있습니다! 열 몇 구 나왔습니다. 전부 노인들인 것 같습니다."

병사 하나가 사구(砂丘)를 가리키며 덧붙였다.

"저쪽에 내다버렸습니다!"

이에 조후이가 분부했다.

"몇 사람이 가서 잘 묻어 줘. 식량창고를 지켜낸 공로를 인정해 줘야 마땅하지!"

조후이는 서둘러 물이 나왔다는 곳으로 가보았다.

과연 파헤친 어느 가옥의 뒤에 네 척(尺) 깊이는 될 것 같은 웅덩이가 있었다. 그 안엔 누런 진흙이 가라앉은 맑은 물이 반쯤 고여 있었다. 아직도 밑에선 누런 물이 조금씩 올라오고 있었다. 물론 이 정도로 5천 인마의 식수를 해결할 수는 없었지만 샘이 솟고 있는 이상 웅덩이를 더 크게 파면 물은 얼마든지 나올 수 있을 것이다. 조후이가 만족스레 웃었다. 그리고는 물웅덩이를 가리키며 말했다.

"우리의 생명줄이니 이 수원(水源)을 잘 보호해야 돼. 나중에 세 척(尺) 깊이로 적어도 일 장(丈)의 폭으로 더 크게 파야 할 것이네. 이 근처에 다른 곳을 파도 물은 있을 것이네!"

이같이 말하며 그는 식량창고가 있는 쪽으로 움직였다. 아직 완전히 모습을 드러낸 건 아니었다. 열 몇 칸의 단층가옥은 지붕이 뻥 뚫려 있었고, 안에는 쌀자루가 반쯤 차 있었다. 조후이는 어느 미곡가게의 비축식량이나 낙타부대가 운송하던 식량을 잠시 창고에 저장해 두었으나 갑작스레 성(城)이 매몰되면서 일어난 사고라고 생각했다.

그는 신강(新疆)에 와서 현지인들에게서 이곳의 모래사태가 어마어마하게 무섭다는 말을 들었었다. 밤중에 갑자기 광풍이 몰아닥쳐 엄청나게 큰 모래언덕과 모래산이 통째로 '이사'를 가는 사태가 빈번하고, 성 전체가 순식간에 매몰되는 경우도 있다고 했다. 지금 이 성곽도 몇십 년 전 어느 살인적인 광풍이 불어닥치던 그날 밤에 하늘에서 떨어진 재앙에 의해 모래 속에 영영 파묻히고 말았을 것이라고 그는 생각했다. 또한 쥐도 새도 모르는 이 땅속의 '신비'가 귀로(歸路)가 막혀 주저앉고만 관군에 의해 발굴되었으니, 이 또한 하늘의 뜻이 아닐까 싶었다……

하늘의 축복에 내심 감개무량하며 식량창고 주위를 맴돌고 있을 때 멀리 북쪽에서 황진(黃塵)이 뽀얗게 일기 시작했다. 군사 하나가 멀리 가리키며 소리쳤다.

"군문…… 회병(回兵)들이 쳐들어오고 있는 것 같습니다!"

"알았어."

조후이가 담담하게 대답하며 망원경을 들어 멀리 살폈다. 약 1만 명 정도가 접근해 오고 있었다. 지쳐서인지 험난한 사막길이어서인지 움직임은 대단히 느려 보였다. 선두에서 나부끼는 깃발들에는 꼬불꼬불한 글씨가 새겨져 있었다. 한문이 아닌 걸 보니 회병임이 틀림없었고, 만여 명이 한꺼번에 출동한 기세를 보니 곽집점이 친히 출동한 것 같았다!

조후이는 천천히 망원경을 내려놓으며 명령했다.

"모든 마필은 사구(砂丘) 남쪽으로 끌고 가서 물을 먹이거라. 5백 명은 남아 웅덩이를 파고, 나머지는 사구 뒤에 매복하여 건량(乾糧)이나 먹으면서 대령하라. 중군 소대장들은 어디 있나?"

"예, 대령 중입니다!"

"갑옷과 방패, 화총 스무 자루를 챙겨들고 날 따라와."

조후이가 언덕길을 내려가며 덧붙였다.

"직접 곽아무개랑 강을 사이에 두고 할말이 있다!"

드디어 곽집점의 병마가 도착했다. 망원경을 볼 때는 지치고 느려 보였으나 가까이에서 보니 위풍이 당당했다.

열 몇 개의 금띠를 두른 하얀 깃발이 바람에 표표히 나부끼는 가운데 수천 필의 전마(戰馬)가 미친 듯이 우짖으며 흑수하 북쪽 언덕에 일제히 멈춰 섰다. 누런 회오리가 뽀얗게 시야를 가렸다. 남쪽 강가의 청군들은 전부 매복하여 하나도 보이지 않았다. 단지

4, 50명의 군사들이 홍포은갑(紅袍銀甲)의 키다리 장군을 호위하여 기다리고 있는 모습에 회병들은 적이 놀라는 듯했다.

잠시 대오를 정돈하고 나서 다부진 체격의 사내가 한 발 앞으로 성큼 나서며 물었다.

"조후이 장군을 좀 만나봅시다. 어디 있소?"

"내가 바로 조후이올시다."

조후이가 가슴을 쫙 펴며 정중하게 말했다. 그리고는 되물었다.

"그러는 그쪽은 뉘시오?"

"난 화탁회부(和卓回部) 대왕의 가신(家臣) 나우라고 하오."

사내가 자랑스러운 듯 수염이 무성한 턱을 치켜올리며 엄지로 등뒤를 가리키며 덧붙였다.

"우리 대왕께서는 조후이 장군과 하실 말씀이 있다고 하오."

조후이가 말없이 적진을 보니 앞에 있던 군마가 서둘러 비켜서는 가운데 금안백마(金鞍白馬)를 탄 중년의 사내가 앞으로 나왔다. 정수리에 놓인 사발을 엎어놓은 것 같이 작은 모자엔 보석이 반짝거렸고, 귓가엔 백조털로 된 우령(羽翎)이 꽂혀 있었다. 옷깃을 튼 흰 두루마기는 고급 주단임을 한 눈에 알아볼 수 있었다.

둥그런 얼굴은 서역인(西域人) 특유의 흰 얼굴이었다. 높고 곧은 콧마루와 깊은 두 눈, 숯으로 그린 것 같은 짙은 눈썹과 수염이 전형적인 '다른 종자'였다. 이 자가 바로 투항과 반란을 밥먹듯 번복해오며 조정의 일대 골칫거리였던 화탁회부의 추장인 곽집점이었다.

조후이는 마음을 차분히 하며 숨을 골랐다. 그리고는 조용히 그가 입을 열기만을 기다렸다.

곽집점도 조후이를 훑어보고 있었다. 하이란차와 함께 건륭의

'홍포명장(紅袍名將)'으로 명성을 날린 장군으로서, 아무얼싸나를 공략하여 점령하고 이어 하미르 서쪽으로 연이어 세 개 성(城)을 함락시킨 대장군이었다. 늘 멀리서 쫓고 쫓기는 추격전만 벌여오다 작은 강폭을 사이에 두고 마주서니 각이 뚜렷한 얼굴과 부리부리한 눈매와 눈썹에 서린 불가범(不可犯)의 기질이 역시나 예사롭지 않았다.

어젯밤 대본영을 들이쳤을 때 충분히 산지사방으로 흩어진 자신의 병력에 치명타를 입히고도 남을 법했지만 바투 핍박(逼迫)하지 않은 이유가 궁금했다. 또한 오늘 같은 경우에도 조금만 노력하면 마광조와 료화청의 도움을 받아 안전하게 대영으로 돌아갈 수 있었으련만 하필이면 이 같은 사지(死地)로 들어와 박힌 행동 또한 이해가 가지 않았다. 헌데 이들의 군사는 다 어디 갔단 말인가?

잠시 이 같은 생각을 해보며 곽집점은 말 위에서 손을 내밀어 회족의 의식대로 예를 표했다.

"대장군 각하, 밤새 노고가 많으셨습니다!"

조후이의 콧날이 미세하게 움찔거렸다. 곽집점의 한어(漢語)가 유창한 것에 놀란 것이다.

"우리 화탁부는 예얼챵(지명)에 세거(世居)하면서 버거다칸과 척을 진 적도 없고, 원수를 맺은 일도 없습니다. 줄곧 서로를 간섭하지 않고 평등하게 살아왔고, 우리 형제가 준거얼부 몽고의 침략을 받을 때 버거다칸께서 파병하여 구원해주신 데 대해 깊이 감사하고 있습니다."

곽집점이 말을 이어나갔다.

"헌데 버거다칸께서 어떤 소인배의 이간질에 성총이 흐려지셨는지 어찌 무죄, 무고한 우리를 문죄(問罪)하고자 하시는지 모르겠습니다."

이같이 말하며 곽집점은 조후이를 똑바로 쳐다보았다.

조후이는 일찍이 수이허더에게서 곽집점이 달변이라는 말은 들어본 적이 있었다. 몇 마디 들어보지는 않았으나 벌써 예사 구설(口舌)이 아님을 알 것 같았다. 지나간 과거를 들춰 입씨름을 하는 것보다는 차라리 단도직입적으로 그 죄를 따끔히 일러주는 것이 나을 것 같았다. 그는 자삽게 내뱉었다.

"감히 건륭 대황제를 칸이라 칭하는 배짱은 어디서 나온 거요? 그럼 스스로 칸을 칭한 당신과 대청(大淸)의 천자(天子)가 어깨를 나란히 한다는 얘기요, 뭐요? 준거얼부에 얻어터지고 제발 좀 살려달라고 신하라 칭하며 공품을 상납할 때는 언제고 이젠 잔뼈가 굵었다 이건가? 물을 마실 때 우물 판 사람을 잊어선 안 되지. 조정에서 파병하여 준거얼의 호구(虎口)에서 구원해주었거늘 어찌 고마운 줄을 모르고 대청의 강토를 분열하고 천조(天朝)를 도외시하려 드는 거요? 그것이 살신지화(殺身之禍)를 부른다는 사실을 정녕 몰랐단 말이오? 잠깐 길을 잃었으면 이정표가 보일 때 되돌아가고, 소 잃고 외양간을 손봐도 늦진 않은 것이오. 우리 삼로대군(三路大軍)은 모두 준거얼부를 정복한 철기영웅(鐵騎英雄)들이오. 좋게 말할 때 고분고분해지는 게 바람직할 텐데?"

"죽음이 임박했거늘 아직도 큰소리요?"

곽집점이 채찍을 휘둘러 조후이의 등뒤에 있는 사구(砂丘)들을 가리키며 덧붙였다.

"저게 그냥 사구로만 보이시오? 저건 곧 그대들의 무덤이오! 그쪽의 양도(糧道)는 이미 우리의 수중에 장악되었고, 마광조와 료화청은 잔병패장(殘兵敗將)들을 이끌고 지금 흑수하 쪽으로 도망가고 있소. 대장군, 여기 흐르는 이 강물이 물이 아닌 줄은 내가 굳이 일깨워 주지 않아도 알고 있을 거라 믿소. 동쪽에는 마귀성이 있고, 서쪽은 고비사막이오. 우리 용감한 회병들도 감히 여기서 밤을 샐 엄두를 못 내거늘 어찌 그리 무모하시오? 내게 투항하고 화총과 탄약을 내어주면 난 낙타와 식량 그리고 식수를 얼마든지 공급해주겠소……."

마광조와 료화청이 본영으로 돌아오지 못할까봐 내심 초조해 있었던 조후이는 과연 곽집점의 말대로 양도가 차단되었는지 여부를 떠나 그 둘이 무사히 철수하고 있다는 말에 일단 안도했다. 그는 가소롭다는 듯이 웃으며 말했다.

"난 낙타도 식량도 물도 필요 없어. 난 오로지 당신의 머리만 필요할 뿐이야……. 화총대(火銃隊), 전체 기립!"

그가 돌연 큰소리로 명령을 내렸다. 그러자 사구(砂丘) 뒤에 매복해있던 화총수들이 일제히 함성을 지르며 일어섰다. 저마다 윗통을 벗어 던지고 고쟁이 하나만 입은 이들은 일렬로 줄을 지어 선 채 살기등등하게 곽집점의 회병들을 겨누었다.

'문명(文明)의 이기(利器)'를 꼬나들고 굽어보는 화총수들 앞에서 곽집점의 군마들은 불안한 기색이 역력했다. 곽집점 역시 낯빛이 변해갔다. 조후이가 이렇게 나올 줄은 미처 몰랐던 것이다. 곽집점이 조금 뒤로 물러서자 그의 호위대들이 즉각 막아 나서며 엄호했다. 수십 자루의 화총이 일제히 조후이를 겨냥했다.

"어찌 그리 겁을 집어먹는 게요? 내가 과연 총이라도 쏠까봐 그러오?"

조후이가 웃으며 이같이 말하고는 자신의 부하들을 향해 손을 내저어 명령했다.

"대영으로 돌아가자!"

조후이가 갑자기 물러나는 걸 보며 곽집점도 대부대 인마를 이끌고 천천히 후퇴했다. 그들은 흑수하에서 1리쯤 떨어진 곳에 주둔하기 시작했다.

한편 흑수하 대본영을 지척에 두고도 돌아가지 못하는 조후이 부대는 역시 흑수하 근처에 주둔했다. 병영으로 돌아온 조장군이 원망 어린 표정이었다.

"적들과 너무 가까운데 저러다 갑자기 불질이라도 하면 어떡합니까?"

이에 조후이가 웃으며 말했다.

"내가 먼저 총을 내렸는데 자기가 어찌 예고도 없이 나한테 총질을 할 수가 있단 말이냐? 그건 사내의 의리와 수천 병사들을 거느리는 장군의 도리가 아니지. 곽집점도 수만의 부하들 앞에서 어찌 망나니 노릇을 하겠느냐? 그런 일은 없을 것이다. 물론 사람 마음은 아무도 모르니 방어는 해야겠지만. 우리로선 어떻게든 흑수하 본영과 연락을 취하는 것이 급선무야……."

양쪽 군사들은 흑수하를 사이에 두고 대치국면에 들어갔다. 조후이의 관군은 군사와 말 모두 지쳐 있었다. 곽집점의 6만 인마 중 4만여 인마는 러러하 이북의 사구에 깔려 있었다. 매 구간마다 포진되어 있다 보니 3백리 길에 널려 있었다. 이곳 흑수하에 도착한 만여 명은 그 선두부대인 셈이었다. 보병과 기병이 반반씩인 관군과는 달리 곽집점은 전부 기병들이었다. 솔직히 수적인 열세에 처한 데다 대본영을 코앞에 두고 갇혀버린 관군은 만약 식량과 식수를 찾지 못했다면 죽음에 이르렀을 것이다.

그사이 마광조와 료화청은 벌써 부하들을 이끌고 흑수하 대영으로 돌아왔다. 그들은 지친 몸을 잠깐 뉘일 새도 없이 즉각 조후이를 구조할 전략을 짜는 데 머리를 모았다. 마광조가 말했다.

"지금 우리가 모든 걸 아랑곳하지 않고 강공(强攻)을 편다면 적들의 후방부대가 미친 듯이 달려들 것이오. 그렇게 되면 우리가 당해낼 수 있는 형편이 못 되오. 조후이 군문께서는 부대를 절지(絶地)로 몰고 가지 않을 것이니 필히 와와하 쪽으로 주둔할 거요. 우린 일단 2천 기병을 파견하여 서쪽으로 조후이 군문과 접선을 하도록 시도해 봅시다."

료화청과 호부귀가 듣고 생각해보니 일리가 있는 말이긴 하지만 만여 명의 적들이 호시탐탐 노리고 있는 마당에 고작 2천 명을 내보낸다는 것은 굶주린 이리떼들에게 양 새끼를 던져주는 격이나 다를 바가 없을 것 같았다. 잠시 생각하고 난 료화청이 입을 열었다.

"적어도 8천 명은 풀어야 하오. 내가 나가겠소. 사흘 내에 조후이 군문과 연락을 취하지 못하면 마 장군이 내 목을 치시오!"

이에 마광조가 웃으며 말했다.

"내가 료 장군 목을 쳐서 뭘 하겠소. 적들의 사기가 충천해 있을 텐데, 괜히 대부대를 끌고 나갔다가 된통 얻어맞고 올까봐 그게 걱정일 뿐이오."

그러자 호부귀가 말했다.

"그놈들도 몇백 리를 달려왔소. 저들이라고 무쇠인간이라서 지칠 줄 모르겠소? 우리 병사들도 반나절 쉬면서 배불리 먹고 기운을 차렸을 것이오. 걸어볼 만한 승부요, 내가 가겠소!"

"좋소."

마광조는 크게 내키지는 않지만 겉으로는 흔쾌히 동의를 했다.

"호부귀. 자네가 20일분의 건량(乾糧)을 챙겨 8천 군사를 거느리고 정면돌파를 시도해 보게나. 화총은 5백 자루요. 도중에 강적을 만나지 않는 이상 화기(火器)는 쓰지 않는 게 좋겠소. 내가 6천 인마를 거느리고 북쪽으로 가서 적들의 후방을 교란시켜 볼테니까."

호부귀와 료화청이 떠나간 자리에 혼자 남은 마광조는 즉시 주고지(奏稿紙)를 펼쳐놓고 상주문을 쓸 준비를 했다. 이같이 승부를 점칠 수 없는 복잡한 상황에서 미리 사실대로 보고하지 않았다가 만에 하나 큰 차질을 빚게 되는 날엔 세 사람 모두 엄청난 책임과 재앙을 피해갈 수 없을 터였다……

16. 간신의 두 얼굴

　마광조, 료화청, 호부귀 셋이 공동으로 올린 상주문은 '8백 리 긴급' 편으로 발송되었다. 하지만 열악한 사막(沙漠)의 여건상 25일째가 되는 날에야 비로소 북경에 도착할 수 있었다. 그날 군기처 당직은 류용(劉鏞)이었다. 화칠봉인(火漆封印)을 확인하고 그는 즉각 원명원(圓明園)으로 향했다. 마침 귀주성(貴州省) 학정(學政)으로 새로 임명된 류보기(劉保琪)가 폐사(陛辭, 군주에게 작별을 고함)차 입궐하는 길이었다. 그리하여 둘은 수레에 동승하여 원명원으로 왔다.

　쌍갑문(雙閘門)에서 패찰을 건네고 잠시 기다리고 있으니 태감 복인이 빠른 걸음으로 걸어나왔다. 류용이 물었다.

　"폐하께오선 누굴 접견 중이신가?"

　근시(近視)인지라 가까이 다가와서야 겨우 두 사람을 알아본 복인이 급히 웃음을 지으며 대답했다.

"폐하께오선 방금 화 대인과 바둑을 한판 두셨습니다. 지금은 십오마마께서 드시어 담소를 나누는 중이십니다!"

류용이 머리를 끄덕이며 빙그레 웃었다. 복인을 따라 안으로 들어가며 그가 물었다.

"화신(和珅)이 바둑둘 줄도 알았나? 금시초문일세."

이에 복인이 조심스레 말했다.

"장기 두는 실력은 번번이 폐하를 압도하실 정도로 뛰어난 것 같았으나 바둑은 지금 배우는 단계인 것 같습니다. 폐하의 상대가 되려면 아직 멀었죠."

역대로 신하들이 군주와 대혁(對弈, 장기나 바둑을 두다)할 때는 설령 국수(國手)일지라도 일부러 져주거나 적당히 무승부로 판을 거두는 경우가 다반사였다. 그러나 화신은 이기고 지는 '판가름'을 확실히 한다는 말에 류용은 고개를 갸웃하며 믿어지지 않는다는 표정을 지었다.

"전에 세종(世宗, 옹정)께서 류묵림(劉墨林) 선현(先賢)과 바둑을 두어 하풍(下風)을 인정하셨다는 애기는 들었으나 그 뒤론 그런 경우를 못 봤거늘 화신 이 친구는 과연 예사 담력이 아닐세."

그러자 복인이 말했다.

"화 대인께선 '고의적으로 져주는 것은 기군(欺君)'이라고 했습니다. 그 말을 듣고 폐하께오선 대단히 기뻐하셨는 걸요!"

그사이 궁전 앞에 다다른 두 사람은 계단을 올라가 큰소리로 자신의 직함과 이름을 아뢰었다. 뒤이어 안에서 웃음 섞인 건륭의 밝은 목소리가 들려왔다.

"어서 드시게."

류보기가 류용을 따라 안으로 들어갔다. 양심전보다 폭이며 길이가 배는 더 커 보였다. 동난각에는 주렴(珠簾)이 차분히 드리워져 있었고, 발 너머로 커다란 온돌 위의 궤안(几案)이 어렴풋이 보였다. 서쪽의 대청(大廳)은 호수를 마주하여 널찍하고 훤히 트여 시원해 보였다. 밖에는 울창한 나무들의 신록이 싱그러웠고, 창문에는 전부 담황색의 잠자리 날개 같은 얇은 장막이 드리워져 있었다.

건륭은 편한 옷차림으로 서쪽 창문 아래의 다탁(茶卓) 옆에 앉아 있었다. 옹염(顒琰)은 편좌(偏座)를 따로 만들어 얼굴을 북측으로 향한 채 정좌해 있었고, 화신은 남쪽을 향해 선 채로 얼굴 가득 미소를 머금고 아뢰고 있었다.

"……북방의 연화낙자(蓮花落子, 북쪽 지역의 거지들이 흔히 불렀던 타령노래)와 남방의 화고희(花鼓戲, 지방극), 중원(中原)의 고대곡(高臺曲)과 진섬(晉陝, 산서성과 섬서성)의 이인대(二人臺)는 모두 같은 유형이라고 할 수 있사옵니다. 다른 점이라면 연화낙자 같은 경우엔 전부 묘령의 계집아이들이 등장하여 노래를 하옵고, 이인대는 남녀가 반반씩이라는 것이옵니다. 대신 연극이 끝나면 무대 뒤에서 홀랑 벗고 온갖 상풍패속(傷風敗俗)의 짓을 다 하여 막을 내렸어도 남녀노소 할 것 없이 무대 뒤의 장면을 머리속에 떠올리며 떠나갈 생각을 하지 않는다고 하옵니다. 연화낙자 같은 경우엔 천진위(天津衛, 지금의 천진)에 가장 많은 걸로 알고 있사옵니다. 그 역시 겉으론 멀쩡해 보이는 계집애들이 기생이나 다름없는 음담패설로 남자손님들을 침 질질 흘리게 만들어 차를 마시러 온 손님들의 주머니를 다 털어 간다고 하옵니다. 신은 고단한 백성들에게 위로는 되지 못할 망정 심각한 위해(危害)를 끼치고 있는 이들 연극을 금지시키라는 지의를 받고 여러 차례 엄금령

(嚴禁令)을 내렸사오나 잠깐 꼬리를 감췄다가도 다시 되살아나오니 어찌할 도리가 없사옵니다. 배운 게 도둑질이라고, 평생 그 재주로 먹고 살아온 이들이 밥그릇을 잃고 가만히 있을 리는 없고, 양지에서 음지로 잠입할 수밖에 없사옵니다. 그리 되면 우린 자릿세조차 받을 수 없게 되옵니다. 그런 연유에서 이런 연극을 공연할 수 있는 전문 구역을 정해주는 것이 바람직할 것 같사옵니다. 북경의 팔대호동(八大胡同, '호동'은 골목이라는 뜻)처럼 말이옵니다. 체통이 있고 가법이 준엄한 댁에서는 부모들이 자연히 알아서 자제들을 단속할 것이오나 타고난 '콩가루'인 자제들은 방탕과 타락의 길로 빠지게 되더라도 지금으로선 달리 방책이 없을 줄로 아옵니다."

말없이 듣고만 있던 옹염이 그 말이 끝나길 기다렸다가 입을 열었다.

"글쎄? 한 눈을 슬쩍 감아 적당히 방치하자는 얘긴데, 그게 과연 풍속을 바로잡는 데 얼마나 효과적일까? 엄하게 다스리고 처벌하는 쪽으로 나가야 할 것이네. 촌수로 따지면 나의 숙부 뻘인 종실의 자제가 어느 날 보니 흰 천으로 얼굴을 가리고 다니더라고. 본인은 감기 때문이라고 하는데, 알고 보니 양매대창(楊梅大瘡, 일종의 성병)에 걸린 게 아니겠소? 경관(京官)들 중에서도 이같이 팔대호동에서 순간의 쾌락을 즐기다 몹쓸 병을 얻어 수치심에 감히 제대로 된 의생(醫生)은 못 찾아가고 어중이떠중이 강호(江湖)의 낭중(郎中)들에게 돈 잃고 병이 더 악화되는 곤욕을 치르는 자들이 비일비재하다고 들었소. 몸이 아프면 차사에 소홀해질 수밖에 없거늘 어찌 이를 방치해 버릴 수가 있단 말이오?"

건륭은 민간의 풍속에 대해 한담하고 있는 것이 아니라 중요한 현안을 논의하던 중이라는 걸 류용과 류보기는 그제야 알았다. 본분을 망각한 경관들의 추악한 행태를 심심찮게 보아오며 이를 갈았던 류용이었다. 형부아문에서만 그는 서른 명 가까이 처벌했었다. 그러나 이는 단순히 경사와 천진 두 곳의 문제가 아니라 각 성의 크고 작은 관원들 대부분에 해당되는지라 벌을 준다고 해도 전체를 벌할 수는 없었기에 '엄금'도 번번이 좌절되고 말았던 것이다. '엄금'에 걸린 몇몇 '일진 사나운'자들은 의죄은자(議罪銀子)를 내고 뒷문으로 빠져 나오는 경우도 허다했다. 아무리 생각해보아도 '전문구역'을 정해주는 것 외엔 달리 좋은 방법이 없을 것 같았다.

류용은 소리 없이 한숨을 삼키며 전방에서 날아온 상주문을 두 손으로 받쳐 올렸다.

"조후이의 대영(大營)에서 보내온 군보(軍報)이옵나이다. 상황이 시급한 것 같사오니 성재(聖裁)를 내려주시옵소서."

"군보라고 했나?"

급하다는 말에 건륭의 얼굴에 대뜸 긴장이 감돌았다. 두 말 없이 상주문을 받아 펼쳐보는 동안 궁전 안은 삽시간에 무거운 침묵이 흘렀다. 모두 잔뜩 긴장하여 건륭과 류용의 표정을 살피기에 바빴다.

상주문은 2천자 내외밖에 되지 않았다. 건륭의 미간이 점점 좁혀졌다. 내리 두 번을 읽어보고는 옹염에게 건네주며 말했다.

"화신과 함께 읽어보거라. 조후이, 실망스럽네! 공을 세우는 데만 급급하여 무모하게 밀어붙였다가 적들에게 고립되어 위태로운 경지에 내몰렸다고?"

건륭은 자리에서 일어나 창가로 걸어가 더 이상 아무런 말이 없이 창문 너머로 멍하니 밖을 내다보고 있기만 했다. 방안의 분위기는 삽시간에 무겁게 굳어지고 말았다. 잠깐 동안 상주문을 읽어 보고 난 화신과 옹염도 표정이 밝지가 않았다. 둘 다 근심스런 눈빛으로 건륭을 바라보고 있었다. 오랜 침묵 끝에 옹염이 조심스레 입을 열었다.

"아계(阿桂)가 절강(浙江)에서 지의를 받고 움직이고 있는 중이라 하옵니다. 서찰을 보내 가능한 한 빨리 오라고 독촉하는 게 어떻겠사옵니까? 군기처(軍機處)엔 문신(文臣)들만 남아 있사온지라 군무(軍務)에 익숙하지 않아 어찌 대처해야 할지 난감할 것 같사옵니다."

그러자 화신이 말했다.

"신의 소견으론 류보기를 낙양(洛陽)에 급파하여 복강안(福康安)에게 자문을 구하는 것이 바람직할 것 같사옵니다. 군무엔 복강안 만한 사람이 어디 있겠사옵니까? 복강안더러 낙양에서 직접 조후이에게 군령을 내리게 하는 동시에 폐하의 지의를 청하는 것이 타당하지 않을까 하옵니다. 질책처벌을 받은 지 얼마 안 되는 아계를 이런 일로 급히 부른다는 것이……."

이쯤 하여 화신은 더 이상 말하기 곤란한 듯 대충 얼버무리고 말았다. 그리고는 잠시 망설인 끝에 덧붙였다.

"신은 아무래도 두광내(竇光鼐)가 지나치게 민감하지 않았나 생각되옵니다. 조서(詔書)는 아직 군기처에 있사옵니다. 잠시 지의를 보류하시고 좀더 재고해 보시는 것도 좋을 것 같사옵니다."

류보기는 아계가 처벌을 받았다는 사실이 금시초문이었다. 다른 사람들은 모두 어느 정도는 알고 있었다. 두광내가 절강성의 재정적자가 심각하다며 절강 총독과 순무에 대한 탄핵안을 올렸었다. 이에 건륭은 확인차 아계를 흠차대신으로 절강 현지에 파견했다. 그러나 아무리 조사를 거듭해도 적자는 없었다. 당연히 건륭은 허위사실을 거론하고 나선 두광내를 엄히 질책했고, 이에 억울함을 호소하며 두광내는 건륭에게 올린 밀주문에서 "관직도, 목숨도 버릴 각오가 되어 있다"며 절강성의 재정적자를 보다 더 꼬집고 나섰었다.

류용은 상주문을 읽어보지 않아 상세한 내용은 알 수 없었으나 건륭은 대체 어찌된 영문이냐며 아계를 훈책했고, 임무 박탈과 감봉 처벌을 내렸다는 사실은 알고 있었다. 화신이 말을 꺼내자 자리에 있던 신하들은 모두 건륭에게로 시선을 돌렸다.

"하이란차가 손쉽게 창길(昌吉)을 점령했으니 짐은 조후이도 별 어려움 없이 금계보(金鷄堡)를 탈환할 수 있을 걸로 굳게 믿어 마지 않았네!"

오랜 침묵 끝에 건륭이 드디어 입을 열었다. 느리고 무거운 어조엔 소름끼치는 냉혹함이 묻어났다.

"5만 인마가 제대로 교전 한번 시원하게 치러보지 못하고 아마하에서 러러하로, 러러하에서 흑수하로 쫓겨만 다닌 게지……."

건륭은 창 밖을 향한 채 고개도 돌리지 않고 언성을 높였다.

"이건 누가 봐도 패퇴(敗退)야! 얼마나 면목이 없으면 감히 패보(敗報)를 전할 엄두조차 못 내고 부하 장군들을 시켜 조정을 우롱하는 짓거리를 할까! 실망이야, 실망!"

그 동안 애타게 희보(喜報)를 기다려왔으나 기대가 수포로 돌아가 버린 데 대한 분노와 실망, 그리고 울분이 터진 대성질호(大聲叱呼)였다. 네 신하는 벽력의 호령에 놀란 옹염을 따라 모두 무릎을 꿇었다. 뒷짐을 진 채로 홱 돌아서며 무서운 눈빛으로 쓸어오니 신하들은 저마다 급히 머리를 떨구었다. 건륭의 노한 용안(龍顔)을 감히 쳐다보지도 못하고 다만 이어지는 질책이 어깨며 등허리, 머리 사방에 꽂히는 바늘 같았다.

"복강안을 제외하면 상신(相臣, 재상), 장신(將臣, 장군), 조신(朝臣, 중앙의 관리), 외신(外臣, 지방관) 하나같이 무능하고 별볼일 없으니 말이야! 일지화(一枝花)의 잔당 임상문(林爽文)이라는 자가 미꾸라지처럼 강남(江南)과 산동(山東)을 휘젓고 다닌 세월이 몇 해쩬데, 여태 붙잡아오지 못한단 말인가? 호광(湖廣)의 효감(孝感)에서는 한낱 상것에 불과한 강호의 사내가 사교(邪敎)의 수령으로 자칭하여 수천의 양민들을 혹하게 하여 산을 점거하고 왕으로 '추대'되었다고 하질 않나! 원소절(原宵節) 밤 관등(觀燈) 행사장에서 비적(匪賊)들의 불순한 움직임이 있었던 것도 경사(京師)뿐만이 아니라고 들었네. 남경(南京), 복주(福州))에서도 반란의 조짐이 일었다고 하는데, 어째서 여태까지 하나도 붙잡아 들이지 못했느냐 이 말이야! 휴! 짐은 과연 늙었나 보네. 나날이 의심이 많아지고 겁도 많아지는 게 바로 늙었다는 증거이지……."

건륭은 갑자기 상심에 겨운 목소리로 이같이 말했다.

"성조(聖祖)와 세종(世宗)의 위업을 이어받아 완인(完人)이 되고 싶었던 것이 과연 당치도 않은 욕심이었단 말인가……. 모든 것이 물 속의 달로 거울 속의 꽃으로 끝나버리고 말 것인지……."

건륭은 손가락으로 옹염을 가리키며 말을 이었다.

"넌 오늘부터 군기처로 들어와 행주(行走)로 있으면서 군기처 업무를 배우도록 하거라. 어지(御旨)를 작성하거라. 조후이는 군무에 태만하고 적을 우습게 알고 자신을 과대평가하여 관군으로

하여금 흑수하로 패퇴하게 하였으니, 즉각 짐이 하사한 노란 마고자와 쌍안화령(雙眼花翎)을 박탈한다. 마광조(馬光祖)더러 최대한 빨리 본영으로 돌아오게 하라고 이르거라. 조후이는 혁직유임(革職留任)하고 이제부터는 복강안이 그쪽 군무를 관장하게 될것이다! 류용과 화신은 보정(輔政)에 소홀하여 정무상의 폐해를 야기시켰는 바 둘 다 벌봉(罰俸) 반년의 죄를 묻는다. 호광, 효감 지역의 폭민반란(暴民反亂)을 제때에 잠재우지 못한 죄를 물어 러민의 관품을 3등급 강등시켜 대죄유임(待罪留任)하도록 한다."

눈 깜짝할 사이에 줄줄이 처벌명령이 떨어졌다. 류용은 엉겁결에 자신의 이름을 듣고는 건륭이 엉뚱한 곳에 분풀이를 한다는 걸 짐작하고 기분이 언짢았으나 그 기분은 이해할 수 있을 것 같았다. 화신은 무슨 생각을 하는지 입술만 빨 뿐 고개를 떨군 채 말이 없었다. 이런 장면을 처음 대하는 류보기는 사색이 되어 숨죽이고 있었다.

신하들의 감정 따위는 무시한 채 건륭이 류용을 가리키며 말했다.

"류용, 자네가 아계에게 지의를 작성하여 보내도록 하게. 조후이를 대장군으로 천거한 사람은 아계이니 조후이의 실책에 따른 책임을 피해갈 수 없을 것이라고 하게. 두광내가 근거 없이 무고하고 깨끗한 사람을 해하려 든다며 아계와 화신 둘 다 질책해마지 않았지. 헌데 두광내는 이미 절강성에서 재정파탄의 죄를 무마하고자 민간에서 은자를 빌려 조정의 수사를 피해가려고 했던 수작을 낱낱이 까발렸네. 절강성에서 민간에 써준 차용증을 동봉해 왔음에도 화신은 여전히 절강성의 편을 들어 짐을 불명(不明)의 경지에 밀어 넣으려고 했어!"

화신은 당황한 나머지 연신 쿵! 소리나게 머리를 조아렸다.

"신은 그가 증거로 제시한 차용증이 한 장밖에 없는 것에 주목하여 증거가 불충분하다고 생각했었사옵니다……."

"한 장? 누가 한 장이라고 그래?"

건륭이 두어 걸음 다가갔다. 당장 화신을 한 발 걷어차기라도 할 태세였다. 그러나 들었던 다리를 다시 내려놓으며 건륭은 말을 이었다.

"자그마치 3백 장이야! 짐의 수중에 3백 상의 증거물이 있다 이 말이네! 하나같이 짐을 기만하여 천하태평(天下泰平)을 분식(粉飾)하려 들었던 게지!"

화신은 감히 더 이상 토를 달지 못하고 죽어라 닭이 모이를 쪼듯 머리를 조아릴 뿐이었다. 건륭은 여전히 흥분한 상태였다. 그는 천천히 말을 이었다.

"복강안에게 지의를 전하여 당분간 북경에 돌아올 필요가 없다고 이르게. 즉각 낙양에서 출발하여 조후이의 흑수하 대영으로 가서 군무를 인계 받으라고 하게!"

말을 마친 건륭은 혼자 동난각으로 휭하니 들어가 버리고 말았다.

세 대신과 옹염은 서쪽 대청에 남겨진 채로 어리둥절한 표정으로 서로를 번갈아 보며 마땅히 어찌할 바를 몰랐다. 잠시 후 류용이 먼저 입을 열었다.

"십오마마, 이대론 아니 됩니다. 소인이 가서 폐하께 재고를 주청 올려 보겠습니다."

옹염의 낯빛은 파랗게 질려 있었다. 죽은 듯 미동도 하지 않고 있는 화신을 힐끔 쳐다보며 그가 말했다.

"여러분들이 지금 들어가면 붙는 불에 기름을 붓는 격이네. 내가 가보겠네."

류용이 감격 어린 눈매로 아직 젊은 황자를 바라보았다. 그리고는 말했다.

"먼저 폐하의 심기를 편하게 해 드리는 게 중요합니다. 서둘러 지의를 청하느라 하시면 더욱 진노하실 것입니다."

옹염이 머리를 끄덕였다. 여전히 꼼짝 않고 엎드려 있는 화신을 혐오스런 동물 쳐다보듯 하며 옹염은 난각으로 들어갔다.

건륭의 안색은 방금 서쪽 대청에 있을 때처럼 그리 흉흉하지는 않았다. 몇몇 태감들이 조심스레 시중들고 있었다. 차가운 물수건에 냉차를 대령하고 복인은 의자 뒤에 무릎꿇고서 가볍게 등을 두드려주고 있었다. 건륭은 눈을 지그시 감고 있었다.

옹염은 행여나 건륭을 놀라게 할세라 손시늉으로 복인을 물러가게 하고 자신이 직접 어깨며 뒷목을 가볍게 안마하고 등을 토닥토닥 두드렸다. 그렇게 한참 가만히 앉아 몸을 내맡긴 채로 있던 건륭이 길게 한숨을 지으며 그만 하라는 듯 손사래를 쳐 보였다. 그리고는 느릿느릿 입을 열었다.

"옹염아! 이 아비는 어찌 된 게 늙어갈수록 왜 이리 성정(性情)이 자꾸 포악해지는지 모르겠구나. 두서도 없이 마구 퍼붓고 나니 한결 홀가분하긴 하다만……."

"아바마마……."

옹염이 홀연 한없이 약해 보이는 부친을 보며 방금 전의 두려움은 간 데 없이 사라지고 참을 수 없는 상심이 몰려오는 걸 느꼈다. 콧등이 시큰해지며 하마터면 눈물을 쏟을 뻔했다. 울먹이는 목소리로 그는 아뢰었다.

"아바마마께선 아직 연로한 편이 아니오옵니다. 그런 말씀 마시옵소서……. 부쿠를 연습하시고 서른 근짜리 석쇄(石鎖)를 장난하듯 돌리시는 걸 보면 아직 40대 장정의 근골(筋骨)을 자랑하시옵니다. 아바마마께오선 백 세까진 무난하게 앉으실 것이옵니다. 화신은 아바마마께오서 적어도 1백 20세까지는 문제없다며 소자랑 내기까지 했사옵니다……. 우리 대청(大淸)은 아바마마께서 계시는 한 만년 태평성세의 가도를 줄기차게 달릴 것이옵니다. 아바마마께선 소자의 등대지기시옵니다. 늘 그 자리에 게시며 소자의 전정을 훤히 밝혀주시는 등대지기이옵나이다……."

건륭이 긴 숨을 몰아쉬며 손을 뒤로하여 어깨를 주무르고 있는 옹염의 손등을 가볍게 두드려 주었다. 그리고는 한숨을 내쉬며 말했다.

"아들아, 너도 〈이십사사(二十四史)〉를 읽어보아서 알겠지만 70을 넘긴 황제는 조룡(祖龍) 이래로 세 분밖에 없었느니라. 네가 백세를 염원하는 건 효심의 발로이겠다만 화신이 1백 20을 운운하는 건 아부에 지나지 않느니라……."

이에 옹염이 말했다.

"소자가 듣기엔 아부가 아니었사옵니다."

건륭이 은근히 고집스러운 아들의 성미를 잘 아는지라 더 이상 말하지 말라는 듯 손사래를 쳤다.

"저네들의 처벌을 재고해 주십사 청을 하려고 들어온 것 같은데, 가볍게 벌할 수는 있어도 면죄부를 줄 수는 없다. 저마다의 위치에서 과오가 있음이 분명하고, 아계와 화신은 아직 장래가 창창한 자들이니 가끔씩 충격을 주어야 자신의 발 밑을 한번이라도 내려다볼 게 아니냐. 아비의 깊은 뜻을 알겠느냐?"

어깨를 주무르던 옹염의 손이 잠깐 멈추었다. 건륭은 진짜 분노하여 화를 낸 것도 있지만 개중 3할 정도는 일부러 '충격'을 주어 더 크게 장성하라는 큰 뜻이 담겨 있었음을 그제야 알게 되었다. 군기처 업무를 배우라던 지의를 거둬 주십사 청을 드리면서 여러 신하들의 벌을 면해줄 것을 조심스레 주청 올리려 했던 옹염이었다. 그는 어깨를 계속 주무르며 말을 이었다.

"이제야 아바마마의 깊으신 뜻을 알 것 같사옵니다. 하오나 류용은 이렇다 할 과실이 없지 않사옵니까? 허리가 날로 휘어 새우같이 되어 가는 걸 보시옵소서. 정무에 혼신을 다하고 있는 사람이옵니다. 기윤(紀昀)이 떠난 후부터는 혼자서 둘의 몫을 하다보니 하루에 두 시간밖에 눈을 붙이지 못한다고 하옵니다……."

"새우가 되어서 나쁠 건 없지 않느냐? 용왕(龍王)도 어병하장(魚兵蝦將)을 필요로 하거늘!"

건륭은 어느새 평소의 안정을 찾은 듯 평온해 보였다.

"……한신(漢臣)이야! 다들 문책을 당하는데 혼자만 멀쩡하면 질시의 표적이 되기 십상이니라. 모르긴 하지만 너도 홀로 군기처에 입직하면 여러 형제(兄弟)들의 질투와 눈총을 받지는 않을까 걱정돼서 그러는 게 아니냐?"

비수같이 예리하고 정확한 건륭의 시선을 피해갈 수 없다는 걸 잘 아는 옹염은 우물쭈물하여 나쁜 인상을 심느니 솔직한 것이 낫겠다 생각하고는 용기를 냈다.

"소자의 심사는 아바마마의 성찰(聖察)을 피해갈 수 없사옵니다. 과연 그런 우려가 있사옵니다. 다른 형제들보다 유난히 두드러져 별반 좋을 게 없다고 생각했었사옵니다……."

이에 건륭이 말했다.

"이미 선언을 했으니 거둬들일 수는 없느니라. 정식으로 군기처에 입직하라는 게 아니고 배우고 익히라고 하지 않았느냐……."

이같이 말하면서도 건륭은 어쩐지 자신의 양심을 속이는 것 같아 덧붙여 말했다.

"옹선(顒璇)이도 이참에 함께 배우라고 해야겠다."

다른 사람도 아니고 하필이면 여덟째 옹선이냐는 생각을 잠깐 했으나 옹염은 전혀 그런 내색은 하지 않았다. 건륭이 어깨를 펴고 자세를 고쳐 앉으며 그만 하라는 몸짓을 해 보이자 옹염은 급히 준비해 놓았던 차가운 물수건을 받쳐 올렸다. 건륭이 얼굴을 문지르고 나자 이번엔 찻잔을 두 손으로 공손히 받쳐 올리고는 한 발 뒤로 물러나 똑바로 섰다. 그리고는 아뢰었다.

"그리되면 더할 나위 없겠사옵니다. 일이 있으면 형제간에 머리를 맞대고 상의할 수도 있사옵고……. 아바마마, 아바마마께오서 들으시면 당치도 않다고 하시며 불호령을 내리실지 모르겠사오나 소자는 방금 불현듯 이런 생각을 해 보았사옵니다. 조후이는 공로를 탐하여 무모하게 공격하였으므로 그 죄를 물어 마땅하오나 상주문을 세세히 읽어보니 패한 것이 아니오라 적들이 교활하여 조후이의 덫에 걸리지 않은 연유로 잠깐의 좌절을 초래한 것뿐이 아닌가 사려되옵니다. 아직은 정세가 불명하오니 섣부른 판단은 금물인 것 같사옵니다. 조금 있으면 군보(軍報)가 도착할 줄로 믿사옵니다. 그가 적들에게 포위를 당하여 구조를 요청했사오니 처벌은 곤경에서 벗어난 연후에 해도 늦지는 않을 것 같사옵니다. 아울러 복강안도 서둘러 그 먼길을 떠날 필요는 없을 것 같사옵니다. 천산만수(天山萬水)를 건너 그가 목적지에 당도했을 때는 이미 전사(戰事)가 끝난 뒤일지도 모르는 일이옵니다. 좀 기다려보시는 것이 좋을 듯하옵니다."

"음!"

건륭이 머리를 끄덕였다. 자신이 표창에 이어 '급진(急進)'을 명하는 독촉 어지(御旨)까지 내렸으니 조후이로서는 울며 겨자 먹기로 '무모한 공격'을 할 수밖에 없었다는 걸 모르는 건륭이 아니었다. 그러나 막상 전쟁이 뜻하는 바대로 되어가지 않으니 스스로도 자신의 과실을 받아들이기 싫었던 것이다. 그러니 하물며 아들과 신하들에게 자신의 잘못을 인정할 리가 없었다. 편각의 침묵 끝에 건륭은 서청(西廳)을 가리키며 말했다.

"모두들 이리로 들라고 하거라! 류용을 따라온 자가 누구라고 했느냐?"

"류보기라는 자이옵니다."

옹염이 덧붙였다.

"기윤의 문생으로서 한림원 출신이옵나이다."

건륭은 더 이상 말이 없었다. 옹염은 그제야 태감을 불러 지의를 전하라고 명했다.

잠시후 세 신하가 줄줄이 들어섰다. 화가 누그러진 건륭의 표정을 훔쳐 살피며 몰래 안도의 한숨을 몰아쉬는 눈치들이었다. 화신이 벌써 웃는 얼굴을 보이며 말했다.

"방금 군기처에서 보내온 소식에 의하면 조후이에게서 군보가 날아왔사온데, 이미 노하역(潞河驛)에 도착해 있다고 하옵니다. 신이 군보가 군기처에 도착하는 즉시 폐하께 올리게끔 지시했사옵니다."

건륭은 그 말에는 가타부타 응답도 하지 않고 류보기를 향해 입을 열었다.

"류보기라고 했나? 기윤의 문생이고, 이시요의 휘하에서 보군통령아문(步軍統領衙門) 차사를 맡아왔었고, 한때는 사고서방(四庫書房)에서도 있었다면서?"

"예, 그렇사옵니다."

황제가 자신의 이력에 대해 이토록 소상히 알고 있는 것에 놀랍고 황감하여 류보기는 급히 머리를 조아렸다.

"학정(學政)을 우습게 보지 말게. 일개 성의 교화와 문명을 책임지는 것도 그리 쉬운 일이 아닐세."

건륭은 기윤과 이시요에게서 류보기에 대해 들은 바가 있었다. 왕이열도 그를 언급하며 기윤의 문풍(門風)을 이어받았노라고 말했던 기억이 났다. 궁전을 들어서며 저팔계처럼 기웃기웃하던 모습을 떠올리며 건륭은 저도 모르게 피식 웃었다. 그러나 이내 정색을 하며 말했다.

"귀주성(貴州省)은 귀신도 새끼치기 싫어한다는 째지게 가난한 곳이네. 묘족(苗族)과 요족(徭族)이 잡거(雜居)하여 풍속이 서로 틀리니 역대로 가장 교화가 안 되는 골칫거리였지. 이를 염두에 두고 차사에 진력해 주게. 정 은자가 필요할 때는 화신에게 기별하면 알아서 예산을 집행할 것이네. 향시(鄕試) 인원은…… 사천(四川)과 섬서(陝西)에서 선발하는 숫자에서 조금 더 뽑아도 되겠네. 학정은 일방의 좌사(座師)로서 총독과 순무의 절제와 상벌을 받지 않게 돼 있으니 주할 바가 있으면 수시로 상주문을 올리도록 하게."

"예! 신 류보기 성유(聖諭)를 받들어 모시겠사옵니다. 혼신의 힘을 다하여 차사에 매진하겠사옵니다. 지방의 교화가 잘 유지되어 절부(節婦), 열녀(烈女)들이 많이 배출되고 무뢰한들이 발을 붙이지 못하도록 노력하겠사옵니다. 화 대인께오서 예산을 집행해주시면 학당(學堂)을 세워 나라를 위해 진력할 수 있는 좋은 인재를 우후죽순처럼 양성해내겠사옵니다."

약간 과장되어 보이는 말투와 표정에 사람들은 모두 웃음을 금치 못했다. 화신이 나섰다.

"그렇다고 아녀자들만 남겨놓고 남정네들은 무뢰한이라는 죄명을 덮어씌워 다 쫓아내진 마시오. 지의가 계셨으니 예산은 충족하게 책정해 보내겠소. 허나 실속 없이 은자를 낭비하거나 날 속여 먹으려 들었다간 가차없이 몽둥이를 휘두를 것이니 그리 아시오."

이에 류보기가 대답했다.

"인재는 나라의 기운(氣運)과 직결되는 중요한 자원이라고 폐하께오선 사고서방에 오실 때마다 누누이 강조하셨습니다. 심혈을 기울여 키워낸다면 훌륭한 인재를 배출하지 못할 이유가 없습니다. 그곳 총독 전풍(錢灃)이 바로 귀주 토박이인 걸로 알고 있습니다."

옹염과 류용은 기윤에게서 일찍이 류보기에 대해서 들은 바가 있었다. 사유가 민첩하고 머리가 명석하다고 했다. 과연 틀림이 없는 것 같아 속으로 머리를 끄덕이고 있었다. 화신은 류보기가 전풍을 거론하자 표정이 잠시 어두워졌다. 그러나 이내 애써 웃음을 지어냈다.

"가기 전에 화신을 한번 더 만나보고 떠나게."

건륭이 미소를 지으며 말을 이었다.

"전풍 같은 인물을 몇 명만 더 만들어주면 짐은 바랄 게 없겠네. 운남(雲南)에서 화모은자(火耗銀子)를 올려 받지 않고 군민(軍民)을 인솔하여 해마다 말썽이었던 이해(洱海)를 고분고분하게 다스려 백성들의 평판이 한결같이 좋았었지. 황무지 2백만 무(畝)를 개간하여 벼농사를 짓게 하고, 상잠(桑蠶)과 마사(麻絲)를 재배하여 백성들의 수익을 올려주고 자기도 솔선수범하여 농사를 지으면서 부인과 가인들에게도 베를 짜게 하여 자립적으로 생활하게끔 했다고 하네. 운남성 대리(大理)의 백성들은 그에게 사당을 세워준다고 하네!"

전풍에 대한 치하를 아끼지 않는 건륭의 얼굴엔 화색이 돌았다. 그러나, 이 자리가 부자연스럽고 그 말이 귀에 거슬리는 사람이 있었으니, 그는 바로 겉으론 찬란하게 웃고 있는 화신이었다.

보름 전 전풍이 밀주문(密奏文)을 올렸다. 어쩐지 신경이 쓰여 이리저리 그 내용을 탐색하려 했으나 허사였다. 그 뒤로 며칠 후엔 전풍더러 귀경(歸京)하여 술직(述職)하라는 어지가 내려졌다. 아무리 생각해도 자신에게 불리한 그 무엇이 있을 것만 같아 지레 캥기는 마음이 무거운 화신이었다.

그런 화신의 속내를 알 길 없는 옹염이 기회를 놓칠세라 웃으며 입을 열었다.

"군기처에 손이 부족한 실정이온데, 전풍을 보결(補缺)시키는 건 어떻겠사옵니까?"

"운남(雲南)을 궤도에 올려놓았으니 이젠 귀주(貴州)라며 팔을 걷어붙이는 사람이네. 귀주에도 그를 필요로 하네. 짐은 전풍을 본보기로 내세우고자 하니 아직 3, 5년은 더 부려먹어야겠네."

건륭이 덧붙였다.

"젊은 사람이 너무 고속승진하는 것도 노리는 자들이 많아져 바람직한 게 아니네. 류보기, 자넨 귀양(貴陽, 귀주성의 지명)에서나 가는 도중에 전풍을 만날 수 있을 것이네. 서두르지 말고 천천히 가을 무렵에 북경에 도착해도 늦진 않다고 지의를 전해주게. 인삼도 두어 근 가져다주게. 그리고 낙양성(洛陽城)에 있는 복강안에게도 들러서 짐을 대신해 위로해주게. 낙양성이 너무 더우면 기산(祁山)이나 용문(龍門)의 향산(香山)으로 가서 피서(避暑)를 하라고 하게."

이렇게 되면 복강안더러 '흑수하(黑水河)로 가라'던 지의는 취소된 셈이었다. 류용과 옹염은 적이 안심하는 눈치였다. 신하에 대한 극진한 배려와 애정에 모두 감격해마지 않았다. 폭풍취우 같은 분노와 인정사정 없이 줄줄이 '처벌'을 내리던 건륭이 일순 화색이 만면하여 신하들을 거세(巨細)없이 배려하는 극과 극의 모습을 보며 아직 건륭의 성정을 모르는 류보기는 그저 얼떨떨할 뿐이었다. 물러가라는 건륭의 명을 받고 밖으로 나왔을 때에야 비로소 그는 막혔던 숨통이 트이듯 길게 숨을 내쉬었다.

"화신만 남고 경들도 물러가시게!"

건륭이 덧붙였다.

"노하역에까지 와 있다는 군보가 어떤 내용이든 막론하고 수시로 짐에게 보고하도록. 류용은 십오황자랑 저녁을 같이 하게."

뭔가 할말이 남은 듯 잠시 고개를 내리고 생각하던 건륭이 손사래를 치며 짤막하게 말했다.

"됐네, 가보게."

이제 궁전 안에는 건륭과 화신 단둘만 남았다. 화신은 날로 성정이 종잡을 수 없이 변해가는 건륭을 보며 속으로 바짝 긴장했다.

아침에 들어왔을 때 건륭은 심기가 불편해 있었다. 태감들이 저마다 숨죽이고 경직되어 있는 걸 보니 예삿일이 아닌 것 같아 조심스레 여쭤보니 호광의 효감 지역에서 비적들이 양민들을 현

혹하여 반란을 일으켰다는 것이었다. 건륭은 몇몇 황자들이 "오직 음풍농월에 심취하여 아비의 고뇌를 나몰라라 한다"며 불평을 터뜨렸고, "날씨가 어찌 이리 후텁지근하냐"며 미간을 찌푸렸다…… 아무튼 하다 못해 창턱으로 기어가는 개미새끼를 보아도 소털같이 많은 날에 뭐가 저리 항상 바쁠까 푸념을 해댔다.

불편한 심기를 달래주고자 화신은 용수철 같은 구설(口舌)로 건륭을 바둑판 앞으로 유혹했고, 건륭의 기분은 차츰 풀리기 시작했다. 그사이 옹염이 들어섰고 이런저런 가벼운 한담을 하며 기분이 좋아 보이던 건륭은 류용에게서 조후이가 '죽을 쑤고' 있다는 소식을 접하고는 크게 실망하고 분노했다.

한번 화가 났다하면 반경 수만 리 내의 신하들은 아무도 그 불편한 심기에서 자유롭지 못한 건륭의 기분이 전풍에게서 겨우 풀리나 싶었는데, 이제 혼자 남겨 놓고 또 무슨 소리를 하려는 걸까? 화신은 건륭의 의도를 더듬어내기 전에는 함부로 입을 열지 않는 게 상책이라고 생각했다. 미소를 지으며 옆에 시립하여 수시로 곁눈질로 건륭을 훔쳐볼 뿐 아무 말도 하지 않았다. 태감들의 시중을 받으며 옷을 갈아입고 난 건륭은 얼음에 담가두었던 수박을 한 조각 베어먹고는 수건으로 입을 닦았다. 그리고는 가볍게 "으흠!" 헛기침을 하며 돌아앉았다. 건륭이 그제야 입을 열 것 같은 생각에 화신은 귀를 쫑긋 세웠다.

"화신!"

건륭의 마침내 담담히 입을 열었다.

"쌍갑문 북측 쪽문으로 나가면 원명원 맞은편에 있는 저택이 자네 소유인가?"

화신은 건륭이 그와 같은 것을 물어올 줄은 미처 몰랐다. 고개를 들어 건륭을 빠르게 일별하며 그는 대답했다.

"예, 그렇사옵니다……."

틀림없이 누군가가 '찔렀다'는 생각이 뇌리를 쳤다. 마른침을 꿀꺽 삼키며 그는 말했다.

"폐하께오서 밀운(密雲, 북경 근교)에 두 곳의 장원(莊園)을 상으로 내리시고, 순의(順義)와 준화(遵化)에도 전답을 하사하신 덕분에 신은 꿈에도 그리던 집을 지을 수 있었사옵니다. 이는 전적으로 폐하의 성은 덕분이옵고, 원명원 공사의 감리를 맡으며 조금 덕을 본 것도 있사옵니다."

"원명원은 어마어마한 예산을 투입해야 하는 거국적인 공사이네."

건륭은 화신이 순순히 '택지로 인해 덕을 본' 사실을 실토할 줄은 몰랐다. 그는 미간을 좁히며 물었다.

"아무리 감리를 맡았고 천하의 재정을 총람(總攬)한다고는 하지만 눌러앉을 데가 따로 있지 어찌 원명원에 엉덩이를 들이밀 수 있단 말인가?"

건륭의 힐책에도 화신은 두려워하는 기색이 아니었다. 건륭이 찻잔을 집으려 하자 배시시 웃으며 다가가 숙련된 동작으로 은병(銀甁)에 든 차를 따라주었다. 그리고는 한 걸음 뒤로 물러서며 말했다.

"폐하께오서 무슨 오해가 계신 것 같사옵니다. 신이 머리가 몇 개라서 감히 공은(工銀)을 탐오(貪汚)하겠사옵니까? 신이 집을 지은 부지는 열째공주마마께오서 견자(犬子)에게 하가(下嫁)하심을 경하하여 조정에서 액부부(額駙府) 명목으로 상으로 내린 30경(頃)의 부지에서 20경(頃)을 사용한 것이옵니다. 원래는 연못자리였는지라 저지대라는 신경이 쓰였사오나 공사장에서 폐기 처분하는 석재와 기왓장 부스러기로 평평하게 메웠사옵니다. 신이 덕을 본 건 저지대를 메우는 석재를 따로 구입할 필요가 없어 은자 3만 냥 정도를 아꼈다는 것이옵니다. 문 앞의 석방(石坊)과 한 쌍의 석사자(石獅子)는 내무부에서 액부부에 정해진 제도대로 상으로 내린 것이옵니다. 건물을 짓는 데는 폐하께오서 하사하신 5천 냥과 태후부처님께오서 상으로 내리신 3천 냥을 요긴하게 잘 보탰사옵니다……."

기억력이 뛰어나고 세세한 장부(帳簿)에 대해 대단히 능한지라 화신은 손가락을 꼽아가며 일일이 전와(磚瓦), 목석(木石), 도료(塗料) 등 재료를 구입하는 데 얼마, 인부들의 공전(工錢)으로 얼마, 심지어는 인부들의 밥값까지도 소수점 아래의 계산을 해냈다. 원명원 공사현장으로 자주 다녔던 몇몇 태감들은 저마다 속으로 놀라워마지 않았다.

건륭은 벌써 오리무중에 빠지고 말았다. 숫자에 약하고 계산에 서투른 건륭은 긴 숫자만 나오면 머리가 아프고 정신이 없었다. 말미에 화신은 이렇게 말했다.

"이는 대략적으로 여쭈었을 뿐이옵니다. 폐하께오서 원하신다면 좀먹을 일이 없는 장부를 공부(工部)의 관원들을 시켜 조사해 보시면 모든 것이 청청백백(淸淸白白)하게 드러날 것이옵니다."

그 말에 건륭이 웃음을 지어 보였다.

"짐이 생각난 김에 한마디 하문했거늘 한 수레를 부려놓는군! 자네가 못미더워서 그러는 게 아니네. 그냥 궁금해서 물었는데, 역시 경은 공사(公私)가 분명한 사람이로군. 짐은 재정에 관해서는 무어라 말해도 잘 모르니 자네가 어련히 알아서 잘할까 믿어마지 않네. 다만 간혹 고개를 갸웃거리며 의혹을 품는 사람들이 있으면 오늘처럼 정확한 증거를 제시해가며 설득시키도록 하게."

이에 화신이 아뢰었다.

"이런 일은 추호의 오차도 있어서는 안 된다는 걸 잘 아옵니다. 앞으로도 폐하께 심려를 끼쳐드리지 않도록, 조정의 알뜰한 살림꾼이 되도록 진력하겠사옵니다. 외임(外任) 경력도 없고, 군무(軍務)에도 문외한인 신을 이같이 중용해 주시는 폐하이시옵니다. 이재(理財) 면에서의 재능조차 십분 발휘하지 못한다면 폐하께오서 신을 곁에 두실 이유가 없지 않겠사옵니까? 신이 추호라도 공사비를 탐오(貪汚)하거나 횡령한 사실이 드러난다면 폐하께오서 지적하시기도 전에 신은 벌써 저 앞 연못에 굴원(屈原)처럼 거꾸로 박혀 죽었을 것이옵니다!"

그 말에 건륭이 하하하! 웃음을 터트렸다. 그리고는 말했다.

"죄가 무서워 자살하면서도 굴원을 운운하는 건 또 무슨 어불성설인가!"

화신은 여전히 정색하며 대답했다.

"폐하께오서 신에게 대국의 재정을 맡기신 것은 천하에 이롭게 하라는 것이지 결코 딴주머니를 차고 검은 돈이나 챙기라는 뜻이 아닌 줄을 뼛속 깊숙이 명심하고 있사옵니다. 충성 여부를 떠나 천리양심이 용납하지 않을 것이옵니다. 천하제일의 정원(庭園)을 건설하면서 수억, 수조에 달하는 예산을 집행하게끔 전권 위탁하신 폐하의 신뢰는 실로 지대하옵니다! 손가락에 틈이 생겨 조금씩 새어나간다면 그건 신의 무능함이겠사오나 몰래 딴주머니를 찬다는 것은 곧 백번 죽어 마땅한 중죄이옵나이다!"

실은 전풍이 밀주문에서 화신에 대한 의혹을 일필지하에 언급

했었기에 화신을 남게 했던 건륭이었다. 그러나 소수점 아래의 숫자까지 정확히 짚어가며 조목조목 설명을 곁들이고 천리양심까지 거론하며 결코 '백번 죽어 마땅한 중죄'를 범하진 않을 거라는 굳은 맹서 앞에서 건륭은 결국 꼼짝못하고 설득당하고 말았다. 전풍이 뭔가 헛다리를 짚었으려니 생각하며 건륭은 마음이 홀가분해졌다.

"돈 얘긴 그만하고 우리 밖에 나가서 산책이나 좀 하세."

그러나 화신은 아직 뒤끝이 개운치는 못했다. 조정 안팎과 상하 모두 '쓸만한' 이들은 전부 자신의 겨드랑이 밑으로 끌어들였고, 씨뿌리고 물을 주어 가꾸었어도 가시 있는 꽃은 키운 적이 없거늘 누가 등뒤에서 내 뒤통수를 노렸단 말인가? 앞으로는 아무런 소문도 흘리지 않고 직접 건륭에게 고자질해 바친 자가 대체 누구란 말인가? 전풍, 그 자가 틀림없어. 나쁜 자식!

속으로 뿌드득 이를 갈며 화신은 건륭을 따라 걸어갔다. 그러나 얼굴엔 전혀 내색하지 않고 미소를 가득 머금은 채 서쪽 일대를 가리키며 아뢰었다.

"저기 한온천(寒溫泉)이 있사옵니다. 여름엔 찬물이 나오고 겨울엔 더운물이 샘솟는 기적 같은 곳이옵니다. 폐하께오서 여러 번 말씀하셨는데, 하는 일 없이 바빠 돌아다니다 보니 모시고 갈 틈이 없었사옵니다. 이참에 저리로 모시고 갈까 하옵니다?"

건륭이 말없이 머리를 끄덕였다. 느린 걸음으로 화신을 따라 걸어가며 그는 아직도 조후이의 군무에 대해 염려하고 있는 것 같았다. 천천히 걸음을 떼어놓으며 건륭이 입을 열었다.

"자네 주군이 옹색해서 이러는 건 아니네. 자네가 나라 살림을 도맡고 있으니 잘 알겠지만 조후이, 하이란차가 여태 쓴 고은(庫

銀)이 얼마인가? 마누라를 고명(誥命)에 봉해주고 자식들까지 일일이 신경 써 주었거늘 어찌 짐의 성의를 이리도 몰라준단 말인가? 짐은 수라상을 대하고 있으면서도 어디 다른 근심은 없을까 생각하고 최선을 다해 후고지우(後顧之憂)를 덜어주고자 백방으로 애써왔네. 누군가 눈꼴시다며 탄핵을 해와도 본인들이 알면 신경 쓰일까 봐 번번이 방패막이가 돼주었네. 그러니 이제 더 이상 뭘 해주란 말인가? 어찌 그리도 힘을 쓰지 못하고 적들 앞에서 쩔쩔 매느냐 이 말이지. 휴! 신하노릇 하기도 힘들겠지만 어찌 군주노릇 하는 것만 하겠는가……."

"신의 소견으론……."

화신도 한숨을 지으며 말을 이었다.

"이번 전사(戰事)가 성공리에 끝나면 사실 더 이상 총대를 메고 나갈 일이 없을 것이옵니다. 조후이와 하이란차는 관록에 아쉬움이 없사오니 그렇다 쳐도 그 부하 장령들은 어느 누가 전사를 통해 승진하고 재물을 얻고 싶지 않겠사옵니까? 그들은 너무 손쉽게 승전고를 울리면 공로가 공로 같지 않은 점을 염두에 두고 있는 것 같사옵니다! 폐하께오서 조급해하시고 초조해하심에도 저들은 적들을 섬멸하는 데 자신이 있기에 쥐를 잡아 놓고 즐기는 고양이처럼 늑장을 부리고 있는 게 아닌가 사려되옵니다. 신은 제대로 총대를 메어본 적이 없사오나 군사엔 아계를 능가하는 인재가 없다고 생각하옵니다. 아계는 이번에 북경으로 돌아와 틀림없이 이번 전역(戰役)이 결코 쉽지 않다고 할 것이옵니다. 원래 장군들은 전쟁을 치르면 치를수록 조심스러워진다고 하옵니다."

화신은 두어 마디에 벌써 두 장군과 한 군기대신이 이번 전사를 대함에 있어 '사사로운 욕심'을 품고 있다는 화두를 던졌다. 그러나 건륭은 아직 눈치를 채지 못한 것 같았다. 화가 나고 울분이 부글부글 괴어올랐으나 애써 참고 있었다.

"그런 마음으로 군주를 위하니 꼴이 그 모양이지! 두고봐, 어디!"

화신이 몰래 건륭을 힐끗 훔쳐보고는 말투를 달리했다.

"두 장군이 다른 마음을 품고 있다고 하면 그것도 공정한 평가는 아니옵니다. 둘은 십분의 기력을 쏟지 않았을 뿐이옵니다. 그래도 약은 수를 쓰는 데만 급급한 문관들에 비하면 크게 질책할 바는 아니라고 생각하옵니다. 필경 흉험하기 짝이 없는 전쟁터가 아니옵니까? 과정이야 어찌됐든 결과적으로 홍기보첩(紅旗報捷)만 떡하니 날아와 준다면 폐하께오선 그들의 모든 과오를 덮어버리고 먹구름 걷힌 기분을 되찾을 수 있을 것이옵니다. 관직과 봉록, 그리고 은자! 천하의 영웅들 치고 이 세 가지의 나망(羅網)에서 자유로울 수 있는 사람이 몇이나 되옵니까? 신이 호부와 협의하에 군향(軍餉)을 좀더 넉넉히 보내주어 사기를 진작시키는 데 일조를 하겠사옵니다."

두 사람은 이야기를 나누는 사이 어느덧 숲이 무성한 좁은 길로 들어섰다. 다른 곳에 비해 고목이 더욱 하늘로 치솟아 있고 숲이 울창하여 또 다른 세계에 들어선 것 같았다. 야트막한 담이 잎새 무성한 나무와 등나무를 비롯한 갖은 줄기에 덮여 보이지 않았다. 가까이 가서 보니 꽃과 휘어진 가지로 둥그렇게 만든 화문(花門) 위에 편액이 걸려 있었다. 단정하고 힘있어 보이는 기윤의 필체였다.

宜人潭波

화신이 편액을 가리키며 아뢰었다.

"여기가 바로 한온천이옵나이다."

그리고는 뒤를 따르던 태감과 어멈, 시녀들에게 말했다.

"안에는 따로 시중드는 궁인들이 있으니 여러분들은 여기서 기다리시게. 폐하의 부름이 계실 때 들어오시게."

화신은 어쩐지 기분이 좋아 보였다. 울타리 안으로 들어가 보자 화신이 설명을 했다.

"저 안에 서안(西安)의 화청지(華淸池)를 모방해 만든 연못이 있사옵니다. 겨울에도 온천물에 목욕하고 수영할 수 있게끔 난방시설도 잘해놓았사옵니다."

건륭은 호기심에 약간 들떠서 화신을 따라 갔다. 과연 울울창창한 나무숲을 헤치고 가보니 전부 대리석으로 도배한 커다란 궁전이 나타났다. 화신의 말에 따르면 이는 겨울철을 대비하여 특별히 지은 궁전이라고 했다.

궁전 동쪽으로 돌아가니 갑자기 눈앞이 훤해졌다. 궁전 뒤쪽엔 정원이 따로 없고 울창한 숲과 화려한 백화에 둘러싸인 커다란 못이 있었다. 면적이 어림잡아 2무(畝)는 될 것 같았다. 사방엔 내려가고 오르기 편하게 청석(靑石)으로 계단을 만들어 놓았고, 동쪽엔 샘이 콸콸 용솟음치고 있었다. 하얀 김이 뽀얗게 서린 걸 보니 온천수였다.

서양의 그림책에서나 보았던 장면에 건륭이 잠시 넋을 잃고 있을 때 갑자기 연못 저편의 작은 섬에서 물장구를 치는 듯한 소리가 들려왔다. 건륭이 고개를 돌려보니 몇몇 묘령의 여자들이 까르르 웃음을 터트리며 물장구를 치고 있었다. 두 남자가 가까이 다가가자 여자들은 황급히 물속에 몸을 숨겼다. 건륭의 눈빛은 경이로움과 환희에 이채를 발했다. 시리게 푸른 물속에 거의 발가벗은 몸을 담그고 치부를 두 팔로 가리며 어쩔 바를 몰라하는 여자들을 건륭은 뚫어지게 쳐다보았다.

물 안에 있는 여자들은 넷이었다. 모두 열일곱 살 가량 되어 보이는 이들은 고쟁이 하나만 아슬아슬하게 입고 있을 뿐이었다. 옷가지들은 모두 건륭의 발아래 언덕에 차곡차곡 개켜 있었다. 갑작스레 남자들이 들이닥치자 물 속에서 감히 일어서지도 못하고 언덕께로 옷을 가지러 오지도 못한 채 여자들은 백옥 같은 어깨들만 드러낸 채 미세한 먼지조차 숨길 수 없을 것 같은 청옥(靑玉)의 물속에 잠겨 있었다. 건륭의 뚫어질 듯한 눈빛에 얼굴은 저마다 도홍색이 되어버리고 말았다.

그 중 둘은 참다못해 앉은자리에서 뒤로 돌아서 버렸다. 나머지 둘 중 하나는 두 팔로 가슴을 가린 채 언덕 위를 향해 말했다.

"화 대인, 웬만큼 눈요기를 하셨으면 자리를 좀 비켜주십시오. 옷을 입게요!"

"은춘(恩春)이 너였구나!"

화신이 웃으며 고개를 외로 틀었다. 그리고는 말했다.

"난 아무 것도 안 봤어. 내가 너희들을 데려올 때 폐하를 시중들 거라고 했지? 이 분이 바로 당금의 천자이신 건륭황제이시다. 폐하께오서 눈요기가 아니라 다른 걸 원하셔도 너희들은 감히 지의를 어겨선 아니 될 것이야……."

바로 앞에서 자신들을 굽어보고 있는 사람이 황제라는 말에 온 몸을 뒤틀며 수줍어하던 여자들이 더욱 민망스러워했다. 누군가 건륭을 훔쳐보고 무어라 낮은 소리로 말했는지 갑자기 까르르 웃음소리가 터져 나왔다. 은춘이라는 계집이 한 손으로 가슴을 가린 채 다른 한 손으로 언덕 위의 옷을 잡으려고 하자 건륭이 단걸음에 다가가 그 손을 잡았다. 잡아당겨 계단을 올라오게 하고는 말했다.

"세상의 어떤 대가가 이 같은 미인욕천도(美人浴泉圖)를 그려낼 수 있겠느냐! 이렇게 맞닥뜨린 것도 연분이니라. 네가 은춘이고, 그럼 저네들은 이름이 뭐냐. 수영하느라 힘이 든 것 같은데, 올라와서 쉬지 그러냐."

거의 알몸으로 언덕에 올려진 은춘은 수치심과 부끄러움에 새끼 꼬듯 몸을 비틀었다. 화를 낼 수도 없고 짜증을 부릴 수도 없었다. 그러나 건륭의 온화하고 정겨운 목소리와 정욕에 불타는 부드러운 눈매가 싫지는 않았다. 한 손을 잡힌 채 긴 머리에 반쯤 가려진 얼굴에 홍조를 띠우고 은춘은 기어들어가는 소리로 대답했다.

"실로 창피스럽사옵나이다. 이러다 누가 보기라도 하오면
……."

그 말에 건륭이 너털웃음을 터트렸다.

"화신도 이렇게 고개를 외로 꼬고 있지 않느냐. 짐이 고개를 돌리라고 하기 전에는 감히 돌리지 못할 텐데, 뭐가 창피하다는 거냐? 그래, 알았느니라, 옷을 입거라!"

건륭의 말이 떨어지자 마치 대사면을 받은 듯 나머지 셋도 허겁지겁 언덕으로 올라와 젖은 몸도 닦을 사이 없이 재빨리 옷을 주워 입었다. 그제야 화신이 일일이 소개를 했다. 나머지 셋의 이름은 각기 회춘(懷春), 사춘(思春), 봉춘(逢春)이었다.

"강남에서 얼마 전에 새로 사온 계집들이옵니다. 창음각에서 몇 개월 동안 태감과 어멈들에게서 교습을 받는 대로 데려다 놓았사옵니다. 원래는 서쪽의 회유서방(懷柔書房)이 완공된 연후에 본격적으로 시중을 들게 하려고 했사오나 오늘 우연히 마주치게

되었사옵니다."

"잘됐네, 잘됐어!"

건륭은 크게 기뻐하여 온몸의 뼈가 녹아내리는 것만 같았다. 이
계집 저 계집 탐욕스레 훑어보며 그는 말했다.

"춘(春)자 돌림이네? 이름도 잘 지어주었네! 잘됐네, 서재에서
필묵지연(筆墨紙硯) 네 가지를 하나씩 시중들면 되겠군. 물도 좋
고 못도 좋고 사방이 울창한 숲에 둘러싸여 있으니 무릉도원이 따
로 없구나……. 너희들이 목욕하는 걸 보니 마치…… 으음, 마
치……."

건륭이 돌연 〈서유기(西遊記)〉에서 저팔계가 반사동(盤絲洞)을
통해 탁구천(濯垢泉)을 훔쳐보던 장면을 떠올렸다. 그러나 별로
듣기 좋은 얘기가 아니라 생각되어 잠시 망설이고 있을 때 화신이
어느새 입을 열었다.

"견우가 목욕하는 직녀를 훔쳐보는 것 같사옵니다……."

"그래, 맞네! 바로 그것이네!"

건륭이 자신을 도와준 화신에게 감격 어린 눈길을 보내며 크게
기뻐하여 박수까지 쳤다. 술이라곤 한 방울도 마시지 않았으나 언
동엔 약간 취기가 느껴지는 것 같았다. 쑥스럽고 '천위(天威)'의
두려움도 없지 않던 여자들은 연신 "잘됐네, 잘됐어!"를 연발하는
건륭을 보며 손으로 입을 가리고 몰래 웃음을 지었다. 건륭이 물
어왔다.

"금기서화(琴棋書畵)를 배웠느냐?"

이에 화신이 급히 대답했다.

"강남에서는 여자아이들에게 조금씩은 다 가르치는 걸로 알고
있사옵니다. 봉춘이 곡을 참 잘하옵니다!"

건륭이 꽃 속에 파묻혀 도취된 듯 박수를 쳤다.

"그래? 네가 방금 고개를 돌려 몰래 웃었지? 이름이 봉춘이라고 했느냐? 참으로 곱기도 하구나. 거기다 곡도 잘한다고? 악기를 가져다 여기 수정(水亭)에서 몇 곡 뽑아보거라. 시원하고 경치도 그만이니 목청이 잘 트일 것 같구나!"

이들 '사춘(四春)'은 화신이 숭문문(崇文門) 세관(稅關)에 있을 때 유심히 물색해 두었던 아이들이었다. 부모를 따라 경사(京師)에 올라와 운 좋게 왕공(王公)과 패륵(貝勒)들의 집을 안 다녀본 곳이 없는 연극배우 출신들이었다. 용자봉손(龍子鳳孫)의 달관귀인(達官貴人)들 집에서 기량을 선보이고 인정받는 사이 화신이 수차에 걸친 '엄선' 끝에 점찍어두었던 '최상품'이었다. 원래는 건륭의 아우인 홍주(弘晝)에게 심심풀이 '노리개'로 효도하려고 했으나 홍주는 일찌감치 병들어 죽고 말았던 것이다. 군기처에 입직하고 나서 그는 아이들을 창음각으로 들여보내 창과 곡을 익히게 하고 금기서화도 일일이 가르쳐주게 했다. 건륭에게 효도하기로 했던 것이다.

계집들 또한 미색이 뛰어나고 왕공패륵들의 집을 드나들면서 소위 용자봉손들을 겁내지 않는 배짱을 길렀는지라 요행히 찾아온 기회를 놓칠 리가 없었다. 화신이 사전에 재삼 '얌전하고 격조 있게 굴라'는 주문을 해놓지 않았더라면 벌써 만종(萬種)의 풍소(風騷)를 자랑하며 건륭의 면전에서 맘껏 색기(色氣)를 발산했을 계집들이었다. 그 동안 갈고 닦은 눈치 또한 송곳 같은지라 척하면 3천 리였다.

건륭이 대단히 흡족해하는 모습을 보며 계집들은 벌써 달라지기 시작했다. 봉춘은 건륭의 등뒤로 가 어깨며 허리를 주물러 주었고, 오동통한 젖가슴을 조금씩 밀착시켰다. 사춘은 건륭의 무릎께에 엎드려 다리를 주물러주고 발가락까지 시원하게 훑어주었다. 비단같이 매끈하고 보드라운 손길에 건륭은 혼신의 긴장이 한꺼번에 풀리는 것만 같았다. 그사이 회춘은 아쟁과 비파의 줄을 조율하고 음을 맞추며 노래를 할 준비를 했다. 그리고 은춘은 건륭의 찻물과 건즐(巾櫛)을 시중들었다.

건륭은 너무 좋아서 연신 허허 웃으며 입을 다물지 못했다. 지나치게 담대한 계집들의 모습을 조마조마하게 지켜보던 화신은 건륭이 무척 구미에 맞는 표정을 짓는 걸 보며 긴장을 풀었다. 그는 옆에서 조심스레 아뢰었다.

"정무와 군무에 불철주야 다망하시온데, 가끔씩 여가를 내어 음악과 오락을 즐기시는 것도 꿀맛이 아니겠사옵니까. 소문소호(小門小戶) 출신들이온지라 천가(天家)의 법도에 서툴러도 아직 천진난만하고 순진무구한 소녀들인 점을 감안하시어 예쁘게 봐주시옵소서……."

"법도는 무슨! 짐이 곧 '천가'이고 짐이 즐거우면 그것이 곧 법도이거늘. 종일 담녕거, 양심전, 건청문에서 경들과 씨름하는 것도 모자라서 여기까지 와서 법도를 찾아야겠나?"

건륭이 춘풍이 만면하여 사춘(四春)에게 몸을 내맡긴 채 좋아했다. 다리를 주물러주는 사춘의 손을 가만히 잡아 두 손을 덮고 만지작거리며 건륭이 말했다.

"공부자(孔夫子)의 법도는 묘당(廟堂)에 있고, 광범한 대중들을 교화하는 자리에 존재하네. 성현의 도를 침실로까지 들일 필요는 없지 않겠나! 그건 그렇고 여인네들의 의상은 역시 한장(漢裝)인 것 같네. 매혹적인 곡선의 아름다움을 그대로 드러내는 저 수설군(水泄裙, 길게 늘어진 치마)과 엷은 색 비갑(比甲, 저고리)이 얼마나 고운가. 산발의 청사(靑絲)를 깔끔히 올려 길고 매끄러운 목을 훤히 드러내 보이니 참으로 아녀자답고 나긋나긋해 보이질 않는가. 저 용모에 만장(滿裝)을 입혀놓으면 한줌씩 양의 꼬리처럼 땋아 내린 머리에 뒤축이 낮고 앞이 높아 걸을 때 가슴과 배를 한껏 내밀게 되는 화분저(花盆底) 신발을 신으면 서시(西施, 중국 고대 최고의 미인)가 무렴(無鹽, 최고의 추녀)으로 전락하는 건 순간일 테지."

그러자 봉춘이 건륭의 귓가에 대고 말했다.

"폐하께오서 한장(漢裝)을 좋아하신다면 당장 한장으로 바꾸라고 지의를 내리시옵소서. 누가 감히 지의를 거역하겠사옵니까?"

그러자 화신이 꾸짖었다.

"이게 못하는 소리가 없네, 겁대가리 없이! 하문하시는 말씀에나 대답하고 허튼소리는 하지 말라고 했지!"

이에 건륭이 그만 야단치라는 듯 손사래를 쳤다. 그리고는 봉춘의 손을 끌어당겨 손등을 어루만지더니 코를 대고 킁킁거리며 냄새를 맡고 나서 말했다.

"그리 혼낼 일이 아니네. 짐은 그 생각을 진작에 했었네. 태후마마와 팔기(八旗) 가족들이 조상의 가법을 어기면 근본을 잃어버리기 쉽다며 결사적으로 반대하는 바람에 생각을 접었을 뿐이네. 군주도 황실가법의 예속으로부턴 자유롭지 못하다네……"

화신이 자신의 눈치를 보는 사춘에게 시선을 주었다. 그러자 사춘은 건륭을 향해 만복을 비는 예를 사뿐히 갖추고 공연을 서둘렀다. 회춘이 거문고를, 사춘은 가야금을, 은춘은 퉁소를 각각 껴

안고 들고 가볍게 시음(試音)을 해 보였다. 이어 청아한 음악이
울려 퍼지고 정정옥립(亭亭玉立)하여 마치 임풍(臨風)의 옥수
(玉樹) 같은 봉춘이 두 손을 살짝 맞잡아 가슴께에 대고 앵성(鶯
聲)을 뽑아 올리기 시작했다.

천리 꾀꼬리 우는 길에 녹홍(綠紅)이 한창인데,
수촌산곽(水村山郭)엔 주막의 깃발이 바람에 손짓하네.
남조(南朝)엔 4백 80개의 절이 있었거늘,
그 많은 누대(樓臺)는 연우(煙雨)에 가려 보이질 않는구나.

"으음, 좋다!"
건륭이 힘껏 머리를 끄덕이며 박수를 쳤다. 화신이 재빨리 따라
서 박수를 치며 분위기를 띄웠다. 그러자 희롱하듯 다가오는 건륭
의 눈빛을 받으며 봉춘이 생글생글 보조개를 파며 춤동작까지 곁
들여 노래를 이어나갔다.

신강수(申江水)는 수심이 백 척(尺)이라,
그 깊은 속내를 뉘라서 알리오.
목이 메어 나직이 낭군을 부르니,
애타게 그리워해도 그이는 오질 않네!
의상이 젖고 베갯잇이 흥건하도록 울고 있으니
난 어느새 망부석이 되었네.
오지 않을 거면 무슨 정을 그리 주셨나요,
한번 가면 그만인 풍류를 어찌 하리……

건륭이 고개를 돌려 화신을 보며 말했다.

"남녀간의 애정을 속어(俗語)에 담아내는 것도 대아(大雅)가 아니겠나?"

고개를 내리고 뭔가 생각에 잠겨 있던 화신이 화들짝 놀랐다. 이내 자신의 실수를 느끼고는 급히 사정하듯 아뢰었다.

"지당하신 말씀이옵나이다! 신은 무어라 평을 달만큼 아는 것이 없사오니 달리 여쭐 말씀이 없사옵니다."

그는 입술을 빨며 말을 이었다.

"조후이가 보낸 군보가 지금쯤은 대내(大內)로 도착했을 거라는 생각을 잠깐 하고 있었사옵니다! 폐하께오선 모처럼 즐거운 시간을 보내고 계시오니 이 아이들의 시중을 받으시며 잠깐만 계시옵소서. 신이 달려가 보고 오겠사옵니다. 중요한 내용이면 화속(火速)으로 달려와 폐하께 아뢰도록 하겠사옵니다."

건륭은 눈을 지그시 감은 채 고개를 끄덕여 박자를 맞추며 말없이 손사래를 쳐 보였다. 화신은 예를 갖춰 인사를 올리고는 공손히 물러나며 한껏 도취하여 무아의 경지에 이른 것 같은 건륭을 향해 입을 길게 찢으며 웃었다. 그리고는 물러갔다.

궁전을 나가니 류보기가 담녕거 저편에서 걸어오고 있는 게 보였다. 옹염의 접견을 받고 나오는 길일 거라고 생각한 화신은 손짓을 하여 그를 불렀다.

"십오마마께서 따로 분부가 계셨나 보지? 그래, 언제 떠날 거요?"

뒷짐을 짓고 천천히 걸어나오며 생각에 잠겨 있던 류보기가 화신의 부름을 받고는 웃으며 빠른 걸음으로 다가왔다. 그리고는 대답했다.

"지난번 예부의 루광걸(婁光傑)이 지적한 바에 따르면, 귀주성은 워낙 편벽하고 멀어 아직도 생원(生員)과 동생(童生)들에게 팔고문(八股文)을 가르치는데, 여유량(呂留良)의 〈춘추강의(春秋講義)〉를 교본으로 사용한다고 하오. 여유량은 선조(先朝) 때의 대역죄인이거늘 훼판(毁版)된 지 수십 년도 더 되는 낡은 교본을, 그것도 흠명대역죄인이 쓴 책으로 사용한다는 것이 말이나 되는 소리요? 그래서 어찌하는 것이 좋을는지 십오마마께 훈시를 청하러 들었었소."

화신이 관심을 가지며 물었다.

"그래, 십오마마께선 뭐라고 하셨소?"

그러자 류보기가 빙그레 웃어 보였다.

"십오마마께오서 그러시는데, 이런 경우는 비단 귀주성뿐만이 아니라 광서성에서도 비일비재하다고 하오. 폐하께 훈시를 청하니 폐하께오선 '알았네'라고 어비(御批)를 내리셨다고 하오. 그밖에 원명원 공사에 필요한 재목을 운남에서 운송해오려면 경유지인 귀주성에서 도로공사를 해야 한다는 것과 동광(銅鑛)의 공인(工人)들 중에 사교(邪敎)의 유혹을 받아 반란에 가담하는 경우가 더러 있으니 유의하라고 재삼 당부하셨소. 아계가 당도하였다는 말에 서둘러 아계를 들이시려고 하기에 나도 빨리 나왔소."

원명원 공사와 관련해선 자신이 총감독을 맡고 있는지라 화신이 관심을 갖고 물었다.

"아계가 벌써 도착했소? 그래, 십오마마께오선 귀주성 도로공사와 관련해 무어라 지시하셨소?"

"전풍이 북경에 도착하면 그때 잘 검토해보겠다고 하셨소. 난 내일 출발하려고 하는데, 귀주 쪽에 무슨 볼일은 없소?"

화신은 말없이 고개를 저었다. 그는 전풍이 옹염을 만난다는 말에 가슴이 철렁 내려앉았다. 귀주와 운남 쪽에서 원명원 공사에 필요한 재료를 구입하면서 호부와 귀주성 번고(藩庫)에서 이중으로 돈을 지급하게 만들어 자신이 중간에서 40만 냥 정도를 따로 챙긴 사실이 혹시 들통난 건 아닐까? 안 그래도 귀주의 번고에 돈이 많지 않은데다 전풍의 이목이 신경 쓰여 자신이 입김을 불어넣어 동정사(銅政司)에서 꿔주게끔 했는데, 개코같은 전풍이 사방에 킁킁대고 다니더니 무슨 냄새를 맡은 건 아닐까? 이 사실이 들통나는 날엔 크게 다칠 경관(京官)만 수백 명에 이르나, 첫 번째로 목이 떨어질 사람은 단연 화신 자신이었다!

생각할수록 정신이 사납고 머리 속이 어지러웠다. 어색한 웃음을 짓고 있었으나 귓전은 윙윙 벌집을 쑤신 것 같고, 심장도 터질 것만 같았다. 예상되는 어려움과 미지에 대한 불안을 하소연하는 류보기의 말은 한마디도 들리지 않았다……. 정신이 혼미하여 넋이 빠져 있을 때 류보기가 물어왔다.

"중당께선 우리 귀주 학정(學政)에 어느 정도의 예산을 고려하고 계시는지요?"

그제야 문득 제정신이 든 화신이 유난히 민감하게 반응하며 물었다.

"벌써 내려보내지 않았소! 헌데 또 뭘?"

이에 류보기가 말했다.

"방금 말했잖소! 인서(印書)하고 각 주현의 학당들에 조금씩 경비조로 나눠주고 하자면 좀 부족할 것 같다고. 새로 부임해 가는데 중당의 위력을 빌려 내가 불 한번 좀 제대로 지펴봅시다."

화신이 숨을 몰아쉬며 한숨을 지었다.

"그런 건 조정에 바라면 아니 되오. 선례가 무섭다는 걸 알아야 하오. 그쪽에만 편의를 봐주고 다른 데는 나몰라라 할 수는 없지 않소? 그렇다고 전부 똑같이 해줄 수는 없고……."

그는 잠시 침묵하고 있었다. 그러다가 돌연 뭔가 생각이 떠오른 듯 웃으며 말했다.

"그래도 새로 부임해가면서 불지피는데 나라는 불쏘시개를 떠올렸다는 것이 반갑소. 어디 가서 떠벌리지는 마시오. 내가 원명원 공사비에서 몰래 8만 냥을 떼어줄 테니. 저녁에 우리 집으로 와서 류전에게 얘기하시오, 내가 지시해 놓을 테니. 그리고 내 밑으로 두 사람이 귀주성으로 출장을 갈 거요. 그네들도 내일 출발하는데 같이 가도록 하오, 서로 돌봐가면서 길동무도 하고 좀 좋겠소."

난색을 표하며 칼같이 자르는 화신의 말에 적이 실망했던 류보기가 자그마치 '8만 냥'을 내준다는 말에 벌써 입이 귀에 걸리고 말았다. 그는 연신 허리를 꾸벅거려 사은을 표했다.

"저녁에 꼭 들르겠소! 8만 냥이 있으면 실로 요긴하게 잘 쓰겠소. 참으로 고맙소……."

이같이 말하며 류보기는 저녁에 또 보자고 하면서 떠나갔다. 화신은 이상야릇한 미소를 지으며 그의 뒷모습이 죽림(竹林)으로 사라질 때까지 지켜보았다. 그리고는 돌아서서 천천히 동서방(同書房)으로 꺾어들었다. 머리 속이 마치 엉킨 실타래 같았다.

'전풍은 나를 향해 마수를 뻗쳐올 것이 틀림없다! 인정사정 없이 쥐어뜯고 물어버릴 것이다! 대체 이 백면서생이 증거랍시고 들고 오는 건 뭘까? 더욱 피가 마르는 건 '십오마마'가 전풍에겐 간, 쓸개라도 빼줄 듯이 좋아하면서 난 '주는 것 없이' 미워한다는 것이다. 건륭 역시 전풍에 대한 신임이 나를 앞서는 것이 사실이다. 몇 번씩이고 많은 사람들 앞에서 전풍을 '대현유생(大賢儒生)' 이라고 치하했었다. 나도 물론 성총이 여전하긴 하나 건륭의 내게 대한 애정은 주인이 이재(理財)에 밝은 '장방선생(賬房先生)' 대 하듯 하는 것 그 이상도, 그 이하도 아닐지 모른다.'

화신은 이런저런 생각에 머리가 터질 것만 같았다. 원래는 사건 이 불거지기 전에 두 측근에게 은자를 주어 귀주성으로 내려가 불씨를 없애버리고자 했었다. 그러나 이 시각 화신은 문득 전풍이 미리 선수를 쳐 자신이 덫에 걸려들도록 함정을 파놓고 호시탐탐 기다리고 있을지도 모른다는 생각이 들었다.

죽여버리자! 잠깐 그런 악랄한 생각이 화신의 뇌리를 스쳤다. 그러나 다시 망설여졌다. 이젠 더 이상 미말(微末)의 소리(小吏) 가 아닌 기거팔좌(起居八座)의 봉강대리(封疆大吏)를 무슨 수로 쥐도 새도 모르게 죽여버린단 말인가? 일단 자신의 '거사(擧事)' 가 실패로 돌아가는 날엔 자신은 일족이 멸문지화를 입는 죄를 범하게 될 것이다. 설령 성공했을지라도 조정에서는 끊임없이 '뜨 거운 감자'를 캐내던 전풍의 죽음에 대해 수상쩍게 여길 것이고, 그러다 보면 자신이 도마 위에 오르는 건 시간문제라는 생각이 들었다…….

이쯤 하여 화신은 그제야 자신이 '팔면영롱'하여 사방에 인맥이 거미줄 같다고 자부해왔던 모든 것이 한낱 비누거품 같다는 허무 함을 느끼지 않을 수 없었다. 무너지는 담장을 너나없이 달려들어 밀어버리듯이, 자신이 일단 사면초가에 내몰리면 진정으로 도움 을 줄 수 있는 사람은 하나도 없었던 것이다!

두서없이 이런저런 생각에 잠겨 있을 때 복인이 동서방 쪽에서 주사함을 받쳐들고 걸어오고 있었다. 급히 감정을 추스르고 정신을 차리며 그는 물었다.

"흑수하에서 온 상주문인가? 어디로 보내는 건가?"

"아! 화 중당께서 여기 계셨네요!"

고개를 숙인 채 걸어오던 복인이 그제야 화신을 알아보고는 환하게 웃으며 대답했다.

"조후이 군문의 상주문입니다. 십오마마께오서 읽어보시고 아계와 류용 그리고 화 대인 세 분 중당께 보내어 읽어보라고 히셨습니다. 방금 아계와 류용 두 중당께오선 이미 읽어보셨습니다. 화 중당께서는 어디 계신지 지금 찾고 있던 중입니다!"

화신이 복인이 받쳐 올린 주사함에서 상주문을 꺼내어 펼쳐들었다. 그리고는 물었다.

"그래, 아계 중당은 언제쯤 입궐하셨나? 류용은 아직 서방(書房)에 있던가?"

복인이 대답했다.

"예, 그렇습니다. 아계 중당은 노하역에 머무르지 않으시고 직접 입궐하여 폐하께 문후 올리고 죄를 청하였습니다. 지금은 류 중당과 담화중이십니다."

"음!"

화신이 알았노라고 가볍게 대답했다. 상주문에는 마광조가 이미 조후이와 연락을 취했고, 조후이는 대영(大營)과 회합하지 않고 마광조더러 대영을 서쪽으로 25리 지점에 옮기게 하여 의각지세(犄角之勢)를 이루어 곽집점과 대치하고 있다고 했다. 족히 4천 글자는 넘을 장문이었으나 딱히 이거다 싶게 중요한 내용은 없는 것 같았다. 상주문을 펼쳐든 채로 그는 말했다.

"먼저 가보게, 난 두 분 중당을 만나봐야겠네."

이같이 말하며 그는 서둘러 계단을 올라 동서방으로 들어갔다. 과연 류용과 아계가 마주앉아 담소를 하고 있었다. 화신이 공수하여 예를 갖추었다. 그리고 허허 소탈하게 웃으며 말했다.

"아무리 길을 재우쳐도 오늘밤은 돼야 도착할 줄 알았는데, 의외로 빨리 오셨네요!"

류용과 아계도 일어나 답례를 했다. 아계가 보니 화신은 전보다 혈색도 좋고 살집이 더 좋아진 것 같았다. 눈가는 조금 어두웠다. 이는 간밤에 잠을 제대로 못 잤다는 증거였다. 언제 보아도 옷차림이 한결같이 깔끔하던 화신이 오늘은 장화(長靴)며 두루마기 자락에 풀잎을 달고 목 밑의 단추도 두어 개 끌러 놓은 걸 보며 류용이 다소 놀라운 듯 물었다.

"화 대인, 방금 무슨 일이 있었소?"

"아! ……일은 무슨 일이 있었겠습니까."

화신이 마음을 도둑 맞히기라도 한 듯 과민하게 반응했다. 여전히 아래위로 훑어보는 류용의 눈길을 따라 자신을 내려다보며 그는 웃으며 대답했다.

"걸어오면서 상주문을 읽다보니 풀섶에 스치고 나무에 이마를 찧을 뻔했다는 거 아닙니까? 열을 받아서 단추까지 끌러버렸죠. 헌데 조후이는 어찌 된 게 사람을 하루에도 몇 번씩 놀래키는 겁니까? 어제는 포위 당해 일각이 위태롭다고 하더니, 오늘 보니 대영과 연락이 이뤄졌다면서요? 수적인 우세임에도 공격을 서두르지 않고 대치국면에 들어가는 건 또 뭡니까?"

화신이 이같이 말하며 아계를 바라보았다.

"많이 수척해지셨네요……."

아계는 과연 북경을 떠날 때보다 많이 야위어 있었다. 원래 긴 얼굴은 더욱 길어 보였고, 볼이 홀쭉해지니 광대뼈도 더욱 높아 보였다. 처진 눈꺼풀 사이로 기운 없는 암담한 눈빛이 안쓰러워 보였다. 그는 지도에 눈길을 붙들어매고 있었다. 화신이 자신을 수척해졌다고 관심 있게 말하는 데에 가볍게 미소를 지어 보일 뿐 눈빛은 도로 지도로 옮겨졌다. 그는 말했다.

"화 대인도 의대(衣帶)가 꽤 헐렁해진 것 같은데! 나이 들어 살이 빠지는 건 돈 주고도 못 산다고 했으니 다행이라 생각하오. 방금 폐하를 뵈었소? 난 뵙기를 청하려 해도 낮잠을 주무실까봐 기다리고 있는 중이오."

건륭은 지금 사춘(四春)들과 어수지락(魚水之樂)을 나누느라 여념이 없을 터였다. 화신은 내심 아계가 이럴 때 찾아가 뵙기를 청하여 건륭의 심기를 불편하게 함으로써 뿌옇게 욕을 얻어먹었으면 하고 바랐다. 잠시 생각을 굴린 끝에 그는 배시시 웃으며 말했다.

"나오다가 류보기를 만나 한참을 애기 나누었으니 그새 폐하께 오서는 낮잠을 주무시고 일어나셨을지도 모르지요. 폐하께오선 오늘 기분이 좋아 보이십니다. 지의를 받고 먼길을 오셨으니 폐하께오서도 내심 아계 중당을 보고싶어 하실 겁니다. 들어가셔서 문후를 올리시죠. 짐작에 폐하께오선 지금 한온천 쪽에 계실 것 같습니다."

이같이 말하고 난 화신은 찻잔을 집어들었다. 류용이 먼저 자리에서 일어났다.

"나도 폐하를 알현하여 주하고자 하는 게 있으니 같이 가십시다."

아계도 일어섰다. 화신은 둘을 문 밖까지 배웅하고는 돌아와 꼬마태감을 불러 분부했다.

"가서 류전(劉錢)을 불러와. 류전더러 정백희(丁伯熙)와 경조각(敬朝閣)을 저녁에 우리 집으로 데려오라고 하거라. 그 둘은 멀리 외차(外差)를 나가게 될 것이다. 알겠느냐?"

이같이 말하며 그는 주머니에서 다섯 냥짜리 은자를 꺼내어 태감에게 쥐어주었다. 꼬마태감이 좋아라 받아 쥐고는 껑충대며 달려갔다.

17. 용을 쓰는 미꾸라지

류용과 아계는 태감의 안내를 받으며 '의인담파(宜人潭波)'의 편궁(偏宮)으로 왔다. 문을 지키고 있던 궁녀가 들어가 아뢰러 간 사이 아계가 회중시계를 꺼내보았다. 정오(正午) 이각(二刻)이었다. 그는 머리를 저었다.

"아무래도 때를 잘못 맞춰 온 것 같소. 폐하께오서는 이제 막 점심수라를 드셨을 텐데!"

이에 류용이 말했다.

"그래도 들어온 이상 뵙고 가야지. 오후에 다시 뵙기를 청하라는 딱지를 맞더라도 말이오."

류용의 말이 끝나기가 바쁘게 들어갔던 궁녀가 말했다.

"폐하께오선 두 분 대인더러 저쪽 양정(凉亭)에서 대령하라고 하십니다."

류용이 무어라 묻기도 전에 궁녀는 벌써 돌아서서 가버리고 말왔다.

족히 반시간은 더 기다렸다. 이 정자는 한온천궁(寒溫泉宮)의 남쪽에 있었다. 서쪽으로 냇물이 흐르고, 남쪽으로는 연못을 끼고 있었다. 머리 위엔 잎새가 넓은 아름드리 나무들이 하늘을 덮고 있었고, 발 밑엔 푸른 이끼가 낀 돌들이 즐비했다. 숲속엔 뭇 새들이 지저귀고 매미의 긴 울음소리도 간간이 들려왔다. 분위기는 한없이 좋았으나 큰소리로 이야기를 나눌 수는 없어 기다리는 시간이 대단히 지루하게 느껴졌다.

태감이 찻물을 내어오자 둘은 말없이 차를 홀짝이며 돌로 만든 의자에 앉아 주변의 경치를 둘러보았다. 수시로 궁문 쪽의 동정을 살피며 이제나저제나 불러주길 기다렸으나 감감무소식이었다. 수라상을 들고 나는 낌새도 없고 빽빽하여 아무 것도 보이지 않는 꽃울타리 너머로 가끔씩 여인네들의 까르르 웃어젖히는 소리가 바람을 타고 들려올 뿐이었다. 그렇게 한 시간이 흐르고 미시(未時)가 다 되어서야 역시 그 궁녀가 가슴을 쑥 내민 자세로 걸어나오더니 지의를 전해왔다.

"폐하께오서 두 분 대인더러 서쪽 배전(配殿)으로 들라고 하십니다."

두 사람은 급히 일어나 허리를 숙여 대답하고는 궁녀를 따라나섰다. 정전(正殿) 돌계단을 거쳐 북으로 꺾어지니 바로 서배전(西配殿)이었다. 그 앞에서 각자 이름을 아뢰니 잠시 후 건륭의 분부가 들려왔다.

"드시게."

아계가 큰소리로 대답하며 들어가 엎드려 인사를 올렸다. 류용도 매일 면대하지만 똑같이 엎드려 머리를 조아렸다. 아계가 숨죽여 훔쳐본 건륭은 앞이 트인 검푸른색 두루마기를 입고 석탁(石卓) 옆의 의자에 비스듬히 앉아있었다. 다과를 먹은 듯 접시 몇 개가 부스러기만 남은 채로 비어 있었다.

화신이 내심 바랐던 바와는 달리 건륭은 심서(心緒)가 대단히 편하고 기분이 좋아 보였다. 황후와 사이가 껄끄러워진 후부터 건륭은 이미 늙고 퇴색하여 '단물' 빠진 후궁들에게는 더욱 관심이 없어진 터였다. 그중 아직 젊어 미색이 여전한 후궁은 화탁씨뿐이었지만 화탁은 워낙에 침석지환(枕席之歡)에 냉담한지라 툭하면 몸이 아프다는 핑계를 대거나 '생리' 중이라며 잠자리 시중들길 거부했다. 그런 연유로 근자엔 후궁들을 거의 가까이하지 않았던 건륭은 화신이 붙여준 네 명의 요정들이 그렇게 신선하고 좋을 수가 없었다.

두 대신을 마주하고도 방금 전에 물 안에서 네 명의 '불여우'들과 어수지락(魚水之樂)을 즐겼던 장면을 떠올리며 건륭은 저도 모르게 빙그레 웃었다. 그러나 곧 아계가 죄를 청하러 북경으로 돌아왔다는 사실을 상기하고는 웃음기를 거두고 근엄한 표정을 지었다.

"그래, 십오마마는 만나봤나? 둘 다 일어나 저쪽 걸상에 가서 앉게."

류용이 사은(謝恩)을 표하고 일어나서 걸상으로 가서 앉았다. 그러나 아계는 무릎을 꿇은 그대로 움직이지 않고 연신 머리를 조아리며 아뢰었다.

"신은 먼저 대내(大內)로 들어갔었사옵니다. 여덟째마마를 뵈옵고 그제야 폐하와 십오마마께오서 원명원으로 처소를 옮기셨다는 걸 알 수 있었사옵니다. 십오마마께오선 담녕거(澹寧居) 서화청에서 신을 접견하셨사옵니다. 신은 차사를 제대로 처리하지 못하여 폐하로 하여금 불명(不明)의 지경에 처하게 하였사오니 실로 죄스럽고 부끄럽고 황송하여 폐하를 뵈올 면목이 없었사옵니다. 하여 십오마마께 신의 죄스러운 심정을 대신 주하여 주십사 간청을 하였사옵니다. 이에 십오마마께오선 아무래도 직접 폐하를 알현하고 죄를 청하는 것이 바람직할 것 같다고 하셨사옵니다. 신은 폐하의 은사(恩赦)도 구하지 않겠사옵니다. 엄히 처벌해 주시옵소서. 신을 군중(軍中)으로 추방하시어 속죄의 시간을 갖게 함으로써 신과 같이 국은(國恩)을 망각한 자들에게 경종을 울려 주시옵소서……."

쿵쿵! 소리가 나도록 이마를 조아리는 아계(阿桂)의 두 눈에서는 어느덧 눈물이 비오듯 흘러 내렸다.

"신은 어려서부터 폐하를 섬겨오며 조석으로 폐하의 참된 가르침과 훈회를 받아왔사옵니다. 관성(官聲)과 민명(民命)에 관련되는 한 작은 일이 없고 살얼음 위를 걷는 마음으로 대하지 않을 일이 없다고 누누이 훈육을 받아왔거늘 신은 잠시 귀신에 홀려 조문식(曹文植)과 푸숭의 기만에 넘어가 두광내를 기군죄로 몰아넣는 우를 범하고 말았사옵니다. 폐하께오서 만리 밖을 통찰하시는 명찰추호(明察秋毫)의 성군(聖君)이시니 망정이지 하마터면 시비를 전도하고 묵리(墨吏)들을 비호하여 충신을 매몰시킬 뻔했사옵니다! 신은 실로 중죄를 지었사옵니다……."

눈물을 비오듯 흘리며 아계는 더 이상 말을 잇지 못했다. 옆에서 그 모습을 지켜보며 류용은 시종일관 근신하고 군국대사(軍國大事)에 크고 작은 일 따로 없이 묵묵히 일관되게 임해오던 아계가 빙판에서 미끄러져 엉덩방아를 찧은 데 대해 내심 안타까워했다.

건륭은 잠시 말이 없었다. 용안(龍案)을 마주하여 단좌(端坐)한 채 침묵할 뿐이었다. 푸헝이 와병(臥病)하여 국사(國事)에서 손을 떼면서부터 아계는 줄곧 그가 가장 믿고 맡기는 심복(心腹)이었고, 고굉(股肱)이었다. 이제껏 매사에 공정하고 충성스러웠고 공사(公私)가 분명하여 마음에 들었던 아계였다. 푸헝에 비해 문사(文事)가 조금 처질 뿐 대신 근면과 성실함으로 그 부족함을 메워왔던 아계였다. 그래서 흠차대신으로 보임하여 절강(浙江)으로 파견하는 데도 추호도 망설임이 없었던 건륭이었다.

그렇게 믿고 맡겼던 아계가 직전 흠차인 조문식과 절강순무인 푸숭의 농간에 넘어가 함께 두광내를 향해 매타작을 할 줄은 미처 몰랐다! 간절하게 죄를 구걸해오는 아계의 진정을 모르지 않는 건륭의 마음도 괴로웠다. 건륭은 긴 한숨을 내쉬며 입을 열었다.

"모르긴 해도 조문식은 자네가 고북구(古北口)에서 데리고 있던 수하였지 않을까 싶네. 그래서 저도 모르게 인정(人情)에 끌려갔던 게 아닐까? 두광내는 비록 서생 특유의 고집은 있으나 이제껏 이치에 어긋나는 일을 고집하는 경우는 못 봤네. 그가 짐이 남순(南巡) 길에 올랐을 때 의정(儀征)에서 회화나무에 머리를 박아 피를 철철 흘려가면서까지 직간(直諫)한 사실을 자네도 알고 있을 것이네. 꼬리만 잡히면 쉬이 놓아주는 법이 없는 두광내이네. 그래서 여기저기 미운 털도 많이 박힌 줄 알지만 자네가 이치와 도덕에 어긋나지 않게 잘 처리했더라면 어찌 이 지경에까지 내몰렸겠나?"

"아뢰옵니다, 폐하!"

아계가 눈물을 거두고 연신 머리를 조아렸다.

"조문식은 신의 수하가 아니옵니다. 그는 금천(金川) 전역(戰

役)에서 병사들을 이끌어 괄이애(刮耳崖)를 공격했던 부장(副將)이옵니다. 푸숭은 전 군기대신 나친의 문생으로서, 둘 다 신과는 아무런 관련이 없는 자들이옵니다. 바로 이 둘과 전혀 감정적으로 얽힐 이유가 없었기에 신은 번고(藩庫)를 열어 장부를 조사했을 때 장부에 이상이 없자 달리 의심을 하지 않았던 것이옵니다. 때마침 두광내는 그때 신을 대하는 태도가 우호적이지 못하였사옵니다. 그래서 반감이 생겼던 건 사실이옵니다. 또한 두광내는 황매(黃梅) 현령이 모친의 상중(喪中)에 밖에서 연회를 베풀고 연극구경을 했노라며 인륜을 저버린 행위라 하여 탄핵안을 올렸사오나 신이 조사해본 바로는 그 날이 마침 팔월 중추절이라 문무백관들과 같이한 자리에서 그 모친이 갑작스레 심질(心疾)이 발작하여 사망했다고 하옵니다. 이 사실을 확인하면서 신은 두광내가 폐하의 신임을 등에 업고 직신(直臣)의 명성을 자부한 나머지 철저한 진상규명도 없이 무모하게 필(筆)을 놀려 타인의 명절(名節)을 더럽혔다고 생각하게 되었사옵니다. 이를 염두에 두니 자연스레 조문식과 푸숭에게 동정이 가고 판단에 혼선을 빚게 되었던 것 같사옵니다. 아무튼 불민하고 우매하여 대사를 그르쳤사오니 무슨 말로도 그 죄를 면제받지 못할 것이옵니다. 엄히 죄를 물어주시옵소서."

"두광내에게 어떤 식으로 하문했는가?"

"신은 황매현(黃梅縣) 사건의 진상을 미리 알고 있었는지라 선입견을 갖고 이렇게 물었사옵니다. '영가(永嘉), 평양(平陽) 두 현에서 성(省)에 쌀을 꿔주었다는 말은 누구한테서 들었나?' 이에 두광내는 '이름은 기억나지 않는다'라고 답했사옵니다. 신이 다시 '절강성 직조(織造)인 성주(盛住)가 은자(銀子)를 대량으로 휴대

하고 입경(入京)하였다는데, 무슨 증거가 있나?' 라고 하오니 그는 '확증은 없다' 라고 했사옵니다. 대답에 성의가 없다고 생각하여 신은 버럭 화가 치밀어 올랐사옵니다. 하오나 그 자리에선 내색하지 않았사옵니다. 다음에 조문식, 푸숭과 성주가 직접 신을 안내하여 번고로 가서 은자와 장부를 일일이 대조해 보았사온데 전혀 이상한 점을 발견하지 못했사옵니다. 그 자들에게 교묘하게 속임을 당한 줄도 모르고 신은 이미 사념(私念)이 개입된 심정으로 두광내를 더욱 혐오하게 되었던 것이옵니다……."

류용은 이쯤 하여 사건이 발생과 경과 과정을 알 수 있을 것 같았다. 아계가 마음이 불편함을 무언간에 내색했고, 이를 감지한 두광내의 무성의한 답변이 둘 사이를 얼어붙게 만들었고, 결국은 이런 사태를 초래하게 된 것이었다. 어찌하면 비뚤어져버린 군신 사이를 다시금 봉합시킬 수 있을까 잠시 생각하고 있을 때 건륭이 탄식하듯 말했다.

"결국은 두광내가 흠차대신을 대접해 주지 않았다 하여 우리의 군기대신(軍機大臣)께서 성질이 났다는 거 아닌가? 거기다 푸숭 일당이 감언이설로 아부하고 입안의 혀처럼 돌아가니 홀랑 넘어가고 말았군. 류용, 자네는 그렇게 생각지 않나?"

"예!"

류용이 급히 상체를 숙이며 아뢰었다.

"아계가 그렇게 묻는 게 아니었던 것 같사옵니다. 그게 어떤 일인데, 자신의 의도도 밝히지 않는 사람에게 두광내가 증거를 제시하고 증인을 대겠사옵니까? 또 하나 신이 이해할 수 없는 건 과연 번고에 있었던 은자가 모두 임시 변통하여 민간에서 빌려다 놓은 것이라면 전부 잡은(雜銀)이었을 텐데, 어찌 선조 때의 뇌민,

당금의 왕단망, 그리고 국태 모두가 우려먹었던 수법을 감지하지 못했단 말이옵니까?"

이에 아계가 한숨을 지었다. 그리고는 말했다.

"나중에야 안 일이지만 그 자들은 참으로 치밀했사옵니다. 민간에서 빌려온 잡은을 전부 염상(鹽商)들에게서 바꿔치기 하여……그야말로 천의무봉(天衣無縫)의 사기극이었사옵니다……."

류용이 흠칫했다.

"사기 수단도 갈수록 담대하고 교묘해지는군요."

건륭은 처음부터 아계를 크게 문책할 생각은 없었다. 진심으로 자신의 착오를 뉘우치고 회개하는 모습이 역력한 그 모습을 보니 평소에 잘해왔던 점이 돋보이면서 더욱 그러했다. 표정도 어느새 한결 부드러워져 있었다. 한 손에 찻잔을 들고 다른 한 손을 들어보이며 그는 말했다.

"일어나게. 자네도 뜻하지 않게 저지른 과오이니 어쩌겠나, 세상엔 완인(完人)이 없는 걸! 군무(軍務)에 능하다 하여 군기처로 입직하였으니 지방관을 지내본 적도 없고, 재정(財政)과 형옥(刑獄)에도 문외한이다시피 하니 그런 과오를 범할 법도 하지. 그래서 짐은 굳이 대죄(大罪)를 묻진 않겠네. 허나 법과 제도가 엄연하거늘 그 어떤 이유에서든 착오를 무마해줄 수는 없네. 두 등급 강등하여 군기대신행주(軍機大臣行走)로 남게. 군기처에서 군무만 책임지고 병부의 업무를 겸하도록 하게. 그렇다고 다른 정무에선 손을 떼라는 얘기는 아니고 류용과 화신이랑 잘 협조하도록. 전풍이 입경하면 그때 상황을 보아 다시 조정하든가 하세. 조문식과 푸숭의 처벌에 대해선 자넨 손을 떼게. 여러 가지 정세로 미뤄볼 때 자넨 회피하는 것이 바람직하겠네."

아계에 대한 처벌은 곧 아계가 더 이상은 수석군기대신이 아니라는 것으로 끝났다. 물론 원래부터 '수석'이라는 자리가 명쾌히 구분된 것도 아니었지만 모두 아계를 수석군기로 보고 있었다. 류용은 이에 대해 한마디하고 싶었으나 괜히 아계에게 도움이 안 될 것 같아서 꿀꺽 삼키고 말았다.

아계가 연신 머리를 조아리며 사은을 표했다.

"신은 수십 년 동안 폐하의 후은(厚恩)을 입어 군기처에서 정무를 보좌해오며 실로 과분하리 만치 큰 성총을 입었사옵니다. 공로가 미미한 데 비해 상이 무거워 여러 사람들의 마음을 설득시키기 힘들었사온데, 이제 죄질이 무거운 데 비해 벌이 가벼우면 신은 더욱 불안해질 것이옵니다. 기윤의 전례대로 군류(軍流)를 보내주시옵소서. 그래야만 신이 조금이나마 죄책감을 덜 수 있을 것 같사옵니다. 군중에서 공을 세워 다시 돌아와 폐하를 섬기게 윤허해 주시옵소서……"

"됐네, 더 이상 사양하지 말게. 자넨 속임수에 빠졌고 덫에 걸렸을 뿐 맘먹고 악행을 저지른 건 아니지 않은가!"

건륭이 덧붙였다.

"그리고 탐묵죄도 아니고 크게 벌할 이유가 없네. 단 하나, 짐이 바라는 건 이 일로 두광내와 척을 지거나 원수가 되어 차사에 차질을 빚어서는 아니 된다는 걸세. 만약 그리 되는 날에는 짐이 용서치 못할 것이네."

"신이 어찌 감히 옹졸하게 그런 일로 두광내를 미워하겠사옵니까? 그럴 건더기도 못 되옵나이다."

"두광내는 타고난 성정이 쇠심줄이네. 자신이 이치에 타당하다 싶으면 짐에게도 촌척(寸尺)의 양보도 안 하지 않았던가."

건륭이 말을 이었다.

"이거다 싶으면 자신의 뜻을 굽히지 않는 진짜 대장부이지. 짐도 처음엔 두광내가 목숨 내걸고 고명(沽名)하는 한인(漢人)의 악습을 닮은 줄 알고 혐오했었네. 헌데 오랜 세월 지켜본 결과 그는 실로 반듯한 사람이었네. 물론 누가 서생이 아니랄까봐 교주고슬(膠柱鼓瑟)의 우(愚)는 가끔씩 범하지. 그 약점만 보완된다면 군기처로 입직하는 것도 고려해 봤을 텐데 말이지. 일어나게. 조후이의 상주문을 읽어보았는가? 소감을 말해보시게."

아계는 그제야 사은을 표하고 일어났다. 무어라 입을 열려는 순간 화신이 주사함을 받쳐들고 들어섰다. 아계를 향해 미소를 머금은 채 머리를 끄덕여 보이고는 주사함을 건륭에게 받쳐 올렸다. 그리고는 아뢰었다.

"신은 십오마마를 뵈었사옵니다. 십오마마께오선 군무에 관계되는 일은 감히 결재할 수 없다고 하시며 폐하의 지의를 청하라고 했사옵니다."

건륭이 주사함을 받아 상주문을 펼쳐들고 읽어보며 물었다.

"화신, 자네가 보기엔 이 일을 어찌 요리하는 게 바람직할 것 같은가?"

그 물음에 화신은 당장 말문이 막혔다. 군량(軍糧)이나 군향(軍餉)에 대해 물어오면 '일견'을 한 수레 쏟아 놓을 자신이 있으나 군무에 대해서는 솔직히 자신이 없었다. 건의 한마디 잘못했다가 수천, 수만의 머리가 떨어져 나뒹구는 수가 있을 것이고, 그리되면 그 막중한 책임은 결코 두 어깨에 걸머질 수 있는 무게가 아니었던 것이다. 그렇다고 떨떠름한 반응을 보인다면 '군기'의 체면이 말이 아닐 터였다. 화신은 다급한 김에 등 떠밀리듯 대답했다.

"신도 전방의 군무가 염려되어 잠을 못 이루는 나날이 많았사옵니다. 조후이는 처음부터 군대를 나누어 세력을 분산시키지 말았어야 했다고 사려되옵니다. 적들이 토막을 내지 않아도 스스로 '따로 논' 격이 되어버리고 말았지 않사옵니까? 다행히 지금은 대영(大營)과 연락이 닿았다고 하오니 신의 소견으론 즉각 군대를 합쳐서 대거 공격함으로써 적들을 한방에 물리쳐야 한다고 보옵니다. 병력이 부족하면 서녕(西寧)에서 5만 명을 급파해서라도 단숨에 뿌리뽑아야 할 것이옵니다."

화신의 핵심은 집결(集結)과 증병(增兵)이었다. 화신은 제법 그럴싸하게 주장을 폈으나 듣는 류용은 속으로 비웃고 있었다. 그러나 겉으로는 전혀 내색하지 않고 가볍게 기침을 하며 입을 열었다.

"신은 군사에 대해서는 아는 바가 없사옵니다. 하오나 화신의 말처럼 서녕에서 5만을 증파한다면 그건 문제가 된다고 생각하옵니다. 서녕의 5만 명은 조후이에게 양초(糧草)를 공급해주기 위해 대기하고 있는 사람들이옵니다. 그들을 전쟁터에 투입시킨다면 어딘가에서 급히 그들을 대신해 양초를 공급할 인마를 구해야 할 것이옵니다. 말이나 낙타 궁둥이만 두드리며 양초를 운송하는 무리들이라고 우습게 보아서는 아니 되옵니다. 수천리 고비사막에서 길눈이 밝아야 하옵고, 어지간한 인내가 없이는 차질없이 차사를 마치긴 결코 용이하지 않사옵니다. 경험 없는 자들은 아예 엄두도 못 낼 것이옵니다! 양초를 제대로 공급받지 못하면 전방에서 아무리 잘 싸워도 소용이 없게 될 것이옵니다."

"화신, 군무를 모르면 겸손하기나 해야지!"

건륭이 따끔하게 꼬집었다.

"자네가 건의한 것은 모두가 다 다리 가려운데 장화 긁는 격이네. 그건 어찌 한목숨을 건지느냐의 문제일 뿐 적들을 무찌르고자 하는 계략은 아니네!"

타고나길 소금 뿌리면 더욱 용을 쓰는 미꾸라지 같은 화신인지라 건륭의 핀잔을 받고도 전혀 기죽는 법이 없었다. 어색하게 웃어 보이며 그는 다시 아뢰었다.

"신이 뭘 모르는 주제에 허튼 소리를 하여 폐하의 심기를 어지럽혀 드렸사옵니다! 이번 전사(戰事)가 조정으로선 필히 이겨야만 하는 전사라는 생각이 깊다보니 어불성설을 했던 것 같사옵니다."

그 말은 듣는 둥 마는 둥 건륭은 아계를 바라보았다.

아계의 표정은 희비를 가늠할 수 없었다. 그는 아직 황은(皇恩)의 호탕함에 감격하고 있는 것 같기도 했다. 순간의 실수로 인하여 하마터면 충신을 오물에 처박고 자신 또한 일세의 영명을 하루아침에 깡그리 잃을 뻔했다는 충격도 아직 덜 가신 듯했다.

북경으로 귀환하라는 건륭의 조유(詔諭)에는 뇌정(雷霆)의 분노와 벽력같은 질책이 비수 같았으니 큰 재화(災禍)를 입으리라 의심치 않았다. 그러나 의외로 건륭은 '높이 치켜들었다 가벼이 내려놓는' 식으로 더욱 노련미가 돋보이는 신하로 거듭나게끔 그를 편책(鞭策)하는 것으로 되레 용기를 주었으니 그 감격 또한 클 수밖에 없었다.

건륭의 눈길이 닿자 아계는 머리를 더욱 낮게 숙였다. 그는 느리고 무거운 어투로 아뢰었다.

"화신의 방략(方略)이 취할 바는 못 되오나 그 취지만은 나무랄 바가 아니라고 생각하옵니다. 조정으로선 과연 더 이상의 패배는 용납할 수 없을 것이옵니다."

아계는 고개를 조금 들었다. 목소리도 다소 커진 것 같았다. 건륭을 응시하며 그는 말했다.

"흑수하(黑水河) 대영(大營)은 경사(京師)에서 7천 리 밖에 있사옵니다. 전사의 형세는 순식간에 만번 변하옵거늘 신의 소견으론 우리가 후방에서 진퇴를 조종하기는 무리일 것 같사옵니다. 우리 군이 안정을 찾고 대세를 휘어잡아 가고 있는 것 같사오니 조후이의 임기응변을 치하하고 한편으로는 군량과 군향, 군수품을 충족하게 확보해두는 것이 바람직할 것 같사옵니다. 조후이에게 화탁회부(和卓回部)가 서쪽으로 예얼창 혹은 카슈미르 지역으로 도주하는 것만은 막아야 한다고만 지시하고 다른 애기는 구태여 할 필요가 없을 것 같사옵니다. 양초가 충족하면 사기가 드높아지지 않을 이유가 없사옵니다. 곽집점 무리의 전투력은 사실 준거얼 몽고부에 비할 바가 아니옵니다. 그런 측면에서 볼 때 이번 전사는 우리에게 충분히 승산이 있는 전투라고 생각하옵니다."

이같이 말하며 아계는 천천히 장화 속에서 지도 한 장을 꺼내 들었다. 그리고는 건륭의 앞으로 다가가 길게 무릎을 꿇고 펼쳐 보였다. 손가락으로 짚어가며 그는 말을 이었다.

"여길 보시옵소서, 폐하! 여기가 아마하이옵고, 이쪽에 와와하가 흐르고 있사옵니다. 이게 바로 모래에 매몰된 무명(無名)의 고성(古城)이옵니다. 신은 마광조와 료화청, 호부귀 등이 올린 상주문과 오늘 조후이의 군보를 종합하여 판단했을 때 조후이는 사실 일부러 합병(合兵)을 하지 않았던 것 같사옵니다. 흑수하로 물러난 것도 '패퇴(敗退)'가 아니옵니다. 개중의 연유는 지금으로선 추측만 가능할 뿐이옵니다. 왜냐하면 조후이가 만약 안전하게 철퇴(撤退)하고 싶었다면 도중에 마광조와 료화청의 대영을 연이어 경과하면서 조금만 도움을 청했더라도 가능했을 것이기 때문이옵니다. 하오나 그는 그렇게 하지 않았사옵니다. 흑수하로 철퇴한 데는 신의 소견으론 두 가지 의도가 있었던 것 같사옵니다. 첫째, 화탁의 회병들을 만리 사막길에 깔아 그 전선을 고무줄처럼 늘임으로써 하이란차가 우루무치에서 적들을 협격(挾擊)해 오는 데 기회를 만들어주기 위함이었을 수도 있사옵고, 둘째, 흑수하에 주둔하면 적들의 서부로의 도주를 원천적으로 차단시킬 수 있기 때문이 아니었나 짐작하옵니다. 물론 이는 위험한 선택이었사오나 관군으로서는 더 이상의 만전지책(萬全之策)이 없는 상황에서 고안해낸 고육지책(苦肉之策)이 아닐까 하옵니다. 신의 판단으로 조후이는 이미 전체적인 국면을 손금 보듯 파악하고 있고, 스스로 자신이 위험한 고비를 넘겼다는 걸 알고 있사옵니다! 지금 단계에서 조정이 할 수 있는 일은 조후이에게 이렇게 저렇게 기의(機宜)를 지시하는 것보다는 공을 세운 장사(壯士)들을 격려하는 동시에 양초와 채소를 충분히 확보해주는 것이옵니다. 병사들이 배가 불러야 힘껏 싸울 게 아니옵니까?"

"경의 뜻은 우리 군이 이미 대세를 잡고 있다는 얘긴데……."

건륭이 입술을 꽉 물고 눈길을 지도에서 떼지 않은 채 물었다.

"헌데 어찌 공격을 서두르지 않는단 말인가?"

"방금 주한 바는 단지 신의 추측일 따름이옵니다. 더 상세하게는 말씀드리기 곤란하옵니다."

아계가 다시 말을 이어나갔다.

"물론 지금의 형세로 놓고 볼 때 조후이는 자신이 좀더 고생을 하면 했지 결코 단 한 명의 적이라도 서부로 도주하는 것만은 철저히 차단하겠다는 의지는 분명한 것 같사옵니다. 출전을 못하고 있는 건 군수(軍需)가 부족한 이유일 수도 있사옵고, 하이란차의 대군이 아직 합위(合圍)해 올 준비가 덜 되었거나 둘 중 하나가 아닐까 하옵니다. 신은 조심스럽긴 하오나 늦어도 5일 이내에 틀림없이 소식이 있을 줄로 믿사옵니다……."

말을 마친 아계는 머리를 조아렸다.

"짐은 조후이가 지나치게 소심하여 수성(守成)에 만족하고 하이란차가 적을 두려워하여 정면공격을 피할까봐 그게 걱정이네."

아계가 다시 아뢰었다.

"조후이와 하이란차는 여태 미사여구(美辭麗句)로 식공휘패(飾功諱敗)한 적이 없사옵니다. 신은 저 두 장군이 절대 적을 두려워하여 뒷걸음치는 겁쟁이들은 아니라고 목숨걸고 장담할 수 있사옵니다!"

"그렇다면 짐이 더 이상 바랄 게 뭐가 있겠는가!"

건륭은 그제야 얼굴이 환해지며 대단히 기뻐했다. 그는 웃으며 덧붙였다.

"일어나게. 즉각 서녕제독(西寧提督)에게 서찰을 보내어 양초 공급에 차질이 없도록 최선을 다하라고 하게. 조후이의 군중에 단 하루라도 식량이 끊기는 날엔 짐이 그 수급을 따 삼군장사(三軍壯士)들을 위로할 것이라고 이르게. 화신은 서안순무(西安巡撫)에게 서찰을 보내어 서안번고(西安藩庫)에서 은자를 지출하여 육류와 유제품, 그리고 채소를 긴급으로 하이란차 군영에 공급하라고 독촉하게. 천산대영(天山大營)과 우루무치 주둔군이 굶는 한이 있더라도 조후이와 하이란차 부대를 굶겼다간 짐이 역시 그런 '유장(儒將)'은 일찌감치 치워버릴 거라고 전하게!"

"예!"

아계와 화신이 이구동성으로 대답했다.

화신은 서안 번고에서 지출하여 군중에서 필요한 육류와 채소를 대량으로 구입하면 또 얼마간은 '슬쩍'할 수 있다는 생각에 기분이 좋았다. 그는 아뢰었다.

"낙양(洛陽)에 아직 죽순(竹筍)이 십만 근 넘게 있사옵고, 사탕수수도 몇만 근 있사옵니다. 이참에 모두 서부로 보내야겠사옵니다."

"그래, 그렇게 하게."

건륭의 표정이 어느새 밝아졌다.

"있으면 있는 대로 뭐든지 다 보내주게. 나중에 운송경비며 구입비용은 모두 자네가 알아서 처리하게. 헌데 류용, 자네는 무슨 생각을 그리하는가?"

모두가 군무를 논하는 사이 류용은 자신의 차사에 골몰하고 있었다. 건륭이 물어오자 그제야 급히 정신을 추스르고는 대답했다.

"신은 해금(海禁)의 골칫거리인 대만(臺灣)을 생각하고 있었사옵니다. 복건성(福建省)의 구리가 대만을 거쳐 일본(日本)으로 대량 밀매되고 있다는 첩보를 입수했사옵니다. 올해만 4천 근을 압수했사옵니다. 그 뿐만 아니라 찻잎, 대황(大黃), 주단(綢緞)과 자기(瓷器)도 복건에서는 직접 못 나가오니 대만을 거쳐 해외로 밀반출되고 있는 실정이옵니다. 대만의 해금은 복건보다 열 배는 더 어렵사옵니다. 누누이 금지조항을 내려 땜질을 함에도 불구하고 구멍은 자꾸 커져만 가는 현실을 더 이상 방치할 수는 없사옵니다!"

화신이 듣기에 이는 자신이 차사에 진력하지 않았다는 비난 같았다. 필경 자신의 업무범주에 속하는 사안인지라 그는 급히 아뢰었다.

"심각한 문제이긴 하나 당장 어찌해볼 도리가 없는 것도 사실이옵나이다. 지난번 복건포정사(福建布政使)인 고봉오(高鳳梧)가 입경했을 때 신과 해금에 대해 한시간 남짓 얘기를 나누었던 적이 있사옵니다. 그의 말에 따르면 근자엔 좋아진 것이 그렇다고 하옵니다! 성조(聖祖) 때부터 해금을 명했사오나 대만은 여때까지 해금을 실시한 적이 없다고 하옵니다. 황상(皇商) 마덕옥(馬德玉)이 말레이시아에서 돌아와서 그러는데, 그곳엔 길가에 한인들이 쫙 깔렸다고 하옵니다. 개나 소나 저마다 자리를 차고앉아 오행팔작(五行八作) 온갖 내지(內地) 물건을 펴놓고 장사를 하고 있더라고 하옵니다. 개중에는 대부분이 반출이 금지된 물품이었다고 하옵니다. 이는 엄히 수사하여 처벌해야 할 것이옵니다!"

화신은 벌써 은연중에 책임을 류용에게 전가시키고 있었다. 그리고는 히죽 웃으며 덧붙였다.

"말레이시아에서 조씨 성을 가진 노파 같은 경우엔 자기 아들을 양주(揚州)로 보내어 자기와 주단을 싹쓸이해가다시피 한다고 들었사옵니다. 그래도 샛노란 금을 두어 덩이 찔러주면 관원들은 저마다 한쪽 눈을 질끈 감아버리기 일쑤라고 하였사옵니다."

"내가 주목하는 것이 바로 그 부분이오."

류용이 말했다.

"폐하, 방금 말한 그 조씨 노파는 고항 사건 때 연루되어 도주한 요범(要犯)이옵나이다. 이런 비적들이 대만의 불순한 무리들과 한 덩어리가 되어 돌아가고 있는 현실이 두렵사옵니다. 대만은 내지(內地)와는 천리 해역을 사이에 두고 있사오니 유사시 정벌

하기에도 그리 용이하지 않을 것이옵나이다!"

건륭은 수시로 머리를 끄덕여가며 열심히 귀를 기울였다. 한참 후에야 그는 물었다.

"그래, 지금은 어떤 조짐이 보이는가?"

"임상문 그 자가 대만에 있는 것이 확실하옵니다."

류용이 덧붙여 아뢰었다.

"그 본적은 복건성 장주부(漳州府) 평화현(平和縣)이옵고, 건륭 28년에 대만으로 이주했다고 하옵니다. 대만은 한인(漢人)과 고산인(高山人), 토저인(土著人)들이 잡거(雜居)하여 각자 생계를 위한 무리를 지으면서 서로간에 분쟁이 끊이지 않았사옵고, 관부의 명령에 반항하여 관리를 죽이는 일도 비일비재했사옵니다. 부유하긴 하오나 골칫덩어리이옵니다. 임씨네는 수십 년 동안의 경영 끝에 이제 대만에선 타의 추종을 불허하는 재력가로 자리매김을 하여 관부에서도 전량(錢糧)을 넉넉히 내는 그 가문에 관대할 수밖에 없는 입장이라고 하옵니다. 임아무개가 수 차례 내지에 잠입하여 난을 일으키고 대만으로 도주했사오나 현지 관부는 그 자의 은신처를 알면서도 감히 체포하지 못했사옵니다. 그 까닭을 아시겠사옵니까?"

류용은 머리를 들어 건륭을 잠깐 바라보고는 말을 이었다.

"그 자의 '코털'을 건드렸을 시 더 큰 사단을 초래할세라 두려웠던 것이옵니다. 고봉오는 신에게 보낸 서찰에서 대만인들은 '진정 죽음을 초개같이 여기는 용감하고 정의로운 사람들이다'라고 했사옵니다. 이에 신이 실소를 터트리며 '그래서 당신네들은 대낮에도 비적들이 떴다하면 어디론가 꽁꽁 숨어버리나 보지?'라고 매몰차게 비난을 했었사옵니다."

그가 지적한 건 사실이었다. 며칠 전에는 대만의 담수현(淡水縣)에서 관원 하나가 아문 문 앞에서 몇십 명의 폭민(暴民)들이 휘두른 도끼와 칼에 난도질당하여 죽은 한심한 사태까지 발생했던 것이다. 그 상주문을 읽어보았던 화신은 그때의 기억을 떠올리며 등골이 오싹해졌다. 이번에는 화신이 나섰다.

"이는 실로 심각한 상황이 아닐 수 없사옵니다. 비적들은 관아를 우습게 보고 정령(政令)은 전혀 먹혀들지 않으니 말이옵니다. 워낙 수천 리 떨어진 바닷길인지라 유사시 용병을 하더라도 멀리 있는 물이 당장의 갈증해갈엔 도움이 안 되는 격이 되지 않겠사옵니까? 고로 사단의 조짐을 미리 간파하여 모든 우환은 미연에 방지해야 하옵니다. 신의 우견으론 대만에 올 1년 동안 또 한 번 세금을 면제시켜주고 도호(盜戶)들을 진휼(賑恤)하는 동시에 유능한 관원을 지부로 파견하는 것은 어떨까 하옵니다. 군정(軍政)과 민정(民政)을 동시에 틀어쥐어 국면을 안정시키는 것이 시급할 것 같사옵니다. 통촉하여 주시옵소서."

"말이 되는 소릴 해야지."

건륭이 가볍게 콧소리를 내며 말을 이었다.

"자넨 호부를 관장하고 있으면서도 벌써 연 3년 동안 대만의 전량(錢糧)을 면해주었다는 사실을 몰랐단 말인가? 지금 전량을 면제해주지 않아 문제가 야기되는 것이 아니지 않은가! 대만은 해상무역이 활발하여 외부의 지원이 없이도 충분히 자급자족할 수 있는 곳이라고! 전혀 궁한 지역이 아니란 말일세. 너무 부유해서 겁나는 구석이 없거늘 거기다 더 지원을 하면 어찌 되겠는가?"

흥분한 건륭은 찻잔을 들었다 힘껏 탁자에 내려놓았다. 아계는 화신이 면박을 당하면서도 전혀 당황하지 않는 모습을 보며 내심 그 파렴치함에 혀를 내둘렀다. 그와 동시에 어떤 이름할 수 없는 쾌감을 느꼈다. 그러나 내색은 하지 않고 아뢰었다.

"천만 지당하신 말씀이옵나이다! 화신의 뜻은 사실상 돈으로 일방의 평안을 사자는 것이오나 이는 다른 지역에선 가능할지 모르나 유독 대만에서만은 통하지 않는다고 생각하옵니다. 그리되면 비적들의 기세는 더욱더 성할 것이옵고, 조정의 호의를 역으로 악용할 것이옵니다! 이 발상은 조주위학(助紂爲虐, 악인을 도와주다)과 다름이 없사옵니다!"

화신의 건의에 쐐기를 박아버리는 동시에 아계는 화신의 오국지언(誤國之言)을 엄히 꾸짖은 셈이었다. 놀란 화신은 두 눈이 휘둥그레져 아계를 바라보았다. 그리고는 고개를 내린 채 속으로 이를 부드득 갈며 그의 말을 들었다.

"대만의 정무엔 세 가지 폐단이 있다고 보옵니다. 첫째, 크고 작은 난동이 끊이지 않지만 현지 관부나 조정에선 그때마다 어떻게든 돈으로 달래고 무마해 보고자 함으로써 '오히려 적들의 기염만 조장시켰다는 것이옵니다. 둘째, 3년 임기가 끝나면 재임(再任)이라는 것이 없기 때문에 관원들은 장기적인 안목에서 환부를 도려내는 혼란을 겪으려 들지 않고 적당히 비적들과 타협하면서 하루살이 격으로 임기를 마치는 데만 급급해 있었던 것 같사옵니다. 마지막으로 대만엔 군무가 제 궤도에 오르지 못한 것이 가장 골칫거리라 사려되옵니다. 원래대로라면 마땅히 대만에 총병(總兵) 한 명, 부장(副將) 한 명을 두어 대만부(臺灣府)와 창화(彰化)에 각각 수사(水師) 몇천 명씩을 보내어 주둔시켜야 했을 것이옵니다. 팽호(澎湖) 지역에도 마찬가지이옵나이다. 현재 대만에 주둔하고 있는 무관들은 하나같이 내지와의 밀반출, 밀반입에 열을 올리고 갖은 부화방탕한 생활을 하고 있사옵니다. 그 자들은 돈을 벌어 자신들의 대장에게 월 얼마씩 바친다고 하옵니다. 관부로선 이들 주둔군에 의해 치안을 보장받는다고 해도 과언이 아니오니 감히 그들의 부정을 아는 척할 수가 없지 않겠사옵니까? 누구라도 자신의 차사에 열을 올렸다간 거기선 하루도 버텨내지 못할 것이옵니다. 이제 이는 고질병이 되어버렸사옵니다! 이는 복건과 대만 두 곳의 백성들이라면 다 아는 공공연한 비밀이옵니다. 다른 지부를 보내도 대만 현지의 관습에 따를 수밖에 없을 것이옵니다. 독불장군은 없지 않사옵니까? 소위 호관(好官)으로 회자되고 있는 선제 때의 채합청(蔡合淸), 황조종(黃朝宗)이나 지금의 진봉오(秦鳳梧), 고봉오(高鳳梧) 등은 내지에서는 나름대로 인정을 받아왔던 이른바 능리(能吏)들이었사옵니다. 하지만 결국은 무기력하게 자리를 지키는 것으로 만족하고 있는 실정이옵나이다!"

그는 한숨으로 마무리를 했다.

건륭의 표정은 점점 심각해져만 갔다. 들을수록 놀라움을 금치 못했다. 아계의 말이 끝나자 진정하려 노력하는 모습이 역력했다. 손으로 부채 끝에 달린 장식물을 부지런히 만지작거리던 건륭이 한참 후에야 입을 열었다.

"자네가 주청한 바는 지난번 민절총독(閩淛總督, 복건성과 절강성을 관할하는 총독) 상청(常靑)이 짐에게 대략 주한 적이 있네. 그렇게 넓은 해역을 사이에 두고 내지와 똑같은 방식으로 다스릴 수 없는 건 어느 정도 이해할 수 있네. 이치(吏治)라면 내지도 엉망이거늘 대만이야 오죽하겠나? 허나 짐은 대만이 경이 주한 바대로 심각하리라고는 생각지도 않았고 아직도 믿어지지가 않네. 외관들은 임지로 가면 상황을 최악으로 부풀려 보고하는 경우가 허다하네. 왜냐? 설령 추후에 자신의 불찰과 무능으로 문제가 발생하더라도 '최악'을 초래한 전임에게 밀어붙이면 되니까. 그 자들의 속임수에 넘어가서는 아니 되겠네. 복건성은 화이(華夷), 양무(洋務), 왜무(倭務)가 한데 얽혀 복잡다단한 곳이네. 민절총독인 상청 혼자선 힘에 부치는 것 같네. 대만의 재정, 치안, 군무 제반에 직접적인 영향을 미치는 복건성 지역특성상 짐은 복건총독아문을 설치하여 군정요무(軍政要務)를 전담하게 해야겠네."

아계와 화신의 눈길이 마주쳤다. 둘은 모두 건륭의 조치가 의외라는 반응이었다. 아계는 즉시 이시요(李侍堯)를 떠올렸다. 그러나, 미처 입을 열기도 전에 화신이 미리 선수를 쳤다.

"폐하의 성려(聖慮)는 실로 높고 크시옵니다. 총독아문을 주재할 총독은 복건성의 각 제독아문을 휘하에 장악할 수 있어야 하옵고, 정무(政務)와 이무(夷務)에도 능숙하며, 청렴하고 재능이 있는 자라야 하옵니다. 신이 두 사람을 천거하고자 하옵니다. 하나는 호광(湖廣)의 러민이옵고, 다른 하나는 봉천부(奉天府)의 해녕(海寧)이옵나이다. 이 둘을 염두에 두시고 성재(聖裁)를 부탁드리옵나이다."

아계는 즉시 화신의 의도를 알 수 있었다. 러민은 비적들을 소탕하랴 사교(邪敎), 아편과의 전쟁을 치르랴 바쁜 나머지 머리에 김이 날 정도였다. 그런 그를 복건총독으로 자리를 옮기게 한다는 건 어불성설이었다. 화신이 진정 천거하고자 하는 사람은 해녕이었다. 그 속셈을 간파하고 아계가 입을 열려고 할 때 건륭이 말했다.

"이시요도 충분히 자격이 있네. 허나 아직 복직시키지 않은 상태인지라 갑자기 중용을 하면 조정으로선 백성들을 설득해야 할 어려움에 봉착하게 될 것이네. 해녕은 일단 순무에 제수하여 정무를 다스리게 하는 게 좋겠네. 대만은 사흘이 멀다하게 복잡한 곳이니 바람이 분다고 비를 걱정하지는 말게. 해녕…… 이름 한번 좋구만!"

"참으로 길상(吉祥)한 이름이지 않사옵니까!"

화신이 좋아라 하며 말을 이었다.

"해녕, 해녕, 바다가 안녕해진다는 뜻이거늘 대만의 장래에 장밋빛을 가져다줄 사람이라는 암시가 아니겠사옵니까?"

아계가 듣기에 건륭도 화신도 코흘리개 소꿉장난을 하고 있는 것 같았다. 그러나 필경 건륭의 금구옥언(金口玉言)인지라 면전에서 반박할 수는 없었다. 입술을 빨며 한참 깊은 생각에 잠겨 있던 아계가 조심스레 입을 열었다.

"이름으로 치자면 이시요의 이름도 나쁘진 않사옵니다! 신이 보본(保本, 보증각서)을 작성하여 그에게 당분간 총독서리직을 맡겨보는 것이 어떨까 하옵니다. 죄를 지은 몸으로 차사에 임하는 각오가 각별할 수밖에 없을 것이옵니다. 3년 임기가 끝날 때 정적(政績)을 근거로 정식으로 임용 여부를 결정하는 게 좋을 것 같사옵니다."

"일리는 있는데, 봉강대리는 워낙 주목받는 차사인지라……."

건륭이 천천히 말을 이었다.

"먼저 감숙성으로 보내어 군무를 협조케 하고 일보, 일보 수순을 밟아 올라가는 것이 정석일 것이네. 보본을 올리더라도 류용과 화신 두 사람이 올리는 것이 더 어울릴 것이네."

맞는 말이었다. 아계 자신이 '대죄(戴罪)'하고 있는 마당에 누군가의 보증을 선다는 것은 설득력이 떨어지고 공감대를 얻어낼 수 없을 것이라는 판단에서였다. 화신과 이시요와의 불화는 천하가 주지하는 바이니 화신이 나서서 보본을 올린다면 더욱 효과적이고, 이시요가 심리적인 안정을 찾는 데도 도움이 될 것이었다. 건륭의 천의무봉에 두 사람은 내심 감복해마지 않았다. 건륭이 일어서자 둘은 급히 자리에서 나와 길게 무릎을 꿇었다. 그리고는 이구동성으로 말했다.

"성유(聖諭)를 받들어 모시겠사옵니다!"

백옥석란(白玉石欄) 앞에서 물러나는 두 신하의 뒷모습을 보며 건륭은 손짓으로 복인을 불러 분부했다.

"내무부에 지의를 전하거라. 이 연못 뒤에 있는 저 건물을 서방(書房)으로 꾸며서 짐이 매일 낮잠을 자고 난 후에는 바로 저곳에서 정무를 볼 것이라고 이르거라. 대신을 접견할 때는 담녕거로 돌아간다고 하거라. '사춘(四春)'을 여관(女官)으로 승격시켜 서방에서 시중들게끔 하거라."

"예!"

복인이 급히 대답했다. 그리고는 여쭈었다.

"여관으로 승격시키려면 내무부에선 황후마마의 의지(懿旨)를 필요로 할 것이옵나이다. 저 건물은 하궁(夏宮)이온지라 겨울엔 다시 손을 봐야 할 것이옵나이다……."

태감의 조심스런 말에 건륭은 잠시 생각해 보았다. 나라씨가 이를 알게 되면 필히 태후에게 고자질을 할 테고, 태후는 또 헐레벌떡 찾아와 꼬치꼬치 캐물으며 무언의 압력을 넣을 게 뻔했다. 건륭은 미간을 찌푸리며 말했다.

"의지를 청할 필요는 없다고 하거라. 이는 짐의 특지(特旨)이니

라. 내무부더러 짐의 인새(印璽)를 박아 그네들에게 옥첩(玉牒)을 발급해 주라고 하거라. 그리고 건물이 하궁(夏宮)인지 동궁(冬宮)인지 짐이 그것까지 신경을 써야겠느냐?"

복인이 겁에 질려 연신 굽실거리며 물러갔다.

"잘 들어!"

건륭이 말했다.

"누가 이에 대해서 감히 밖으로 헛소문을 퍼뜨리고 다녔다가는 가차없이 껍질을 발라버릴 것이야!"

호통을 치고 난 건륭은 곧 편궁으로 들어가 버렸다.

〈제⑱권에서 계속〉